文春文庫

武道館

朝井リョウ

文藝春秋

目次

武道館……5
解説　つんく♂……358

武道館

右手で母の手を、左手で父の手を握っていた。

「こうでもしてないと、愛子《あいこ》はすぐ踊ったりしちゃうから」

危ないのよほんとに、とぼやく母の照れくさそうな横顔が、通りを走る車のライトに照らされている。

「踊りながら道路に飛び出したりしてな。変質者だと思われるぞ」

続けて父がそう言うと、後ろを歩いている大地《だいち》の両親がおかしそうにくすくすと笑った。両親と手をつないでいるようすを大地に見られるのはなんとなく恥ずかしかったけれど、両親の言うことは本当だし、実際、そんなことを気にしていられないくらい、愛子の心の中は忙しかった。

家に帰ったらケーキがある。だけど、それを食べ終えてしまえば、夏休みが完全に終わってしまう。誕生日である八月三十一日は、毎年、弾けるほどの喜びと、明日から始まる新学期へのうんざりした気持ちがないまぜになる。

透けた夜空の向こう側、宇宙の中身がうっすらと見える。きっと明日は晴れるのだろう。そう思うと愛子はなんだかたまらなくなって、両親に握られている手をもぞもぞと動かした。

「大丈夫、あいこ危ないことしないから！」

無事、大人のてのひらからの脱出に成功した愛子は、誰よりも先を歩き始める。心の弾みに合わせて体も一緒に動かしてしまう癖は、小さなころからずっと、変わらない。

「あいこ、ケーキなににした？」

むきだしのおでこで信号の赤い光を打ち返しながら、大地がそう訊いてくる。大地の狭いおでこは、夏になると特に、カラを剝いたゆでたまごみたいにピカピカ光る。

「あいこはねえ、モンブラン！　大地は？」

「おれはチョコのやつ。あとで一口こうかんしようぜ」

この信号を渡れば、二階に愛子の家族が、三階に大地の家族が住んでいるマンションが見えてくる。荒川の北岸に位置する大きな駅と、二年前にできたショッピングモールのちょうど真ん中にある四階建てのマンションは、三十代の両親と小さな子どもという構成の家庭にとって広さも家賃もちょうどいい。

「お腹いっぱいだからいまのうち動いとこ！」

「ずるい、おれも！」

信号が青に変わるのを待ちながら、愛子と大地はジャンプをしたりくるくる回ったりと大忙しで動き回る。「ほら、車来るから、危ないから」大地の母親がそう言ってふたりの動きを止めようとするけれど、買ってもらったケーキをできるだけおいしく食べたいという気持ちのほうが強い。

誕生日の夜は、ショッピングモールの中の一番広いレストランで夜ご飯を食べる。愛子の誕生日には大地の家族を誘い、大地の誕生日には愛子の家族が誘われるので、年に二回、ふたつの家族が一緒に誕生日を祝うのだ。レストランでプレゼントをもらい、お店の人に写真を撮ってもらい、そのあとショッピングモールの一階にある洋菓子屋でケーキを買って、どちらかの家に集まって食べる。いつからこうしているのかはっきりと覚えてはいないが、なんだか誕生日が年に二回も来るようで、愛子はとても得をしている気分だった。

「あ、青！」

信号が青になった途端、愛子と大地は同時に走り出した。「危ないって！」後ろから聞こえてくる大人たちの声が、ふたりの汗ばんだ背中をつるりと滑り落ちていく。

「きれいだよな、あいこの母ちゃん」

前を走る大地が、くるんとこちらに振り返った。愛子と大地は同じ保育園に通っていたので、両親の仕事の都合がつかないときは、どちらかの親がふたりまとめて迎えに来てくれることがしばしばあった。小学校に入ってからも、回数は減ってしまったが、今日のように家族ぐるみでお互いの家を行き来したり、出かけたりしている。

「きれい？　そうお？」

「きれいだって、絶対！」

愛子は、飛行機のように両手を広げて走り始めた大地の動きをマネする。脇の下に風が入ってきて気持ちいい。「別にみんなのママとおんなじじゃない？」愛子はそう答えたけれど、美容師をしている母は確かに若くてきれいで、実はこっそり自慢に思っている。

ママはね、お父さんの髪の毛を切ってるうちにね、お父さんのこと好きになっちゃったのよ。実際に髪の毛とか肌に触れるとね、その人が疲れてるのかとか、落ち込んでるのかとか、そういう、心のことまでわかっちゃうときがあるの。それでね、この人も私のこと好きなのかもしれないなあって思ったことがあったの。

愛子は一瞬、後ろにいる両親を見る。昔、夜ごはんを食べながら母がそう話してくれたとき、絶対に聞こえているはずなのに、父はテレビ画面から目を逸らさなかった。父のことを話す母は、いつもよりももっとずっと、美人に見えた。

マンションの部屋に入った途端、大地は早速、靴下を脱いだ。大地の母親が、「もう、ごめんなさいねほんとに」と恥ずかしそうに謝りながら、ほかほかの靴下をかばんの中にしまう。愛子の父は冷蔵庫からこっそりビールを取り出し、大地の父親に渡している。冷房のタイマーが設定されていたのか、部屋の中はちょうどいいくらいに涼しかった。

「愛子ちゃんがモンブランで、大地がチョコレートムースだったよね」

大地の母親が、白い箱に入ったケーキを小皿に取り分けてくれる。この作業は、愛子も大地も自分ではやらない。買ったばかりのケーキは、まるで生まれたてのヒナのように、ほんの少しの衝撃で壊れてしまいそうに見える。もし、そんなケーキを自分の手で壊したなんてときは、きっと立ち直れないほど落ち込んでしまうから、大人にやってもらう。

「キャー、おいしそー！」

「あいこ、テーブルゆすんなって」

大地は、真剣な表情でケーキの周りのセロファンを取り外している。帰り道にふたりであんなに動いたのに、レストランで食べたハンバーグでぱんぱんにふくらんだお腹は全く萎《しぼ》んでいない。それでも、いま目の前にあるケーキならば、いくらでも食べられそうだ。

「ほら、おれきれいに取れたー」

セロファンについたクリームをうれしそうに舐める大地に向かって、大地の母親が言った。

「大地、食べすぎちゃダメだからね」

剣道が上手な大地は、「変なもので体が重く」ならないように、市販のお菓子やジュースを好きなように食べることができない、らしい。愛子は、夏休みが始まってすぐのころ、大きな大きな会場で大地が剣道をする姿を見た。その姿は、確かにとてもかっこよかった。だけど、「変なもの食べさせてないからね」と話す大地の母親の方が大地よりもっと自信があるように見えたことが、愛子には不思議だった。

「ハッピーバースデートゥーユー、ハッピーバースデートゥーユー」

全員分のケーキが小皿に取り分けられると、四人の大人が手を叩いて歌い出した。母親たちの高い声と、父親たちの低い声の間を、大地の歌声が自由に行き来している。

年に一度の誕生日、大地と、ケーキと、お母さんとお父さん。愛子は思わず椅子から立ち上がり、握った右手をマイクに見立て、自分への歌を自分でも歌った。

「ハッピーバースデー、ディア、あいこー」

あいこ、のところで、片足でターンを決めてみせる。母が結ってくれた髪の毛の先が、愛子の視線から逃げるようにひらめく。「もう、この子はほんとにすぐ踊るー」母が、牛乳の入ったコップを愛子から少し離した。

右手を握れば、それはマイクになる。ターンに合わせてふわりとふくらめば、ただのスカートも衣装になる。リビングの電球はスポットライトに、お父さんとお母さんは観客に。

そして自分は、テレビの中のあの子になれる。

「よし、食おうぜえ！」

歌が終わったとたん、大地は、待ってましたとばかりにチョコレートケーキにフォークを突き刺した。スポンジとムースが何層も重なり合っているケーキ、その中をぐんぐんと進んでいくフォークの先。その尖った銀色はやがて、一番下に敷かれているビスケットの層を突き破り、白い皿まで辿り着く。

かつん、とフォークの先が音を鳴らしたとき、壁にかけられている時計の針が動いた。

「あ、時間！」

愛子は父に、「ケータイ見せて、ケータイ」と脅さんばかりの勢いでてのひらを差し出す。いまは二十時四十分をまわったところだ、まだギリギリ間に合うかもしれない。

「はいはい」面倒くさそうなようすでテーブルに缶ビールを置くと、父は、携帯電話を操作し始めた。お目当ての画面が表示されたことを確認した愛子は、テーブルに身を乗り出し、父からその携帯を奪い取る。

「大地、見て見て」

小さな手からはみ出ているその画面を、ずいと大地の目の前に差し出す。画面には、こちらを見てにこりと笑っている知らない親子の写真。幼い子どもの手には、【20：42】と書かれた小さな黒板がある。

「ん？」

フォークをくわえたまま、数秒間、悩ましげな表情をしていた大地が、やがて「うお」と声を漏らした。

「すげえ、なにこれ！」

目をまんまるにする大地を見て、愛子は嬉しくなる。【20：43】と書かれた黒板は、ひんやりと冷たく、なかなかてのひらになじまなかったことを、愛子はいまでもはっきりと覚えている。

「これ、あれだよ、大地の剣道見るまえにとられたんだよ」

「そうなんだ、すげえじゃん！」

「すごいでしょすごいでしょ」

愛子はえっへんと胸を張るが、大地はあっという間に興味をなくしたらしく、すぐにまたケーキとの格闘を始めてしまった。愛子はしばらくの間、自分と母が映っている携帯の画面をひとりで見つめる。

夏休みが始まってすぐ、愛子は大地の出場する剣道の大会を観に行った。大地の両親の気合いの入りようはすさまじく、愛子と母は少し気おくれしたが、それでもやはり試合に臨む大地の姿を見てみたかった。

大地と大地の両親は、朝早くマンションを出て行った。応援席を二席取ってもらっていたので、愛子はゆっくりと準備をすることができた。美容院にとっては大切な週末だったけれど、母は仕事を休み、その代わりというわけではないが父は休日出勤をしていた。

「大地くん、全然画面見てない」母がくすくす笑いながら、大地の両親に話しかけている。「東京って、あんなふうに写真撮られたりすることもあるのねえ。愛子、あのときはしゃいじゃって大変だったのよ」

大地が出場した大会の詳細はよくわからないが、会場はとても広かったし、人もたくさんいた。会場に着いたときは、どうやらまだ開会式をしている最中だったので、愛子と母は近くの公園で冷たいジュースを飲んでいた。そのとき、カメラや小さな黒板を抱えた人たちに声をかけられたのだ。

「ねえ大地、見てよう。もうちょっとで画面変わっちゃうよ」

「おー、見てる見てる」

そう言う大地の口のまわりには、チョコレートのクリームとムースがついている。画面から注意力が逸れているのは明らかだ。

「あ、ほら、変わっちゃったじゃあん」

黒板に書かれている文字が【20：44】に変わった。画面の中では、見知らぬ親子がしあわせそうに笑っている。

カメラを持ったクルーは、親子時計の撮影に参加してもらえないか、と言った。おやこどけい、という言葉は愛子の耳になじまなかったが、その日は遠くへ行くということでお気に入りのワンピースを着ていたし、髪の毛も母に結んでもらっていたので、自分の姿には自信があった。結局、母よりも早く愛子が「だいじょうぶです！」と答えたのだが、母はどこか警戒しているようだった。

愛子はただ、あのカメラを向けられてみたい、と思った。

こちらに向いているカメラのレンズは、選ばれた人しか通り抜けられない狭くて暗いトンネルに見えた。あのトンネルを通り抜けることができたとき、自分はきっとテレビの中のあの子みたいにかわいくなっている――愛子は、太陽の陽射しに負けてしまわないようどうにかぱっちりと目を開きながら、そんなふうに思っていた。

「写真のあいこ、かわいかった？　まえがみ変じゃなかった？」

「うーん」携帯を片手にぐいぐい迫りくる愛子から体を離しながら、大地は、ちらっと自分の両親を見た。かわいかった、と親の前で言うことが恥ずかしいのかもしれない。

「べつにいつもとおんなじじゃねえ？」

「なにそれなにそれ」

「だから、いつもとおんなじだってば！」

愛子が頬をふくらますと、大地はニヤニヤしながらフォークを置いた。チョコレートケーキは、きれいに半分、残っている。

黒板の数字が【21：00】になってすぐ、大地とその両親が席を立った。「コーヒー飲まないの？」愛子の母がそう声をかけたものの、愛子と大地が眠そうにまばたきをしていることを気にしてか、大人たちはなんとなくその場を片付け始めた。

「ふう、腹パンパン。明日からがっこうかー」

リビングを出て行く大地の背中を見る。愛子は毎年この瞬間に、明日からの学校を楽しみだと思えるようになる。

だって、明日学校に行けば、また、大地に会えるのだ。

「パソコンでもみれるんだよな」

「え、なに？」

思わず愛子が訊きかえすと、かかとのつぶれたズックに足を突っ込んだ大地が、振り返りながら言った。

「さっきの写真」

体はドアの外を向いているけれど、大地の顔はこちらを向いている。短パンのポケットが、手の甲の分だけ膨らんでいる。

「……みれるよ。夜の八時四十三分」

愛子がそう答えると、「わかったー」と言い残して、大地は玄関から出て行った。

「おじゃましました、愛子ちゃん誕生日おめでとうね」大地の両親のバイバイを最後に、ドアが静かに閉められる。愛子は、少しずつ遠ざかっていく三人分の足音を、しばらくその場で聞き続けた。


みれるよ。夜の八時四十三分。


あのとき大地に向かってそう口にしたことを、両親の頭上にある時計を見ながら、愛子はふと思い出していた。もう季節は夏でもなんでもないけれど、あの親子時計のページはまだ残っているのだろうか。あれから何年も経ってしまっているから、さすがにもう消えてしまっているかもしれない。

あの日と同じテーブルに腰かけているのに、テーブルの上にはケーキも缶ビールも何もない。両親の手と、自分の両腕が、ただ投げ出されているだけだ。

愛子は、あのあとこっそり一口だけ食べた、大地の食べかけのチョコレートケーキの味をなんとか思い出そうとした。リビングを出て行く大地の後ろ姿を、そこにあったふたつの肩甲骨の形を思い出そうとした。

そうすることで、いま目の前で起きていることがうやむやになればいい。愛子はそう思った。

「いきなりこんなこと話しても、びっくりだよな」

父は一瞬笑いかけたように見えたけれど、結局少しも笑わなかった。母は右手を、父は左手をいつものテーブルに置いている。母の左手はハンカチを握っているし、父の右手はこめかみのあたりを押さえている。

そういえば、あの日は、このふたつの手をどちらも握っていた。レストランからの帰り道、すぐに踊り出して危ないから、と、このふたつの手のどちらもを握らされていたんだった。

「愛子、ごめんね」

母に髪の毛を結んでもらわなくなってから、もう、二、三年は経っただろうか。初めて聞く母の涙声をかき集めながら、愛子は小さく頷いた。

母は、勤務する店を変えてもらい、このマンションを出て行く、らしい。愛子がそう望めばもちろん一緒に暮らせるようにすると、なんとか聞き取れるくらいの声で母はそう話した。母が好きになってしまった人には子どもがいない、だからその人も愛子のことを自分の子どものようにかわいがってくれるはずだ、とか、そういうことも話していたような気がする。

愛子は時計を見た。八時四十四分。

父の胸ポケットに収められている携帯電話を、愛子はぼんやりと見つめた。

「愛子」

父が声を出すと、胸ポケットのふくらみが少しだけ上下した。

「どっちと、一緒にいたい？」

愛子は、唾を飲み込んだあと、ゆっくりと口を開いた。

1

「え？　うそでしょ？」

思わず、握りしめていたてのひらから力が抜ける。すると、生地の薄い夏用のスカートがひろがり、むきだしになっていた膝が隠れた。力んでいた全身のうち、布に守られたふたつの膝だけが少し、ほぐれたような気がする。

「卒業って何？　NEXT YOUをやめるってこと？」

愛子は、自分の口からこぼれでた声があまりにマヌケに聞こえたので、つい、カメラのレンズをちらりと見てしまう。

「うそ、やだ！」

真由《まゆ》が、愛子よりもさらにマヌケな声を出す。そのぱっちりとした二重瞼から、あっというまに大粒の涙がごろごろとこぼれ出した。

「ほんと、いきなりでごめん……」

あたし、NEXT YOUを卒業する。

ほんの一分前にそう言った杏佳《きようか》本人は、メンバーの顔を全く見ず、ずっと下を向いている。杏佳だけではない、真由、碧《あおい》、波奈《はな》、るりか、愛子たち『NEXT YOU』のメンバーが囲んでいるテーブルは無地のはずなのに、まるでそこにとても難しい模様でも描かれているみたいに、みんながじっと下を向いている。誰よりも早く振りを覚え、誰よりも多く歌割をもらっている杏佳が、こんなふうに小さく背中を丸めている姿を、愛子はいままで見たことがなかった。

「どうして？」

波奈が落ち着いた声を出す。こういうときまず冷静さを取り戻すのは、グループで一番年上の波奈だ。

「いきなりすぎて、ちょっと整理できない」

波奈のまっすぐな黒髪をずっと羨ましがっていた杏佳が、ドラマの役作りのために茶色く染めた髪を耳にかけながら、ぽつぽつと話し始めた。

「……みんなには、ほんと、ごめんなさいってことしか言えないんだけど……でも、話すから、聞いてほしいの」

ず、と、鼻をすする音が聞こえる。いつもは真由とふざけてばかりいるるりかも、今は蓋を閉じられたオルゴールのように大人しい。

「ずっと、みんなでNEXT YOUの活動してきて、ほんっとに楽しくて、つらいこともいっぱいあったけど、それでもやっぱり楽しくて」

愛子は、耳だけで杏佳の声を聞きとりながら、これまでパソコンの小さな画面の中で観てきたいろんなアイドルの動画を思い出していた。データが重く、かくかくと画面が止まってしまうことも多かった、あのさまざまな動画たち。

「でも、ずっとこのままでいいのかなって、私が本当にやりたいことってなんなんだろうって」

卒業発表、というタイトルがつけられた数分の動画の中では、どのアイドルも、杏佳がいま言ったようなことを話していた。とても盛り上がったコンサートの最後、それまでの時間がうそだったかのように、卒業についてゆっくりと話しはじめる人。グループに残されることになるメンバーに、あるメンバーの卒業を告げるマネージャー。愛子は、好きなアイドルを追いかけている中で、そんな動画を何度も観てきた。

「いろいろ迷い始めて……卒業、ってことも、数か月前から考え始めるようになって」

愛子は思う。

こういうときは、その人が話しはじめた時点で、物事の進む先は決まっている。

「ちょうどそれくらいから、ひとりのお仕事ももらえるようになって……歌って踊ったりっていうこと以外にも、いろんな人と話したり、演技のお仕事とか、そういうこともさせていただけるようになって」

みんなが見つめているテーブルはただ白く、そこにはなんのヒントも転がっていない。

「アイドル以外のことも、いっぱい勉強したいって思うようになったの。そしたら、そんな気持ちでみんなといていいのかなってつらくなってきて」

アイドルの卒業発表、その中の登場人物になったとき、自分は一体どうなるのだろうと考えたことはこれまで何度もあった。NEXT YOUから誰かが卒業するとして、自分は泣くのだろうか、怒るのだろうか、けなげに涙をこらえる姿でファンの人たちの涙を誘うのだろうか。そんなことを考えている場合じゃないことはわかっているのに、冷静でいようとする気持ちが強すぎるのか、愛子は自分がいまどういう状態なのかがわからなくなっていた。

「一周年記念日が過ぎたら、みんなにちゃんと話そうって思ったの。いろいろあって、ちょっと遅くなっちゃったけど」

どの曲でもダブルセンターのうちのひとりとして歌い、踊っていた杏佳。もちろん、いまから少し前、四月に行われた結成一周年記念イベントでもそうだった。その杏佳がいなくなる。

「ほんと、自分勝手で、ごめんね」

杏佳の言葉に、るりかが無言でぷるぷると首を横に振った。隣に座っているるりかの涙が一粒、愛子の手の甲に落ちる。

つめたい。

そう思ったとき、やっと、頭の中で散らばっていたものたちが、ガチャっとあるべき位置にはまった気がした。

杏佳が、NEXT YOUを卒業する。

ずっと六人でやってきたNEXT YOUが、五人になる。

少しの間、誰も話さなかった。スタッフのひとりがカメラを抱え直す音が、よく聞こえてしまう。

「さみしいよおっ」

突然、真由が手を伸ばしてティッシュを二、三枚取りだした。そのまま、ぐしゅぐしゅと鼻の辺りを拭き始める。

「他のこと勉強したいとかっ、自分勝手とかそういうのっ全部どうでもよくってっ」

ひっ、ひっ、と、心臓そのものがしゃっくりをしているみたいに、真由の体全体が揺れている。

「さみしい、杏佳いなくなるのっ、さみしいよっ」

くしゃくしゃに丸まったティッシュが、真由の赤くなった目のあたりに持っていかれる。真由は結局、自分の顔の上半分を隠す姿勢のまま、何も言わなくなってしまった。

また、静かになる。真由が渡してくれたバトンを、愛子は、自分で受け取ることにした。

「……武道館」

愛子は顔を上げる。

「一年前、杏佳が言ったんだよ、みんなで武道館行こうって」

杏佳が、愛子のことを見た。

「デビューしたとき、杏佳が言ったんだよ、武道館行きたいって。セットを小さくして、一番人が入る状態にしてライブやりたいって」

「その発言が結構話題になったんだよね」

波奈が冷静な声でそう言うと、ふっ、と、空気が少し和らいだ。

「杏佳の発言のせいで、はじめ、ちょっと変な注目の浴び方したんだから」

日本武道館は、センターステージのみを利用する構造だと一万二千人の観客を収容することができる。しかし、セットの組み方や二階席の一部をつぶしたりすれば、観客が六千人足らずであっても、満席に見せることは可能だ。

「でも、そのおかげで、私たちの夢もはっきりしたけどね」

波奈が落ち着いた声でそう言うと、るりかがぶんぶんと首を縦に振った。

「ほんとだよっおっ」

体がびくんと跳ねるタイミングで、声も跳ねてしまっている。

杏佳は涙を拭わずに話す。

「ごめんね、ほんとに」

別に謝ってほしいわけではないのに、と、愛子は思う。他のメンバーもきっと、そう感じているはずだ。

「私、絶対、武道館でやるライブ観に行くから」

そう言う杏佳の涙は、ずっと、同じ道筋を辿って顎へと伝っている。肌の色が微妙に変化しているその道筋を、愛子は見つめた。

「それか、演技のお仕事でハリウッドとか行っちゃって、むしろ観に行けないってなるくらい忙しくなるから」

冗談ぽく話す杏佳につられたのか、さっきまでティッシュで目を押さえていた真由と、ぽろぽろ涙を流していたるりかの表情がやわらいできた。心根が明るいこのふたりは、泣き笑い、という言葉がよく似合う。

「ごめんね、碧」

不意に、杏佳がそう言った。メンバーと、この会議室にいる大人が全員、目だけで碧のことを見たのが分かった。

マスクをしている碧は、目線を動かすことなく、小さく頷いた。

「うん」

愛子には、碧の声が聞こえた気がした。だけどその声は、杏佳に届いているかも、カメラが拾えているかもわからないくらい、小さかった。

「ごめん」

杏佳はもう一度そう言った。碧はもう、体のどこも動かさなかった。白いマスク越しにもわかるよく通った鼻の筋は、どんな言葉もどこかにすべらせてしまいそうに見えた。

部屋の隅にいるマネージャーが、右手でオッケーサインを出す。すると、「じゃあ、行くね」と杏佳が立ち上がった。事務所の会議室から出て行く杏佳の後ろ姿に、カメラが一台ついていく。マネージャーも、杏佳と一緒に会議室を出て行ってしまった。

ドアが閉まると、部屋の中に残っていた女性スタッフが「では」と一度、手を叩いた。

「このあと、ひとりずつ廊下でコメントを撮るので、みんなこのままちょっと待ってて。うーんと、波奈から撮ることにしよっか。内容考えておいてね」

室内にいるカメラマンがカメラを下ろしたので、愛子は、ふう、と大きく息を吐いた。体中の力が抜けて、猫のように背中が丸まる。

「ほんとに五人になっちゃうのかなあ?」

空いた席に座った真由は、愛子の返事を待つこともせず、カバンの中に突っ込んだ手をがさごそと動かし始める。あと二十分も電車に乗り続ければ最寄りの駅に着くのに、空腹に耐えられなくなったみたいだ。

事務所を出る前に返してもらった制服が、肌にしっとりとなじむ。

今日はいつにもまして突然の招集連絡だったため、愛子も他のメンバーたちも、学校の制服姿で事務所に向かった。到着するなり、用意されていた別の制服に着替えさせられたのだが、愛子はそのとき、カメラがまわるような出来事が起きることを予感した。学校の制服を着たままの姿でファンの目に触れることは、まずない。ファンの中にはネット上の情報を分析することに長《た》けている『解析班』と呼ばれる人たちがおり、通っている学校の制服が特定されれば、その情報をもとに学校名からなにから全て割り出されてしまう。

事務所が用意していたダミーの制服は、複数のパターンがあった。セーラー服、ブレザー、カーディガン、シャツにリボン。こういうとき、グループで一番人気があるメンバーが、最もスタンダードなセーラー服を着ることになる。

「ほんとに、五人になっちゃうんだろうね」

さっき聞いた言葉をほとんどそのまま繰り返しながら、愛子は窓の外をちらりと見た。真由は東十条、愛子は川口で降りる。まだまだ先だ。

真由が、カバンから取り出した小さな袋の中に、右手の人差し指と親指をそっと差し込んでいる。そして、へたくそなUFOキャッチャーみたいに、梅味の茎わかめをひとつ、袋の中から取り出した。

「はじめてだよね、卒業って」

わかりきったことを言う愛子の隣で、真由は取り出した茎わかめを自分の口に放り込んだ。

「うん」

真由は、もごもごと口を動かしている。きっと、今のうちにできるだけ梅の味を堪能しているのだろう。いざ噛み始めてしまえば、ひとかけらの茎わかめなんてあっという間になくなってしまう。

今日はもともと仕事の予定がなかったので、学校の授業を終えたらまっすぐ家に帰るつもりだった。数日前からなんとなく食べたいと思っていた冷やし中華を、父の分もまとめて作るつもりだった。

「ていうかさ、やばくない、杏佳いなくなったら、誰があいさつとか仕切んの?」

口をもごもごさせながら真由が言う。

「ほんとだ! ていうか、冷静に考えたらなんかいろいろやばいじゃん」

あいさつとかMCとかいろいろ、と具体的な要素を口に出せば出すほど、ふしぎと、杏佳がいなくなることへの現実感が薄れていく。電車の中が混んできたので、愛子は脚の上に載せていたリュックをぎゅっと抱きしめた。

急ぎの連絡は、マネージャーとメンバーが参加しているライングループで共有される。昼休みに招集の連絡を受けたとき、愛子は冷やし中華用に準備をしてしまっていたお腹の中を恨んだ。

「ねえ、ぶっちゃけた話していい？」

混んできたからか、真由は声のボリュームを抑えた。「いいよ」いいよ、としか答えられないような質問をしてくるのは、真由のくせだ。

「きょう呼ばれたの、武道館決定のサプライズかと思っちゃった」

「え、私も！」

思わず大きな声を出してしまったとき、電車のドアが開いた。愛子の大声を気にすることもなく、たくさんの人が降り、たくさんの人が乗りこんでくる。そのいつもどおりの光景はなぜか、たったいま沸き立ちかけた興奮を静める力を持っている。

こんなにも人がいるのに、誰にも気づかれない。愛子と真由は、帽子もめがねもマスクもしていない。乗客はみな、自分のてのひらの中にある小さな画面に映る世界をじっと見ている。いろんな場所でたくさんの人に出会うけれど、電車に乗っているときに一番、自分たちのことを応援している人なんて現実にはたったの一人もいないのかもしれない、と思う。

「なんかちょっと、期待しちゃったよねー」

電車が揺れるので、体が揺れる。体が揺れるので、心も揺れる。何か大きなことが起きると、それ以外のことをこれまでどうやって話していたのか、とたんにわからなくなる。

「碧、泣いてなかったね」

真由が、茎わかめの入った袋をカバンの中にしまいながら言った。間食で食べていいのはひとつ、と決めているらしい。

「マジ？　気づかなかった」

自分は杏佳みたいに演技の道に進むことはないだろうな、と愛子は思った。日常の中の嘘でさえ、こんなに下手くそなのだ。

「逆にるりかは早すぎたよね泣くの」と、真由。

「完全に真由のほうが早かったけどね」

「ウケる」

口元をほんの少しだけ緩ませて、真由はウケると言う。これも真由のくせだ。

電車はきっと、もうそろそろ東十条に着いてしまう。愛子は、わからなくなってしまった振り付けを教えてもらうときみたいに、聞いてみた。

「あのさー」

「なに」真由がちらりと窓の外を見る。見慣れた景色が広がっているからだろう、声がよりやわらかくなっている。

「真由は、杏佳が言ってた意味わかった？」

「なに？」

「今日、杏佳が言ってた意味」

電車が速度をゆるめていく。

「意味ってなに、やめるってことじゃなくて？」

どうもピンときていないようすで、真由はカバンの小さなポケットの中をさわっている。財布と携帯、それさえあればとりあえず電車は降りられる。

「またね。おつかれー」

真由が立ち上がったそのとき、愛子の耳の高さになったそのおなかから、きゅう、と小さな音が聞こえた。高校生の愛子たちは、二十一時以降に人前に出るような仕事をすることはできないけれど、都内にある事務所から実家に戻るころには、結局それなりに深い時間になっていることも多い。

おなかがすいていても、真由はもう、カバンの中には手を伸ばさない。茎わかめは、一袋で四十三キロカロリー。

ひとり残された愛子は、カバンから携帯を取り出す。事務所に置いてあった、これから出版される掲載誌の発売日を記録しておいたメモを見直す。

あとでメールしとこ。

そう思うだけ、ただそれだけのことで、小さな頭の中にあった大きなもやもやがほんの少し、晴れた気がした。


鍵を開け、電気を点《つ》けると、学校へ行く前と全く同じ光景が、人工的な白い光に照らし出された。父はまだ帰ってきていないようだ。

事務所の会議室で食べたふたつのサンドウィッチが、お腹の底のほうにずっと残っている。改めて夕飯をきちんと食べる必要はなさそうだったので、愛子は冷やし中華をあきらめ、冷蔵庫の中から麦茶を取り出した。グラスの中に茶色い液体を注ぎながら、ちらりと時計を見る。

もう二十二時が近い。今日撮った動画がそろそろアップされるだろう。愛子はリビングにあるパソコンの電源を点けた。

NEXT YOUは半年ほど前、YouTubeに公式チャンネル『ネクステ』を開設した。シングルの表題曲、カップリング曲のMVの一部や、イベントのちょっとした裏側、各メンバーの自己紹介動画などが観られるチャンネルだ。開設の際、「いまは即時性が大事だから」と説明してくるマネージャーに対しとりあえず頷きはしたけれど、

愛子たちはそのあと、メンバーの中で一番年上の波奈に「ねえ、ソクジセイってな
に？」と尋ねることになった。
愛子は手首をくるくるとまわす。杏佳の卒業に関してメンバーそれぞれがコメントを
撮ったあと、ポスターやTシャツへのサイン書きをまとめて行ったので、手首が少し疲
れている。
起動したパソコンをマウスで操る。公式チャンネルは、開設されたその日のうちに、
父によりお気に入りに登録されていた。
【尾見谷《おみたに》杏佳から緊急発表】
ソクジセイが大事と言っていただけのことはあって、確かに動画はもうアップされて
いた。サムネイルをクリックすると、画面下部には、「300回以上の再生」という文
字が現れる。
全世界の人が、NEXT YOUの情報をリアルタイムで取得できるようになる。公
式チャンネルを立ち上げたとき、マネージャーはそう言って胸を張っていたけれど、愛
子にはどうしても、そんなふうには思えなかった。いま、情報をリアルタイムで取得で
きるなんていうのは当然のことだ。むしろ、どんな情報でもリアルタイムに手に入れら
れるがゆえ、あらゆるものから置いていかれているように感じることのほうが多い。
動画は、会議室全体を映す固定カメラの映像から始まった。メンバーが順番に入って

くる。みんな、こんなふうに動画を撮られるとは思っていなかったので、髪型もメイクも適当だ。ダミーの制服姿で現れた自分の姿を見て、愛子は思わず、こういうオフっぽい姿ってうれしいんだよね、と、ファン目線になる。

杏佳以外のメンバーが揃ってしばらくすると、この動画の主役がやっと画面に映り込んできた。そこまで画質の良くない動画の中でも、杏佳の表情が誰より緊張していることがわかる。

愛子には、この街に住む自分以外の誰かの視線が、いまの自分と同じようにこの画面に向いている感覚が、ない。忙しく電車に乗り降りしていたあの人たちは、それぞれに自分のてのひらと同じ大きさのリアルタイムを持っている。あの電車の中で、複数の人が同じ場所を見つめる瞬間なんて、きっと、一秒もなかった。

だけど、と、愛子は思う。

自分は、大勢の人が、ある一点を見つめていた場所を知っている。そういう場所があることを知っている。

「ただいま」

「わっ」

いきなりドアが開いたので、愛子は思わず肩を跳ねさせた。「足音全然聞こえなかった、おかえり」なんとなく、パソコンの画面を自分のほうに引き寄せる。

「なんか食べる？」

「大丈夫、適当に」

父はあいまいに返事をすると、スーツを脱ぎながらリビングを出て行った。都内の印刷会社で経理の仕事をしている父は、毎月ある決まった時期になると帰りが遅くなる。六月なかばの今は、そこまで忙しくはないようだ。愛子は、ケイリってどんな仕事なのかな、と波奈に聞いてみたことがあるが、さすがの波奈もはっきりとはわからないようだった。

視線を戻すと、動画は、杏佳が会議室を出て行くところに差し掛かっていた。ドアがぱたんと閉じられ、残された愛子たち五人のメンバーの全体像が映っている。体を上下に揺らして泣いている真由とるりか、落ち着いた表情で前を向いているように見える波奈。自分の姿ももちろん映っているけれど、なんとなくそこからは目を逸らしてしまう。

碧は、大きなマスクをしている。だから、表情を読み取ることができない。

カメラが動く。マスクをしている碧の、目の部分のアップが映る。もうマスクも映らないほど、画面が碧の両目でいっぱいになる。涙に濡れているわけでも、赤くなっているわけでもないその目を取り囲むまつ毛が、かすかに震えている。

そこで、突然画面が切り替わった。

「ほんとに突然で、わけわかんなくて……杏佳ちゃんがいなくなっちゃうなんて、ほんとに実感がわかなくって」

事務所の廊下を背景に、泣きはらした目をしたるりかがひとりで立っている。

「いっつも、つるりんつるりんって、抱きついてくれて、るりがダンス覚えられないときとか、いっつも杏佳ちゃんが教えてくれて」

鶴井《つるい》るりか。ニックネームは「つるりん」。デビューのときから変わらない、左右それぞれ高い位置で結んだ黒髪。るりかはデビューして一年が経つ今でもまだ十四歳の中学二年生なので、ツインテールでも違和感がまるでない。NEXT YOUを組む前から、現在の所属事務所であるグリーンアッププロダクションの芸能三部に在籍していたため、結成当時からその小さな子どものような体型からは想像できないほどステージ慣れしていた。ただ、まだ若いこともあり、歌声はなかなか安定しない。歌のあいだにあるセリフ部分だったり合いの手だったり、あそびの部分はるりかが担当することが多い。

「どうしていいかわかんない、こんなのひどいもん、るり、杏佳ちゃんとずっと一緒にいたいもん」

るりかは今でもこうして、人前で泣くことを我慢しない。「るり、家でも学校でもよく泣いちゃうんですよお（笑）」インタビューにはよくそんなふうに載っているが、家というのは都内にある一軒家で、学校というのは芸能コースのある私立中学だ。お金持ちの家の一人っ子であるるりかは、どこで涙を流してもその受け皿としての愛があふれている場所にいる。

画面が切り替わり、波奈が映る。るりかと違い、波奈はカメラから目線を外している。

「うーん、なんて言えばいいか難しいんですけど、泣いたりとか、なんでどうしてってて思うのは今日だけにして、明日からはきちんとこれからのNEXT YOUのことを考えなきゃいけないなって思ってます」

坂本《さかもと》波奈。ニックネームは「はなさま」。真っ黒、真っ直ぐな髪の毛と、その見た目のイメージを裏切らないしっかりとした性格。曲の中で目立つポジションを与えられているわけではないけれども、幼少期から赤ちゃんモデル、子役として活躍していたこともあり、NEXT YOUのリーダー的存在だ。最近、マネージャーからOKサインが出たので、アニメと特撮が好きだということを公言しはじめた。好きなアニメのキャラクターになりきったコスプレ写真を掲載したブログはNEXT YOUのファン以外にも好評だ。

「杏佳が抜けて、変わってしまうこともちろんあると思うけれど、それでも変わらないものっていうのがきっと本当のNEXT YOUらしさだと思うから、ファンの皆さんにはそこを見ていてほしいなって思います」

愛子より二つ年上の波奈は、三年間で高校を卒業することができず、いまは取り逃した単位を取得するため高校四年生をしている。それは公言してはいけないらしい。

「……杏佳がいなくなるのはさみしいですけど、五人のNEXT YOUとして、覚悟決めて、やっていかなきゃって思ってますので、みなさん、心配しないでください。新生NEXT YOU、がんばりますので」

波奈は、グループの中でひとりだけ、一人暮らしをしている。愛子はその家にまだ行ったことがないけれど、杏佳はよく泊まりに行っていたらしい。住むところを事務所が探してくれるようになるにはもっともっと売れないといけないいんだって――波奈から聞いたのか、杏佳がこっそりそう教えてくれたことがある。

お腹が鳴りそうになったので、麦茶に手を伸ばす。そのタイミングで、画面が切り替わった。

「いまは、正直、これからどうなるんだろうってことしか考えられなくって、うーん、だから、なに話していいかわかんないんですってば！　あたしうるさいですか？」

安達《あだち》真由。ニックネームは「だっちー」「だちまゆ」。デビューして一年経ったいまでも、オーディションのときに特技としてオリジナルのコントを披露したエピソードがついてまわっている。「もー、こんな発表だと思ってなかったんでなんも考えられてないし、なんかやばい、あたしだけいいこと言ってないみたいになっちゃうかもこれ」この動画の中でもひとりだけカメラにぐっと近づいたり、まるで友達のような距離感でカメラマンに話しかけたり、その人懐こさが存分ににじみ出ている。悲しみの涙に濡れた目は確かに赤いのに、何だかテンションが高い。かくれんぼで一番はじめに見つかってしまった子どものようだ。

「さっきまでどうしようどうしようって泣いてばっかでしたけど、なんだろう、やんなきゃ！　ってなって、ぐっと力込めたら、涙止まったし、さみしいけどいけるぞ！　みたいな感じで」

真由は、愛子と同じで、どこの事務所にも所属していない完全な素人としてNEXT YOUのオーディションに合格した。歌もダンスも未経験だった愛子と真由は、基礎的なレッスンからずっと一緒だったこともあり、真由のほうが学年がひとつ下とはいえ、すぐに名前で呼びあうようになった。

「杏佳ちゃんとは、あとちょっとの時間しかないけど、いっぱい思い出つくります！　ディズニー一緒に行く約束してたから、まずそれかなあ？」

真由は、オーディション時よりも、体重がかなり増えた。けれど、本人の明るさは、審査員にオリジナルコントを見せつけたときから変わらない。顔の輪郭が変わっても、笑うと顎を撫でられたネコのようになる愛らしい顔立ちはそのままだ。

愛子はマウスを握り、自分がしゃべっているだろう部分をまるごと飛ばした。すると画面には、俯《うつむ》いている碧の顔が現れた。

碧がゆっくりとマスクを取り、こちらをまっすぐ見つめてくる。

「……なんていうか」

きれいな顔。

愛子は自然に、そう思った。

「まだ、信じられないです」

堂垣内《どうがきうち》碧。ニックネームは「あおい」。NEXT YOUのツートップといえば、ずっと、杏佳と碧、このふたりだった。

「どの曲でもずっと隣にいたから。杏佳はいつも、私ができないことをしてくれていたし、ずっとふたりで補い合ってきたので」

杏佳が太陽なら、碧は月。杏佳が向日葵《ひまわり》なら、碧は紫陽花《あじさい》。ファンは二人の関係性を、いつも対になる何かに譬《たと》えたがった。元気いっぱいに踊り、ライブでのコール&レスポンスも全力で行う杏佳。大きく踊ることは少ないが、手足の長さや姿勢の良さによるシルエットの美しさがセンターポジションにぴったりな碧。

「だけど……」

碧は言葉を止めると、もう一度俯いた。そして、また、前を向く。

やっぱり、その前髪は動かない。

「自分がこうして人前に出る仕事をしていることだって、ずっと信じられていないので、たぶん、このままずっと、この感じが続いていって、どこかでなじむんだろうなって思います」

アイドルは前髪が動かない。小さなころから、愛子はそれが不思議で仕方がなかった。テレビの中のアイドルは前髪が動かない。どれだけ踊っても、頭の上に乗っているだけに見える小さな帽子は落ちてしまわない。ヒールの高いブーツを履いたままターンをしても、転ばない。

愛子は、碧と対面したとき、現実に生きるアイドルを初めて見た気がした。

「信じられないことって、たぶん、信じられないまま、いつのまにか毎日になじんじゃうんだと思います。たぶん、すぐにまた、新しく信じられないことが起きるから」

碧は最後に「お疲れ様でした」と頭を下げると、カメラの前から離れた。碧だけ、去っていく後ろ姿まで動画に収められていた。

パッと見はどこにでもいるような普通の女の子なんだけれども、三秒見れば、そうではないということがわかる。アイドル評論家を名乗る大学生のような見た目の社会学者が、どこかの雑誌で碧についてそう話していたのを、愛子は読んだことがある。

次は杏佳のコメントだろうと思って油断していたら、その読みは外れた。長方形の画面に映ったのは、「1216」と番号が書かれたプレートを胸につけ、マイクを握っている杏佳の姿だった。

NEXT YOUのメンバー募集オーディション。審査員の前で歌を披露しているということは、おそらくこれは二次選考あたりだろう。

「エントリーナンバー1216、広島県出身、尾見谷杏佳です！」

残されるメンバーのコメントのあとに、卒業するメンバーのオーディション映像。これ、神編集って言われるんだろうな。愛子がそう思いながら麦茶を飲み干したとき、リビングのドアが開いた。

「愛子、風呂入った？」

上はTシャツ、下は短パン姿の父は、髪の毛をタオルで拭いている。いつのまにかお風呂を済ませていたらしい。

「あー、まだ」

「じゃあ出たら電源切って窓開けといて」

りょうかーい、と軽く返事をすると、父は愛子のそばに置いてあった空のグラスを手に取り、キッチンの流しへと運んでいく。

「新しい動画？」

少し前から目立つようになってきた白髪が、父の持つタオルから見え隠れしている。

「うん。観るならつけとくけど」

「つけといて」

父がドライヤーのスイッチを押す。風の音が、これまでリビングに浮遊していた音のすべてを、どこか遠くへと吹き飛ばしてしまう。

愛子には、反抗期がなかった。友達が自分の親の悪口を言うようになった中学時代、愛子も一応なにか言ってみようかなと思っていたら、母が家から出て行った。

中学三年生になったばかりのころ、オーディションを受けたいと話したとき、父は特に反対しなかった。愛子は昔からよく歌って踊ってたよな、と、マルでもバツでもない返事をした数日後、勉強をきちんとがんばるなら、という条件付きで、父は愛子に応募用紙の書き方と書類の送り方を教えてくれた。

あのときまっすぐに反対してきたのは、確か、大地だけだった。

ドライヤーの音を聞きながら、愛子は動画を見つめる。グリーンアッププロダクションとある携帯電話の会社が共催した【新世紀アイドル発掘！　アイドルはあなたのすぐそばにオーディション】の過程は、その携帯電話会社のスマートフォンでのみ観られる専門チャンネルで毎週放送されていた。父はわざわざ携帯を機種変更してまでそのチャンネルに加入しており、なんだかんだで未だにそのチャンネルから退会できていない。

オーディションの応募資格は「どこの事務所にも所属していない十八歳以下の女の子」であったにも拘わらず、結果、合格者六人のうちの四人がグリーンアッププロダクションにもともと所属している女の子だった。メンバー決定の放送があった当時は、そのことに関してネット上でわりと話題になったらしい。愛子と真由は、なにやらすでに顔見知りらしい他の四人に対して思うところはあったものの、当時は、その違和感を言葉にしないようにしていた。

「アイドルはあなたのすぐそばに」というオーディション名が、その携帯電話会社の企業コピーをもじったものだと知ったのは、全員でデビュー特典としてのＣＭ撮影をしたときだった。

ふと、ドライヤーの音が止まる。

「三年後の今日、あの武道館に立ちたいです！」

ぱあっと、クラッカーがはじけるように、パソコンの画面から杏佳の声がした。いまから一年と少し前、六人で行ったデビュー記念イベントの映像だ。そのあとすぐに真っ暗になった画面いっぱいに、【尾見谷杏佳、ＮＥＸＴ　ＹＯＵ卒業】という文字が表示される。

「びっくりした、何だいまの」

「見ればわかるよーい」

愛子は、そう言ってしまった手前、パソコンの前から立ち上がった。もうこのままお風呂に入ってしまおう。

愛子が高校一年生になったばかりの四月一日、武道館、のある北の丸公園のイベントスペースで、ＮＥＸＴ　ＹＯＵはデビュー記念イベントを行った。そのときからセンターに立っていた杏佳が、囲み取材の途中、大きな声で武道館宣言をしたのだ。その映像は、いま観た卒業発表の動画以外にも、様々なところで使われている。

杏佳が言ったのに。それがグループの目標になったのに。愛子はひとり、脱衣所の扉を開ける。

デビュー記念イベントの日、武道館でライブを行っていたのはグリーンアッププロダクションに所属する女性声優グループだった。そのため、【祝デビューNEXT YOU、先輩グループに宣戦布告！】と、その声優グループと抱き合わせるような形で、各スポーツ紙にわりと大きく記事が出た。

愛子は、鏡に映る自分を見つめる。真由ほど、パッチリとした大きな目ではない。るりかほど、守ってあげたくなるようなかよわさもない。波奈ほどすらりと背が高いわけでもないし、碧のように、その瞳の奥にあるものを解き明かしたくなるような、ミステリアスな空気もない。

ただ、いつもいつでも、歌って踊ることが好きだった。

音楽が流れれば踊ってしまうし、そうでなくても自分で歌いながらステップを踏んでしまう。小さなころからずっとそうだった。自分の姿が映るような場所があれば、それが鏡でも窓ガラスでも関係なく、体を動かしてしまうのだ。子どものころは、家の中も外も関係なかったから、それでよく両親に怒られていた。

「雨の日、傘を、わすれた君が、スニーカー、片手に、待ちぼうけしてた」

小さな声で歌いながら、愛子は振り付けをなぞる。デビューのときから歌い続けている曲は、もう頭で何も考えずとも、自転車に乗るような感覚で踊ることができる。

「昨日、買った、青色の傘、サイズ、ひとつ、小さくて」

アイドル以外のことも、いっぱい勉強したいって思うようになったの。そしたら、そんな気持ちでみんなといていいのかなってつらくなってきて——

「君の、となり、ひとりじめ」

グループから抜けるアイドルのコメントには、これまでに何度も触れてきた。ただ、愛子はいつも、そのコメントの内容が理解できなかった。メンバーからも、ファンからも、ファンでない人たちからも、事務所の大人たちからも、どの方向からも攻撃をされないようないくつもの盾を用意したようなコメントは、やがてその盾が壁になり、結局どの方向にも届かない。言った本人にしか、聞こえない。

杏佳が言ったことが理解できないなんて、いままで一度だってなかった。挨拶は大きな声でするとか、レッスンがはじまる十分前には着替えを終えておくとか、武道館に立ちたいという目標だって、全部全部、理解ができないなんて一瞬でも思ったことはなかった。

愛子は、鏡に映る自分の姿を見つめる。

とにかく歌って踊ることが好きで、好きなことをしている自分の姿を誰かに見てもらいたかった。

だけど、杏佳はそうじゃなかったのかもしれない。

脱衣所まで持ってきた携帯を手に取る。メモには、NEXT YOUの記事が掲載される雑誌のタイトルと発売日を順番に記録してある。たとえモノクロでも、半ページでもいい。自分が登場するメディアの情報は、すべて把握しておくのだ。

そして、その文面をコピーして、メール画面にペーストする。

あて先は、【大地】。そして、【お母さん】。

いつも、すぐに、返事がくる。愛子は、裏返しにした携帯をバスタオルの上に置いた。

★

業務課に異動が決まったときから、十月になると仕事が様変わりすると言われていたけれど、まさにそのとおりだった。

「今年はどう?」

後ろから声がしたので振り返る。すると、ランチを終えたらしき先輩が、紙コップのホットコーヒーをマドラーでかき混ぜつつ私のデスクを見下ろしていた。

「デスクランチってことは、忙しい期間だ？」

私は、ゴミ箱からのぞくコンビニの白い袋を、ぎゅっと奥へと押し込める。

「今日はまあ昼当番だっただけなんですけど」

ふう、と息を吐きながら両手を伸ばすと、関節がぽきぽきと鳴った。

「でも確かに、十月入ったらけっこう大変ですね」

今日の夜は、今年に入って爆発的に流行しているあるバンドのライブが予定されている。隣のデスクの後輩も行くらしく、サイリウム代わりになるバンドオリジナルのアプリを嬉々としてダウンロードしていた。

「そうだよね。しかも異動してきて初めてなわけだし」

そう言う先輩は、ふうふうと息を吹きかけるばかりで、ホットコーヒーになかなか口を付けない。

武道館、というだけあって、年間の利用スケジュールはまず、武道関連、文化振興に関わるものが優先される。鏡開き式、武道始め、全日本少年少女武道錬成大会など、毎年恒例のものも多い。

そんな武道関連行事の一年間のスケジュールは、業務課とは別の課が前年の九月中に組み立てる。そして十月に入ると、いよいよ武道関連行事ではない一般利用の受付が始まるのだ。いわゆるコンサートやイベントなどは、一般利用枠となる。一般利用の年間スケジュール組みは、ここ業務課の担当だ。

「来年の武道関連はどれくらいなの？」

「えーっと」

私は、すでにデータでもらっておいたスケジュール表のアイコンをタップする。

「年間八十二日なんで、まあ例年と変わらずって感じですかねえ」

「ふうん」

やっとコーヒーを一口啜ると、先輩はプハアと息を吐きだした。「じゃあ、一般利用の日程も去年以上は入れないようにしなきゃね。途中で設備の補修とかもしなくちゃいけないだろうし。一般利用は百八十日前後ってところかな」

「そうですねえ……」

エクセルで作った来年の年間利用スケジュール表は、まだすかすかだ。ここがこれから、自分が行う仕事によりいっぱいになることが想像できない。というか、したくない。

「まあでも卒業式シーズンとか、日程かぶりそうなところ気を付けてやれば大丈夫だから。あ、あとあれね、二十四時間テレビね。一回向こうからの申し込みがなかったくせにこっちが怒られたことがあったらしいから」

こうしていろいろアドバイスをしてくれているということは、きっといま先輩はわりとヒマなんだろうな、と私は思った。異動してきた私の教育係を務めてくれているこの先輩は、一般利用のスケジュール組みを担当してから去年までずっと、目立ったミスを一度もしたことがないらしい。

「あ、そういえば」

私は、午前中に届いた申請データのうち、気になっていたものを取り出した。

「なんか、十月に入って真っ先に連絡してきたイベンターさんがいるんですけど」

「うんうん」

先輩の顔がこちらに近づく。ふんわりと、コーヒーの香ばしいにおいがした。

「この日平日ですけど、いいんですかねえ」

2

紙の束が、ふわん、と小さな風を生んだ。

「愛子、見たよこれー」

クラスメイトがふたり、愛子の机に週刊誌を置く。夏休みの部活が忙しかったのか、袖口から伸びている腕が真っ黒だ。

「えー、なになに急に」

愛子が顔をあげると、クラスメイトはその週刊誌を忙しそうにめくり始めた。

「これこれ。いままでで一番大きく載ってんじゃん？」

「いやほんとそれ、見たときいっしょに叫んだかんね、そんでソッコー買ったから」

「ていうかいつのまに五人？　愛子のグループ、六人組じゃなかったっけ？」

早いテンポで話すふたりは、前半のページをどんどん飛ばしていく。安い紙を使っている週刊誌は、一枚ずつきちんとページをめくることが難しい。

「えー、買ってくれたとかありがたすぎる！」愛子はそう言いながら、さりげなく、その週刊誌の表紙を確認する。「あんたたち女神だよほんと」

「そりゃ買うっしょー」

「うちらが女神なのは知ってるしね」

愛子の言葉を適当にあしらうクラスメイトの手が、巻末にあるカラーページに差し掛かる。そのとき、愛子の目にとある文字が映った。

【夏は終わるけどアイドルは終わらない！】

思わず、めくられていくページを自分の手で止める。

【アイドル戦国時代最終軍を見逃すな！】

「これさ、まだ自分でちゃんと見てなかったやつだ、ラッキー！」

愛子は、週刊誌を自らのほうに手繰り寄せた。「なんか事務所の人がくれるときとくれないときがあってさあ、テキトーなんだよねあの人たち」少し強引かもしれない、と思いながら、巻末から巻頭のほうへとページを移動させていく。

「ふたりとも、これってもう全部読んだ？」

愛子は、クラスメイトに向かってにこりと笑う。

「もしもういらないんだったら、私もらっちゃっていい？　お金払うから！」

「え、お金は別にいいけど。四百円？　くらいだったし」クラスメイトの片方がそう言うと、「ひとり二百とかだしね」もう片方が同調する。突然週刊誌を奪った愛子に動揺はしているようだったが、このまま押し通せば大丈夫そうだ。

「ごめんね、今度なんかジュースとかおごらせて!」

愛子は顔の前で両手を合わせると、自分のカバンの中にその週刊誌を滑り込ませた。

二学期の初日は始業式とホームルームだけで終わる。部活やバイトが始まる時間までだらだらと教室に残っているクラスメイトたちは、転がり込んできた膨大な自由時間を、少しずつ、かつ贅沢に舐め溶かしているように見える。

「そんじゃ、私行くね、ありがとねこれ」

カバンを抱えながら立ち上がると、愛子は、廊下を歩く見慣れた横顔を見つけた。

「大地」

名前を呼ぶ。ピンと伸びた背中にかけられていたエナメルバッグが、くるんと回転する。

「おー」

半袖の白いシャツの袖口が、さらにもう一度折り返されている。

「部活?」

「そう。柔道部と交代だから三時までだけど」

今日も大地の髪の毛は、授業参観ではりきる小学生みたいにまっすぐ立ち上がっている。まんまるの地球儀のようだったむきだしのおでこの形は、中学生になったくらいから、少しずつまんまるではなくなってきた。

「あ、ていうか昨日、ありがとね」

「え？」

「え？」

大地のとぼけた声を、愛子はそのまま打ち返してしまう。

「いや、昨日の夜、大地のお母さんが手作りケーキ持ってきてくれたから。ほら、誕生日だったじゃん、私」

「………」

「え、なんで全然思い出さないの、ほら、昨日、私の！　誕生日！」

愛子が声を荒げても、大地の表情は変わらない。

「そうだったっけ」

「は⁉」

思わず出た大きな声に、廊下を歩いていた数人がこちらを振り返る。

「チョコペンでおめでとうって書いてくれてたじゃん、プレートの端に！　あの汚いのあんたの字じゃないの？」

「あ！　書いた！　書いたの忘れてたから誕生日も忘れてた」

芋づる式に、とひとしきり笑ったあと、大地は、ころんとサイコロを振るように言った。

「ケーキ、全然甘くなかったっしょ」

高校の校舎は窓が大きい。だからどこにいても、表情が隠せないくらいには、太陽に明るく照らし出されてしまう。

「甘くはなかったけど、おいしかったよ」

愛子がそう答えると、大地は「そっか」と、エナメルバッグを肩にかけ直した。

「つーか最近メールなくね？」

「何？」

愛子は、カバンを抱えている脇をぎゅっと締める。

「いや、メール。前はどんなちっさな記事でも発売日とか送ってきたくせに、最近全然送ってこねえじゃん」

「そうだっけ？」

カバンの中から、さっき滑り込ませた週刊誌が、くしゃ、とつぶれる音がした。

「忘れてただけじゃん？」

「なんもねえから解散したのかと思ってた」

「してないから！」

声でかいって、と愛子を軽くあしらうと、大地は不意に背を向けた。

「うそうそ。じゃ、俺、行くから」

また、と、小さく手だけを振られる。愛子はなんとなく後ろを振り返ると、そこには、ノートで口元を隠しながらこちらを見ている二人組がいた。

前に向き直る。大地が、剣道部の仲間だろうか、前を歩く女子生徒をこっそり後ろからチョップしている。怒った女子から仕返しをされているようすを見ながら、愛子はふうと小さく息を吐く。

夏休みの間、ある騒動がワイドショーを賑わせた。週刊誌に熱愛スクープを撮られたアイドルが、頭を丸刈りにしてファンに謝罪したのだ。あれからもう一か月以上が経つけれど、そのアイドルがかつらをかぶってテレビに出ている姿を見るたび、はじめて丸刈りの姿を見たときに抱いた気味悪さがそのまま蘇る。

ダンスに合わせて自由に揺れていた髪の毛がなくなったそのアイドルは、大きな目とまだ若い肌がよりむきだしになり、十代の少女というよりはまるで生まれたての赤ん坊のように見えた。

大地が廊下を曲がる。剣道部の部室は校門の近くにあるけれど、ふたりでそこまで歩いたことはない。

夏休みが明けてから周囲から注がれる目線にこれまでとは違うニュアンスが含まれていることに愛子は気付いていた。男子としゃべってる、あの子も坊主になるのかな――

そんな声が聞こえてくるからといって、愛子はこれまでと過ごし方を変えることはなかった。いきなり芸能人ぶり始めたと思われるのも嫌だったし、何より、大地や他のクラスメイトとはあのアイドルが坊主にするずっと前から友達だったから。

愛子は、ひとりでカバンを持ち直す。すると、カバンの中にある紙の束がまた、くしゃりと音を立てた。

「真由、もう先生来るって」

「これだけ！　あとこれだけ！」

顔の横に持ってきたドーナツを困ったような表情で見つめながら、真由は携帯のシャッターを繰り返し押している。【超絶悲報★食欲の秋、到来ナリ～】さっき見せてくれたブログの下書き画面にはそんなタイトルが書いてあった。

「自撮りはあとでもできるでしょ」

誰よりも早くレッスン着に着替え終わった波奈が、自主的にストレッチをしながら真由を注意する。高いところできちんとまとめられた髪の毛はいかにも優等生だが、Tシャツの胸の部分では、最近ハマっているらしいアニメのキャラクターがふざけた顔で笑っている。

「レッスンのあとだと髪の毛ぺたんこになっちゃうんだもん、これだけこれだけ」

真由は画面を確認すると、「よしっ」と携帯を投げた。折りたたまれたタオルに、ぽすんと携帯が着地する。そしてその横に、口をつけていないドーナツを置いた。

真由はいつも、梅味の茎わかめばかり食べている。だけど、茎わかめと撮った写真をブログにアップすることは、絶対にしない。

「お、みんな揃ってるね」

「おはようございます！」

先生が部屋に入ってくると、各自ストレッチをしていたメンバーがピンと背筋を伸ばした。「ぎりぎりセーフ」真由が、愛子の左側でこそっとつぶやく。

レッスンは、いつものようにたっぷりのストレッチから始まる。先生のゆっくりめのカウントに合わせて、全身の筋肉を伸ばし、ほぐしていく。

「なんかサマになってきたね、この立ち位置も」

先生がレッスンスタジオを見渡す。スタジオの床には、客席とステージの境界線がわりにビニールテープが貼られており、テープの上にはまるで目盛りのように数字が書かれている。ど真ん中が0、そこから両側へ広がっていくにつれて、1、2、と数字は増えていく。立ち位置を覚えるときの基準となる番号だ。

0の前にいる碧の表情を、愛子は鏡越しに盗み見る。

事務所が借りているレッスンスタジオは、住宅街の中にあるので迷いやすい。最大で二十人ほどが使えるスペースの壁一面が鏡になっており、一時間単位で使用時間が振り分けられている。事務所が常に借りているスタジオは、ここしかない。

「1、2、3、4、5、6、7、8」

先生のカウントに合わせて、上体を前に倒していく。愛子と真由の上体がまず、一番はじめに動きを止める。柔軟性が足りず、自分だけ鏡の中の世界が見えてしまうこの恥ずかしさは、いつまで経っても薄まらない。碧、波奈、るりかの三人は、ここではじめてレッスンを受けたときからきちんと体が柔らかかった。

0、つまり真ん中が碧。碧の右側にはるりか、碧の左側に愛子。さらにその左側に波奈、るりかの右側には真由。杏佳が抜けて、すべての曲のポジションがそう変わった。

「今日はもう仕上げだから。まずカウントで復習する？　いけるんだったら、いきなり音でやるけど」

「音でやりたーい、曲、聴きたいもん！」

先生の問いかけに、るりかがハイッと手を挙げる。実はダンス歴が最も長いるりかは、一番年下のくせに、今日も片方の肩が出ているような大人っぽいレッスン着を使っている。

「じゃ、とりあえず音で通しちゃおうか」

ストレッチを終えると、先生は、鏡になっている壁にもたれるようにしてしゃがみこんだ。愛子たち五人は、イントロの立ち位置につく。

杏佳がいたころは、0を挟むような形で、杏佳と碧が最前列に並んでいた。その他の四人は後ろの列であることが多かったが、いまでは、碧がすぐそばにいる。

イントロが始まった。隊形は、碧を頂点にした三角形。碧を起点として、ワンテンポずつずらして同じ振りをなぞっていく。必然的に、愛子は碧の動きを見て、そのとおりに動くことになる。五人になってはじめてのシングルは、十一月にリリースすることが決まった。プロモーション期間を長く確保するため、できるだけ早い段階で曲も振付も完成させてしまうというのが大人たちの計画らしい。今回は、都内だけでなく、地方のショッピングモールでのリリースイベントもいくつか決まっているらしい。

碧が拳を握る。一番のAメロが始まる。

歌い出しを任されている碧が、左手の拳をマイクに、鏡の真ん中を客席に見立てて、ビニールテープで引かれた線のギリギリまで出て行く。流れている音源にはすでに歌が入っているが、碧はその上に被せて実際に小さな声で歌っているようだ。

レッスンのときは、碧の前髪は自由に揺れる。透明の汗をまとって、自由な太さの束をつくる。

愛子は一瞬、自分がビニールテープの外側から、客として碧のことを見つめているような気がした。

次の節は、愛子とるりかのユニゾンだ。愛子は、架空の観客へと意識を集中させる。ファンの中の多くは、歌う順番がそのままグループ内の序列を表していると捉える。一番のサビの前に担当パートがあるかということは、チェックされるポイントのうちのひとつだ。愛子とるりかは、背中合わせの状態で歌割の部分を終える。シンメトリーの立ち位置にいるメンバーとは、左右対称の振りを踊ることが多い。

頭で考えなくても、体が動く。前後左右をいちいち気にしなくても、隊形移動のときにメンバーとぶつかることもない。

曲が自分たちのものになっていくこの感覚が、愛子は大好きだ。早く大勢の人の前で踊りたい、歌いたい、という気持ちが、ストローから息を吹き込まれた牛乳みたいにぼこぼこと音を立ててふくらんでいく。一曲一曲とパフォーマンスができるようになるたびに、いろんな種類のスポーツができるようになっていくような、そんな気持ちよさがある。

「はい。まあまあ、とりあえず形にはなってるって感じだね」

曲が終わり、先生が音源を止めた。

「細かく言いたいところはいっぱいあるんだけど」

座ったままの先生は、立ったままの愛子たち五人を見渡して、言った。

「真由、ごはん食べなさいね、ちゃんと」

「ええっ？　そこ？」

真由は半笑いのような表情で、なんとなく他のメンバーのことを見た。誰かが一緒に空気をごまかしてくれることを期待したのかもしれないが、誰も何も言わない。

真由は、ダンス経験がないなりに、いつもパワフルに踊る。だから細かい部分を勝手に省略しがちなことを注意されることは多いが、今日は少し先生の声色が違った。

「確かに動けてたし、振りも雑な部分はあったけど間違ってなかった。でも、全っ然体が止まってないよ、あんた」

「止ま？」

「ちゃんと止まってない。動けても、止まらなきゃいけないところで止まれてなかったら、全部台無し」

先生は、みんなも聞いて、というように、もう一度メンバーを見渡した。

「ダンスって動いている時間ばっかり意識しがちだけど、動くってことはつまり、同じ回数だけ必ず止まるってことなんだからね。だから、ちゃんと止まれてないってことは、ちゃんと動けてないってことと同じくらい、パフォーマンスのクオリティを下げてるわけ」

愛子は、鏡越しに真由を見る。へらへらしてもこの場をごまかせないことに気づいたのか、表情は固い。

「真由、いま変なダイエットしてるでしょ？　体力がないときって、振りを踊ることよりも体を止めることのほうができなくなるから」

変なダイエット、という言葉に、真由の表情が曇った。

「アイドルって、細くてかわいくてニコニコしてることだけじゃないよ。真由がやせてきれいになっても、フラフラなパフォーマンスだったら、観てる人たちは笑顔になれないでしょう。あなたたちをアイドルだって断定できるものがあるとすれば、それはステージを観てくれる人たちの表情だよ。その人たちのことを考えよう。ちょっと太ったくらいであなたたちから離れていく人は、太らないことでつなぎ止めてもきっとすぐにまた別の原因で離れるよ。パフォーマンスでつかんだ人は、なかなか離れない。パフォーマンスがしっかりしていれば、一度あなたたちをアイドルだと認識してくれた人たちは、ちょっと太ろうが休もうが、あなたたちの動きを追ってくれるよ。そのためには、体力も筋力も必要以上に落としちゃいけない」

「すみません」

「すみませんじゃなくて」

先生が真由を見る。

「パフォーマンスが悪くなるようなダイエットは、やめな」

鏡に映るスタジオの右端、愛子たちの荷物がまとめられている場所、そこにぽつんと置かれている、携帯とドーナツ。

「すみません」

やめます、とは、真由は言わなかった。

「はい、じゃあ、ちょっと細かく注意するとこ言ってくから、ノートとペン持ってきて」先生は、諦めたようにその場から立ち上がった。「ちょっと隊形いじったりもするかもだから」

メンバーはそれぞれ、レッスン用のノートを常備している。注意されたことや変更点などは、メモをしておかないとついていけない。愛子は、リュックに入れっぱなしにしていたノートを取りに、スタジオの隅へ向かう。

みんなの荷物がまとめられている場所にしゃがみこむと、ぷんと、甘いドーナツのにおいがした。

梅味の茎わかめをずっと口の中で転がし続けていた真由、そのとなりに座っていた自分。あの電車の中で愛子は思った。それぞれ全く別の場所を見ている人たちの注目が一点に集まることとなんてあるのだろうか、と。

愛子はスタジオの隅から、スタジオ全体を見る。真由の背中を覆うTシャツの汗、そのしみの形を見る。

いま、確かに、今までNEXT YOUに向いていなかった人たちの視線が、少しずつ集まってきていることを感じている。そしてそれが、自分たちが望んでいない種類の視線だということも、皆、うすうす勘付いている。

先生が言っていることはわかる。でも、どうしたって、きれいごとのような気がする。

愛子がノートを取り出そうとすると、携帯の画面が光っているのが目に留まった。思わず手に取る。マネージャーからメンバーに連絡が入っている。

【アイドル戦国時代最終軍企画、好評につき第2弾決定。日程は未定だけどわりと近いと思う。修整入るとはいえ、コンディション整えておくように】

――コンディション整えておくように。

顔を上げると、もう愛子以外のメンバーは先生のもとに集まっていた。愛子も慌ててその輪に混ざる。

「じゃあまずるりか、六人のころのクセで外側に広がっちゃうことが多いから、そこはいつも意識して。あと波奈は他のメンバーより背が高いから、低い姿勢になるところでやっぱり目立っちゃう」

はい、と、るりかと波奈がそれぞれ返事をする。窓もないレッスンスタジオでは、何も起きなくたって自然に、ある一点にみんなの視線が集まる。

真由の前髪から、汗がぽたりと一粒、落ちた。

確かに、世間の視線はこれまでよりも集まっている。ただ、NEXT YOUに、というよりは、真由個人に。


いつのまにか、眠ってしまっていたらしい。電気が点いたままの部屋で、愛子はいま、自分が時計のどのあたりを浮遊しているのか分からなかった。

左向きにベッドに横たわっていたからだろう、左腕がぴりぴりと痺れている。目覚まし時計を見ると、どうやらいまは深夜の二時をまわったところみたいだ。デジタル表記の数字も、できれば見たくないと思っていた日付にこっそり変わっている。どうしてこんな寝方をしてしまったんだっけとぼんやり考えていると、枕のすぐそばで力尽きている携帯電話を見つけた。

動画を観ていた。少しずつ、記憶が戻ってくる。そうだ、今日のことを考えなくて済むように、これまで撮ったレッスンの動画を観ていたのだ。

愛子は、ベッドの上で思いっきり体を伸ばす。こんな夜中にふと起きた自分は、神様にだって見つかっていない気がする。九月の終わりは、布団の種類がなかなか決まらない。冷たくなっている部分を探すように、愛子はぺたんこの布団の上をごろごろと転がる。

今日のためにコンディションを整えておくように——マネージャーからそう言われていたにもかかわらず、風呂も入らずに寝てしまった自分がここにいる。もう朝のシャワーで済ませてしまおうと思い、愛子は、裏返しになっている携帯を手に取った。

小さな画面の中で自分たちが踊り始める。スタジオでのレッスンの際、全員で曲を通すときには、携帯のビデオカメラでこうして動画を撮っておくことがある。忘れてしまった振りを思い出したり、イベントの前日にイメージトレーニングをするときなどにとても助かるのだ。

いま観ている動画は、二週間ほど前のレッスンのものだ。五人体制での初めての曲、その通し練習の動画。それぞれノートを持って集まり、先生から細かい注意をもらったあと、もう一度音に合わせて踊ってみたときのもの。

「動く数だけ止まる……」

あのとき聞いた先生の言葉は、そのままの形で愛子の頭の中に残っている。動く振りが揃っていることももちろんだけれど、止まるタイミングが揃っているほうが美しく見える。肩から指先にかけてのラインは直線を保つと格好良い。いつもこの鏡の向こうにいる観客を、カメラを想像しながら練習しなさい。

愛子は、いつでも画面の中心にいる少女の姿を見つめる。

先生は、この人の動きを正としていろんなことを発言しているのかと思うほど、碧はどのタイミングでも体の線が美しい。どこで一時停止をしても、その姿が画《え》になる。

自分もこうなりたい、という思いと、この美しい姿を見ていたい、という思いが混ざり合う。そうだ、まさに今のように、今日これからの仕事のことを考えないようにしようと思っていたら、そのまま眠ってしまっていたんだった。

碧の前髪を見つめる。動くたびにその顔を隠してしまう前髪は、衣装を着て、お客さんの前に立った途端、碧をつくりあげる部品の一部になったみたいに、動かなくなる。

【今年、文化祭でれんの？】

目で文字を読んだというよりも、耳で声を聞いたみたいだった。たったいま受信したメッセージが、携帯の画面の真ん中に堂々と陣取る。

愛子は仰向けになり、携帯を顔の上に掲げた。大地からのメールで画面を占領されることなんて、日常茶飯事だ。

【わかんない。たぶん無理】

メッセージを打ち込んでいると、上に伸ばした両腕があっというまに疲れてくる。

こんな姿勢でいつも竹刀を振り回しているんだよな、と思うと、愛子はなぜか両脚でぎゅっと布団を挟み込みたくなった。

【なんで？】

ほとんど会話のスピードで返事が届く。

【次のシングルのプロモーションと重なってる】

【ふうん。てか、新曲出るなら教えろや】

どう返そうかと迷っていると、あっというまに先を越されてしまう。

【前みたいに、なんか出るときは教えて】

愛子は、携帯の向こう側にある天井を見つめる。その天井の向こうにいる、大地を見つめようとする。夜、大地からのメッセージは、こうして真上から落ちてくる。

大地と母には、どんなに小さな露出でも、その内容をメールで伝えていた。そうすれば、必ず二通の返事が来た。オーディションに受かったときからずっとそうしてきたから、今でもラインじゃなくて、そのままメールを使い続けている。

だけど、と、愛子は視線を勉強机に飛ばす。夏休みが明けた初日、クラスメイトが持ってきた一冊の週刊誌は、机の引き出しの奥にしまってある。あの仕事だけは、ふたりにも知らせていない。

【わかった。てか寝なよもう】

それだけ返すと、こんこん、と、天井から音がした。大地の部屋は、愛子の部屋の真上にある。

愛子のてのひらは、天井には届かない。両脚の間で、布団がつぶれる。たったいま音がしたところに自分のてのひらを添えたいと、愛子はこのときはじめて思った。

【おやすみ】

そう返すと、今度は、こん、という音が一度だけ落ちてきた。

デビュー記念イベントをした日は、風が強かった。

「髪の毛ぐしゃぐしゃになっちゃったあ」

ぷうと頰をふくらまするりかを、「はいはい、あれで直しな直しな」と波奈が母のようにあやす。密着取材のカメラマンが抱える大きなカメラのレンズを鏡がわりにして、自分の前髪を直するりかの姿を、愛子はいまでもよく覚えている。

あのときはまだ、もともと事務所に所属していた四人と、そうでない二人のあいだにはなんとなく距離があった。だから愛子は、同じグループのメンバーでありながら、センターを張る碧と杏佳のことは特にどこか遠い存在として眺めていた。

事務所の先輩である声優グループがライブをしている武道館を背景に、六人で横一列に並んだ。一番外側が愛子と真由、その内側がるりかと波奈、そして真ん中が杏佳と碧だった。センターのふたりだけ、着せ替え人形に着けるような小さな帽子を、それぞれ頭の右側、左側に着けていた。

場所は外。季節は春。夢と希望しか運んでくれないような気持ちいい風が、いまだに現実感のない愛子の心を、どこまでも吹き飛ばそうとしていた。

着慣れない衣装に見慣れないカメラ、まだ何の価値もない自分たちに前のめりになってくれる大人たち。自分がその中にいる実感がわかないまま、愛子はやっぱり、碧を見ていた。

どうしてあの子だけ前髪が動かないのだろう。どうしてあの子だけ、まぶしそうに目を細めないのだろう。あの子の頭に乗っているあの小さな帽子は、どうして落ちてしまわないのだろう。

「ねえ」

外での撮影が終わったあと、愛子ははじめて、自分から碧に話しかけた。

「碧ちゃんは、本物なんだね」

あおいちゃん、という、まるでもうずっと仲良しだったかのような響きに、体の奥底がくすぐったくなったことも、よく覚えている。

「え？」

碧の口から否定的な言葉がこぼれる前に、愛子は話しはじめた。

「だって、前髪が絶対動かないもん」

小さなころからずっと、テレビを観ながら不思議に思っていた。なんでなんでと繰り返す愛子に、母は「どうしてだろうねえ？」と笑っていた。今ならば、職場でワックスもムースも自由に使いこなしていた母が、愛子の夢を壊さないために黙ってくれていたのだとわかる。

「……たぶんそれ、髪質とか分け目とかの問題だと思うけど」

「そういうちっさな帽子も、なんで落ちないのかなって思ってたの、私、テレビ観ながらずっと」

碧の言い訳を遮るように、愛子は一歩前に出た。

「アイドルだけはね、飛んでも跳ねても帽子が頭から落ちないんだよ。私なんて運動会の玉入れ中に帽子取れて、友達が間違えてそれカゴに投げたんだから。いつも不思議だったの、アイドルだけが使える魔法なのかなって」

「魔法ってなにそれ」

「魔法だよ。碧ちゃんはアイドルの魔法が使えるんだと思う」

「囲み取材のため移動しまーす」

愛子の声を遮るように、誰か知らない人がそう呼びかけた。周囲がばたばたと慌ただしくなる。オーディションを共催した携帯電話会社のロゴで埋めつくされたボードの前で、記者からの質問を受ける時間だ。

「行かなきゃ」

碧はそうつぶやいたかと思うと、ひとさし指で自分の頭を指した。

「……今度教えてあげるよ、これ、どうやってるか」

こんど。

「うん」

愛子は頷くと、こんど、と、口の中だけで言ってみた。そうだ、私たちは、具体的な約束をしなくとも、また今度、会うのだ。とても不思議なことに、愛子はこのとき、アイドルになるという自分の夢がほんとうに叶ったのだと、やっと実感することができた。それこそ魔法をかけられたように、そう思った。

「ハイ、じゃあ次の方お願いしまーす」

はい、と返事をして、真由が立ち上がる。椅子の足が床に擦れる音で、愛子は我に返った。

撮影の順番を待ちながら思い出していたのは、デビュー記念イベントの日のことだった。愛子は、テーブルの上に置かれている白い紙を見つめる。簡単なデッサンで人の形が書かれているその紙の上部には、今日撮影するページの企画名が殴り書きされている。

【前回大好評につき第2弾決定!】

「ありがとうございました〜」

撮影を終えたるりかが、マネージャーから受け取った上着を軽やかに羽織りながら、愛子のいる待機場所へと戻ってくる。

「緊張したけど楽しかった〜」この企画に参加することをマネージャーから聞いたとき、最もすんなりと受け入れたのは、意外にも一番年下のるりかだった。

【アイドル戦国時代最終軍、再出陣!】

るりかと入れ替わるようにして、真由がカメラの前に立つ。スタジオ内の撮影スペースは、床と壁が全く同じ明るさの白色で統一されているので、その空間だけまるで奥行きがないように見える。

「よろしくお願いします」

真由が、脱いだ上着をマネージャーに預けた。皮をむかれた蜜柑のように、ごろんと、その体が露わになる。

アイドル戦国時代。今回の水着はその雰囲気を取り込んだデザインなのだと、このページを担当している編集者から聞かされた。

真由の頭には、かわいくデザインしたつもりなのだろう、将軍が身に着けるような兜がかぶせられている。そして、首から下はピンク色の水着。そのミスマッチさがグラビアファンに受けた結果、この企画の第二弾が決まったのだと、マネージャーは嬉しそうに話していた。

「それではお願いしまーす、まずは立ったまままいくつか撮りまーす」

NEXT YOUにもともとついていたマネージャーは、卒業した尾見谷杏佳の専属担当になった。そして、代わりにマネージャーになった三十代の男性は、あっという間に有名な週刊誌のカラーグラビアの話を決めてきた。

「いいよ、はいじゃあ手を頬に添えてみて、そう、そんな感じ」

ワンピースタイプの真由の水着は、胸から太ももにかけて、ひらひらした布地のようなものが付いている。真由の水着だけが、そうなっている。画像の修整では間に合わないくらい、真由の腹部はふっくらとしている。

入り口はなんだっていいのだと、新しいマネージャーは言った。君たちはもちろん歌やダンスを見てもらうべきだけれど、その入り口が水着姿であってもいい、入り口を自分から狭めるべきではない。グループのプロフィールのところには十一月の新曲の情報だって載せてもらえるんだから。マネージャーのとめどない言葉に力強く頷いていたのは、るりかくらいだった。

この企画にはじめて参加した号は、夏休みのあいだに撮影され、あっという間に発売された。だから、学校という場所でしか出会わないクラスメイトには知られずにやりおおせることができたような気がしていたけれど、この世界では、水着は夏だけのものではなかった。

シャッターの音が鳴る。添えた手で頰を、ワンピースでお腹を、交差させることで片方の脚を、真由はそれぞれ隠している。愛子には、いつもの人懐っこさ、天真爛漫さまでまるごと、その中に閉じ込められてしまっているように見えた。

「愛子」

とん、と肩を叩かれた。

「呼ばれてるよ、向こう」

碧が指さす方向から、波奈がこちらに歩いてくる。広いスタジオの中、向かい合うかたちで撮影スペースが設けられているから、ここではふたつの撮影を同時に行うことができる。

「あ、愛子ちょっと待って」

碧はそう言うと、愛子の頭の右側に手を伸ばした。

頭に着けられている兜が、少し動く。

「ちょっとゆるくなってる」

見えない場所で、碧の手が動いている。やがて、「これで大丈夫」とその手が離れた。

「ありがとう」

愛子は碧に背を向けると、上着を脱いだ。なんとなく、いまの自分の姿を、真向かいから見られるのが嫌だった。

白い床、白い壁の前に立ち、愛子はカメラに向かって頭を下げる。

「よろしくお願いします」

それでも、頭の右側についている小さな兜は、落ちない。びくともしない。

だけどそれは、魔法でも何でもない。

「じゃあまず立ったままで撮ろうか」

カメラマンが忙しく指示を出し始める。愛子は笑顔でその指示に従う。

——今度教えてあげるよ、これ、どうやってるか。

そういえば、あれから結局教えてもらうことはなかったな、と、愛子は思う。だって、教えてもらうまでもなく、答えは簡単だったから。小さな帽子が落ちないよう、アイドルの頭には魔法がかけられているんじゃないかなんて思っていたけれど、ただ、巧みに隠された何本ものヘアピンでしっかりと帽子と髪の毛が留められているだけだ。

面積の小さな水着しか身に着けていない体に、攻撃を防御するための兜。アイドル戦国時代の最終軍、と名付けられたたくさんのアイドルグループが、計四ページの中に八グループ掲載される企画だ。第一弾が掲載されたとき、ミスマッチな衣装とゴチャゴチャしたぎゅうぎゅうづめな誌面が、ネットでも少し話題になっていた。

「じゃあちょっと寝転んでみて、そう、そのまま、カメラをぐーっと見つめる感じ」

向かいの撮影スペースでは、真由が、胸を強調するようなポーズを取っている。愛子は、それを見なくてもいいように、自分に向けられているカメラのレンズの中心を、ぐうっと見つめた。

いま、何時だろうか。愛子はふと、そう思った。

あのとき、母と自分に向けられたカメラのレンズは、長いトンネルのように見えた。いろんな苦労や努力をして、どうにかその狭いトンネルをくぐり抜けることができれば、そこにはきっと自分のことを褒めてくれるたくさんの人が待っているんだろうと、そんなことを思っていた。

まだ十八歳になっていない波奈以外のメンバーは、基本的に二十一時には仕事を終えるようにスケジュールが組まれている。今日の仕事は、この撮影が最後だ。愛子は、とにかく視界の中に時計を入れないように、レンズの真ん中を見つめ続ける。

もし、いまがあの時刻だったら、何かが崩れ落ちてしまうかもしれない。

カメラマンが一瞬だけ、カメラから顔を外した。

「いいね、じゃあ最後に、カメラの向こうにいるファンを誘う感じで」

そしてすぐにまた、カメラマンはレンズの向こう側に隠れる。いつだって隠れられないのは、まるで裸のような格好をしている自分たちだ。

見るつもりはないのに、見えてしまう。ポーズを変えた真由に、カメラマンが近づいている。

この企画の第一弾が掲載された週刊誌が発売になったとき、真由は笑われた。誰に笑われたのかはわからないけれど、顔も名前も知らないたくさんの人に笑われた。ひとりだけ上下がつながっている水着、髪の毛で隠してもごまかしきれないほど丸くなったフエイスライン。【完全終了のお知らせ】という何の根拠もないくせに自信だけは溢れているような言葉で、真由の何かの幕が勝手に下ろされた。オーディション当時、つまり今よりもずいぶん瘦せていたころの顔写真といまの写真を並べた画像が、インターネットという囲いのないスケートリンクのような場所をさあさあと滑りまわった。

シャッターを切る音がする。愛子は、心の中で歌いはじめる。

雨の日、傘を、わすれた君が、スニーカー、片手に、待ちぼうけしてた、昨日、買った、青色の傘、サイズ、ひとつ、小さくて、君の、となり、ひとりじめ。

「これがほんとに最後、思い切りカメラの向こうのファンを見つめて」

周りの大人が言っていることがわからなくなったとき、愛子はこうして、心の中でデビュー曲を口ずさむ。

「同級生の男子じゃなくて男の先生を誘う感じで、そう」

はじめて、話した、ときのこと、いまでも、私、覚えてる。はじめて、誰かに、話すこと、いつしか、君には、伝えたね。

「いいね、ぐっと見つめて、思い切り誘って」

さっきからこの人が言う、カメラの向こうにいる人たちというのは、一体誰なのだろう。その人たちは、本当に、自分たちのことを応援してくれている人なのだろうか。

カメラマンの頭が、汗で光っている。入り口はなんでもいい、というマネージャーの声が、シャッター音の間から聞こえた気がした。

「じゃあ本当にラストカット……はい、あーもう一枚だけ、はいオッケー！　終わりです！　お疲れさまでしたー」

愛子はその場に立ち上がり、ありがとうございました、と頭を下げた。碧が留め直してくれた小さな兜は、少しも動いてはくれない。下げた頭の向こうから、自分よりも先に撮影を始めていた真由が、いまだにシャッターを切られ続けている音が聞こえてきた。

「それ買うの？」

声のしたほうを見ると、そこには碧がいた。

「えっ」

「それ、買うの?」

今日もマスクをしているので、その表情は読めない。だが、こちらからの質問は受け付けないというようなはっきりとした物言いだった。

「ほら、早く選ばないと。じゃまになってるから」

真由と愛子の後ろには、狭い通路を通り抜けられなくなっている人が迷惑そうな表情で立っていた。「すみません」二人で身を寄せ、スペースを空ける。

スタジオを出たときには二十一時をずいぶんと過ぎていた。水着での撮影のためにお腹を空かせていたので、できるだけ早く帰ろうと思っていたところを、真由に引き止められたのだ。

コンビニ行こ。

真由はそう言った。茎わかめ、ノンフライ昆布、ねり梅、プルーン。コンビニのレジの近くにある棚には、小さな袋に入った低カロリーのおやつが揃っている。

「茎わかめ買うなら、梅味じゃなくてプレーンなやつにしようよ、塩味のやつ」

碧はそう言うと、真由がぼんやり握っていた梅味の茎わかめを取り上げた。その代わり、隣にある塩味の茎わかめをふたつ、手に取る。

「私の分と一緒に買っちゃうね」

碧はそのまま、勝手にレジに並んでしまう。「ちょ、ちょっと」呼び止める真由の声を無視して、さっさと支払いを済ませてしまった。

コンビニを出た途端、碧は携帯をいじり始める。そして、買った茎わかめを真由にひとつも渡すことなく、言った。

「ラーメン食べいこ」

どうやら、ここから一番近いラーメン屋を携帯で探しているらしい。「ラーメンって」「こんな時間から?」愛子と真由の戸惑いは、碧に全く伝わっていない。

「真由、好きなものはラーメンって書いてあったじゃん、いっちばんはじめのプロフィール」

「それはそうだけど」

何か言いたげな真由の言葉を無視して、碧は携帯の画面を器用に操り続ける。

「いつのまにかフルーツに修正されてたけど。ラーメン、好きは好きでしょ? いままでも」

ここいいじゃん、とつぶやいた碧は、真由に押し付けるように茎わかめを渡したかと思うと、ひとりですたすたと歩きはじめてしまった。

真由が、助けを求めるように愛子のことを見る。「こんな時間にラーメンなんて」下がった眉がそう訴えているが、愛子は真由の手を取って言った。

「行こ、真由」

カウンターに三つ並んだグラスのうち、ひとつはもう空っぽになっていた。先に店に入っていた碧が、若い男性店員に向かって水のおかわりを頼んでいる。

「私が誘ったし、おごるから」

テーブルにはすでに、塩ラーメン、と書かれている小さなチケットが置かれている。碧の前には、さっきまで着けていたマスクも置いてある。

「券売機の一番左上のやつがその店のイチオシだって、よく言うよね」愛子は、券売機の一番右端が塩ラーメンだったことを思い出してそう言ったが、当の碧は、

「あ、そうなんだ?」

とどうでもよさそうだ。水のおかわりを受け取り、早速箸を割っている。早く食べたくて仕方がないらしい。

「私、いらない」

真由が、チケットをテーブルの奥へと遠ざける。

「いらないって言っても、もう買っちゃったんだから出てくるよ」

カウンターの一番奥から碧、愛子、真由という順番で座る。碧も真由も、お互いのことを見ていない。

「碧と愛子で、私の分も食べて」

真由は、さっき碧が勝手に買った茎わかめをテーブルに取り出す。「持ち込みになっちゃうよ、それ」碧がそう忠告するけれど、真由は聞かない。

夕飯時を過ぎても、店内はかなり混んでいる。カウンターの向こう側では、まるで生まれたての命のように、様々な具材がほかほかと輝いている。

「ふたりはいいよ。細いもん」

真由が、ぽつんと声を落とした。

「今日の水着だって、私みたいにお腹隠されてないし」

ごちそうさまでした、と、後ろの席の客が立ち上がった。空いた席にすぐ、別の客が座る。

店の中にはテレビもある、雑誌も漫画も置いてある。テレビは一時間ごとに新しい番組に変わるし、雑誌も漫画も毎週、毎月、新しいものと入れ替わる。限定メニューは季節ごとに入れ替わり、少しの時間で食事を済ませなければならない忙しい人々がひっきりなしに店を出入りしている。

そんな世界の中で、誰かの目に映り続ける。

「ダンスの先生がさ、いっつも言うじゃん」

真由はそう言いながら、茎わかめの入った袋の開け口を、ひとさし指と親指でつまんだ。

「いつでもカメラの向こうにいる人を想像してパフォーマンスしろ、ってやつ？」

愛子の言葉に、真由がこくんと頷く。

「それ、デビュー前のレッスンからずっと言われてるよね」

収録だったらカメラの向こうにいるたくさんの視聴者、レッスンだったらスタジオの鏡の向こうにいるお客さん。いつでもその人たちをイメージしていなさい、そうすればそのうち、目から光線が出るようになるから。ステージに立つ人間しか出せない光線を、出せるようになるから。

ずっとずっと、そう言われてきた。愛子たちは、その言葉を信じてきた。

「最近、イメージできないんだよね。その、向こうにいる人？　っての」

真由が、ぴり、と袋の開け口を千切る。

「できたとしても、知らない人たちの顔ばっかり浮かぶ」

ぴりぴりと、袋の先端が破れていく。

「ライブでいつも最前列にいてくれる人とか、握手会に通い続けてくれてる人とか、応援してくれる家族とか友達とか、そういう、顔を知ってる人たちじゃなくて……」

ぴり、ぴりぴり。

「会ったことも話したこともない、名前も何も知らない人たちの顔ばっかり浮かぶの」

NEXT YOU安達真由デブ化により完全終了のお知らせ。

【これはひどい】だちまゆ、オーディション時と別人になる【比較画像アリ】

【超絶悲報】巨乳化でぶまゆ、ひとりだけ違うデザインの水着を渡される！！！

「何も知らないはずなのに、その人たちの顔は、ぼわんってイメージできるの」

ぴっ、と、最後まで袋が破れる。真由の右手と左手が、宙に浮いたままになる。

「マネージャーが変わってから、今日みたいな水着のお仕事とかもするようになったじゃん。なんか、そういうときって特にそうで……」

わかるよ、と言おうとしたとき、ザッと粗い音がした。碧が、カウンターに重ねられている小皿をひとつ、自分のほうに引き寄せたのだ。

「私のお父さんね、ハゲてきたんだ、最近」

碧はそう言いながら、自由に食べてもいいもやしのナムルを、引き寄せた小皿に山盛りにした。

「は、はげ？」

真由の眉間にしわが寄る。

「そう、ハゲてきちゃって」碧が、しゃきしゃきと音を立ててもやしを噛み砕く。「私、けっこう遅く生まれたから仕方ないかもしれないんだけど、けっこうイメージ変わるっていうか、やっぱちょっとショックなのね。家族もそうみたいで、あんまり誰もつっこまないようにしてる感じで」

店内の誰かが、テレビ画面のチャンネルを変えた。生放送の音楽番組が流れ始める。

「でも、お父さんはもう結婚してるし、会社でも部下とかいっぱいいるみたいだし、子どももいるわけだし、ショックはショックだけど、なんかそのハゲによって失われるものとかって特にないの。本人はあるかもしれないけど、見てる側にはないっていうか」

もやしを食べ終えた碧が、ちらりとテレビ画面を見上げる。大人数の大人気アイドルグループが、今日も画面のほとんどを埋め尽くしている。

「男の人って、ハゲるとか体臭がきつくなるとか、そういう、他人の目につく体の変化って、大人になってからなんだよね。お腹が出るのだって、ビールとかお酒飲みだしてからっていうし」

もちろんそうじゃない人もいると思うけど、と付け加えながら、碧は続ける。

「なんていうか、男の人はね、抵抗できない変化が起きるときは、もう、その変化によるショックなんかでは奪われないものを手に入れたあとっていう感じがする」

誰かがテレビの音量を上げた。本当に本人たちが歌っているのかさえわからない合唱のような歌声が、店内の様々な音のあいだから漏れ聞こえてくる。

「私たちの体は、変化するのが早い」

碧の声は、その歌声を構成している誰の声よりもきれいだと、愛子は思った。

「誰にも奪われないものを身につけてる途中で体の一部が形を変え始めて、そこにこれまでにはなかった視線が向けられて、でも完全に隠して生きてはいけなくて」

ふう、と、碧が息を吐く。

「たぶん、真由はいま、何食べても、何食べなくても太るよ。それはもう、私のお父さんがハゲたのと同じことなんだよ。止められないんだもん、ハゲてくの」

碧が、真由のことを見る碧のくちびるに、ナムルが少しついている。

「いま、高一でしょ。真由はね、太ってるんじゃなくて、変化してるんだよ。真由がいま太るのは、背が伸びたり足のサイズが変わることと一緒で、真由が何かをサボったり、なまけてるからじゃない。誰かへの裏切りでもない。本当はそれで、傷つけられる必要もない」

真由は、手元にある茎わかめを見つめている。

「でも、その違いって、伝わらない人には伝わらないんだよね、どうしたって。だから、気にせずに、歌とかダンスとか、誰にも奪われないものを身につけ続けようってことしか言えないんだけど」

碧は、からになった小皿にもう一度もやしを盛り付ける。まだ食べるのか、と、思うと、「食べる?」と、その皿を愛子に差し出してきた。愛子は思わず、自分の箸を手に取る。

そのとき、真由が言った。

「愛子や碧は、恥ずかしくないの?」

愛子の割った箸は、左側が大きく欠けてしまった。

「あんな格好するの、恥ずかしくないの?」

入り口はなんだっていいというマネージャーのセリフ。クラスメイトからとっさに取り上げてしまった週刊誌。大地にもお母さんにも送れなかったメール。

恥ずかしかった。とっても。こんな仕事、誰にも見られたくないと思った。

でも、と、愛子は思う。

「私ね、なんか、見られてやろうって思った、いま」

テレビから漏れてくる歌声に負けないように、愛子は言う。

「だって、体が変化してるところ撮られてみんなに見られるなんて、そんなこと、あのカメラマンとかは絶対できないんだよ。そう思ったら、私たちのしてることに、もっと自信を持てる気がしてきた。それに、こうやって考えてみんなで話してる時間が、その、誰にも奪われないもの?　につながってる気もするっていうか」

何言ってるかわかんないかもしれないけど、と愛子は続ける。

「とにかく、私たちの変化は、【超絶劣化】じゃないんだよ」

「やめてーっ、その言い方!」

ぎゃーっ、と、真由がおおげさに両耳をふさぐ。愛子は思わずその姿に笑ってしまう。

「お待たせしましたー！」

カウンターの向こう側から突然、赤い器が三つ現れた。具材の少ないシンプルな塩ラーメンは、バツがひとつもないテストの答案用紙みたいだ。

「おいしそー！」

「いいにおい！」

愛子が感激しているうちに、碧はもうスープにれんげを沈めている。表面に浮かぶあぶらの輪が、シャボン玉みたいにきらきら光る。

「入り口はなんだっていいわけじゃないよね」

ふうふうと息を吹きながら、碧が言う。

「自分が恥ずかしいって思いながらしたことで生まれた入り口があるとして、その入り口から入ってきた人と、これからもずっとうまくやってく自信はないかも」

白いれんげが、碧の口の中へ消えていく。こくん、と小さく波打つ喉の奥からこぼれてくる声は、いつもよりも強かった。

「でも、その入り口を開けたのは私たちでもあるんだから、せっかくならもっともっとステージをがんばって、どの入り口から入ってきた人たちもつかんで離さないようにしたいよね」

碧が続ける。

「そのときに大事なのが、歌えるとか踊れるとか、そういう、誰にも奪われないものなんだと思う」

濃すぎなくておいしい、と冷静に評する碧に続いて、愛子もスープを一口飲む。口の中ぜんぶに染み渡る旨味が、思わず湧きでてきたよだれときれいに混ざり合う。

「おいしい！」

「ね、さすが検索トップの店」

テレビの中でまた、CMが始まった。さっきの音楽番組に出ていた大人数のグループが、有名なコンビニチェーンの制服を着て秋の新作弁当を紹介している。ミニスカート風にアレンジされた制服から出ている太ももは、まるで腕のように細い。そんなアイドルたちが、「秋は食欲まんてん！」と微笑みながら、本人たちは絶対に食べないであろう天ぷら弁当やから揚げ弁当を顔の真横に持ってきている。

「……でも私、今日はやっぱり」

食べるのやめとく。

真由はそう続けるつもりだったのかもしれない。だがそれより、碧が立ち上がるほうが早かった。

「これ貸して」

碧はおもむろに、真由が持っていた茎わかめの袋を手に取った。そして、真由が遠ざけていたラーメンの器を、ぐっと引き寄せる。

「ちょっと碧」

制止する真由を無視して、碧は、店員の目を気にしながらもその茎わかめの袋をさかさまにした。

「あっ」

落ちていく茎わかめを、やわらかい麺がやさしく受けとめる。

「ラーメンに入れるともっとおいしいんだよ、茎わかめって」

碧が器の中に突っ込んだ割り箸が、ぐるぐると円を描く。円がひとつ増えていくたび、乾燥していた茎わかめが瑞々しく波打ち始める。

「スープの中で、乾燥わかめが元のわかめに戻るの。普通のわかめよりこっちのほうが味がついてて最高」

碧はあっさり自分の席に戻ると、自分の分の茎わかめの袋を開けた。そして、そのうちの半分を愛子に差し出してくる。

「どうしても茎わかめしか食べないって決めてるんだったら、むりやり食べさせたりなんかしないけど」

碧は、自分の器の中でもくるくると箸をまわしている。

「だけど、たまに味変えたり食べ方変えたりしたら、気分転換にはなるんじゃないの」

愛子は、碧から半分もらった茎わかめを、自分のてのひらで転がしてみる。そしてそのまま、湯気の立ち上るスープの中に落とした。あつあつのスープを吸い込み、やわらかくふくらみはじめたわかめを、箸でそっとつまむ。

コンビニで勝手に買った、塩味の茎わかめ。券売機の中から勝手に選んでいた、塩ラーメンのチケット。碧のしたかったことが、箸を伝って愛子の指先へと流れ込んでくる。

テレビでは、さっきCMに出ていた女の子たちがこちらに向かって手を振っている。どうやらもうこの音楽番組もエンディングみたいだ。

「新曲、がんばろうね」

愛子は、誰にともなく言ってみた。

「うん」

そう頷いた真由の持つれんげには、ぴかぴか光るわかめとスープ、そして、湯気に包まれた麺がきれいに収まっていた。

3

今年はじめての雪が降るかもしれない。朝、いつものお天気おねえさんはそう言っていたけれど、夜になっても雨は雨のままだった。

「なんかもはや暑いんだけど。冷房入れる？」

「いや、冷房はダメでしょ！　暖房を切ろう！」

碧が手に取ったリモコンを、愛子が慌てて奪い取る。波奈の住む1Kの部屋はほんの二十平米ほどしかなく、メンバー五人が全員揃うと窓ガラスが白く曇った。

「ねえ、せーまーいー」

「るりか暴れんな！　私足打った今！」

るりかが肩を揺らし、真由が喚く。出しっぱなしらしい小さなコタツは、もちろん正方形なので、年少メンバーのふたりが一辺に押し込められている。

「真由がおっきいからきついんだよー」

「今なんて？」

「ちょっとケンカしないでよね」

猫のようにむむと睨み合うるりかと真由を制しながら、波奈がボウルの中の菜箸をくるくるとかき混ぜる。

「絶対食べものこぼさないでよ、こたつぶとん洗濯したばっかなんだから」

九百九十円で買った真っ赤なたこ焼き器を中心に据えたコタツテーブルには、さまざまな具材が並べられている。ここに来る前、みんなでカートを押し合いながらスーパーを隅々まで練り歩いた。五人合わせたところでそんなにお金があるわけではないので、食べたい具材を選ぶときはちょっとしたケンカも起きた。

十一月に出したシングルで、はじめてデイリーシングルランキングトップテン入りしたことを祝おう。大人たちとじゃなくて、メンバーだけで——そう言い出したのは波奈で、じゃあたこ焼きパーティがいいと提案したのは碧だった。愛子は、碧とたこ焼きがなかなか結びつかなかったが、当の碧は「任せといて」とやけに自信がある様子だった。

波奈が、紙コップにとぷとぷと油を注いでいる。愛子は、碧に指示されたとおり、割っていない割り箸を三セットほど束ねた先端に、何枚も重ねたティッシュをぐるぐると巻きつける。その先端を丸め、根本を輪ゴムで留めれば、大きな大きなマッチ棒のようなものができあがった。確かに、このようなシルエットの道具でたこ焼き器に油がひかれていくのを、テレビか何かで観たことがあるような気がする。

「え⁉　なんでまだスイッチ入ってないの⁉」波奈がカッと目を見開く。

「入れてって言われてないもおん」

スイッチに面している辺で、るりかと真由がゆらゆら揺れている。まだ十四歳と十五歳のふたりは、メンバーしかいない空間だと子どもっぽさがぐっと増す。

銀のボウルの中で混ぜられている、たこ焼き粉と牛乳。買ってきた紙皿それぞれに盛られた、タコ、ソーセージのかけらたち。年少コンビがとりあえずザクザク切ったため、具材はすべて不格好なブツ切りだ。パックに入ったままのキムチ、袋に入ったままの一口チョコレート、発泡スチロールに乗ったままの明太子、カンヅメに入ったままのスパム、そして碧がどうしてもゆずらなかった、ひき肉を塩コショウでさっと炒めたものと、めんつゆ。

「めんつゆつけると、明石焼きってやつになるんだよ、超おいしいんだから」

スーパーの中でも先頭をひた走っていた碧は、材料選びでも実際の調理でも、やけにたこ焼きについて詳しかった。

「私、小さなころ転勤族だったから。たこ焼きの本場に住んでたこともあるよ、ほんのちょっとだけど」

愛子が何かを聞けば、碧は素直に答えてくれた。最近、いままでよりもそういうことが増えたような気がして、愛子はこっそり嬉しい。

たこ焼き器があたたかくなってくると、暖房を切ったというのにやはり、部屋の中がますますムシムシしてきた。でも、みんなの声が大きいから、窓を開けることはできない。マンションといっても、両隣の部屋の生活音がなんとなく聞こえてくるくらいには壁が薄い。

「ちょっと、うちわとかないのうちわとか」

本当にあると思っていたわけではなかったのだが、ポーズとして部屋の中を見渡す愛子の目に、あるものが映った。思わずごそごそと立ち上がり、それを手に取る。

懐かしい。そう思ったとき、

「あっ！　始まる、始まる！」

と真由が右手をピッと前に伸ばした。点けっぱなしにしていたテレビの音量がガンガン上がっていく。

【それでは登場していただきましょう、本日のゲストはこの方々です！】

「わ～！」

るりかと真由が、観覧客よろしく派手な拍手をする。「ほら、私やるから」碧が、油の入った紙コップを波奈から奪い取る。

「波奈は、ちゃんと観てなよ」

ＭＣの待つカラフルなセットの中に、ゲストがぞろぞろと入ってくる。一度仕事がなくなった後やけに毒舌となり再ブレイクを果たした男性タレント、彼氏が何人もいることをアピールポイントとしている女性タレントなど、ひとくせもふたくせもありそうなメンバーの中に、波奈の姿がある。

「すっごいカッコ！」

るりかと真由が、ふたりしてけらけら笑い出す。波奈がかぶっているピンク色のかつらはスタジオの照明をぴかぴかと跳ね返しており、着ているTシャツの胸には『魔法少女』という言葉の入ったタイトルロゴのようなものと、波奈と同じようにピンク色の髪の毛をしたキャラクターが描かれている。

「すごい、すごい人たちの中にいるよ、波奈」

愛子の声と、MCの【常識の枠から外れてしまうとこうなる、ということを、今日はこの方々から学ばせていただきま～す！】という陽気なコメントが、重なった。

【それではまず一人目！　気にせず毒舌をまきちらしていたらとんでもない大御所をキレさせてしまった男！】

MCの声を合図にして、ひな壇に座っている男性タレントの顔がアップになる。「いやキレさせたっていうかね、違うんですよ」その男性タレントが苦笑いで弁明をしはじめたとき、波奈が、ふう、と大きく息を吐いた。

「ここからひとりずつ話してくって感じだから……とりあえず、たこ焼き作ろ」

波奈のソロでのテレビ出演が決まったとき、愛子たちは素直に喜んだ。みんなで一緒に観たいね、なんて言っていたら、いつの間にか、放送日の今日がこうしてみんなで集まる日に設定されていた。

自分が出演するわけではないのに、こんなに緊張するなんて思わなかった。なんだか、少し体が汗ばんでいる。

愛子は、先程手に取ったうちわを、恐る恐るぱたぱたとする。どのうちわで起こした風も同じだということはわかっているのに、このうちわでは、なんとなく思いっきり煽ぐことができない。

「それ、懐かしいね」

お玉でボウルの中のタネをすくいながら、碧がこちらに向かって顎をくいと動かした。たっぷりのあぶらが溜まった穴のひとつひとつに、きれいなクリーム色のタネが注がれていく。

「それ、うちにもまだある、一枚だけ。なんか捨てられなくって」

デビュー当初、オーディションを共催した携帯電話会社の春のキャンペーンをNEXT YOUが担当することになった。広告契約をしていた四月一日から九月三十日までの半年間、全国にある携帯ショップでこのうちわが配布されていた。

うちわの表には、一年と半年分しっかりと幼いNEXT YOUの集合写真がある。

そして、メンバーの胸のあたりを横断するようにプリントされている、『みらいの夢をかなえる学生割引　―ココロの想いを、伝え合おう―』というキャンペーン名。うちわの裏には、キャンペーンの詳細が記されている。そしてその下には、メンバー全員で一文字ずつ書いた、『デビューという夢をかなえたNEXT YOUの、ココロの想い』。

武道館でコンサートをしたい！

うちわで風を起こすと、その分、デビュー当時の自分たちと、武道館という不格好な手書き文字が交互に現れる。汗ばんだ体を冷ましたかったのに、余計に汗が噴き出してきた気がした。

「なにぼーっとしてんの、ほら、手伝ってって」

ばちばちばち、という、大粒の雨が窓を打つような音で愛子は我に返る。真由が、つまようじの先で愛子のうちわを突いている。

「こうやって焼けたやつ縦向きにしてくんだって」いつのまにかそれぞれの穴の中にはタネと具材が入れられており、半円の形のそれらがつまようじで器用に縦向きにされている。そこに碧がタネを追加していき、すでに焼けている半円の部分で蓋をするようにひっくり返せば、やがてきれいな球体になる、らしい。「碧の顔見て、マジ真剣でうけるから」

「あっ、きた！」

るりかがバンとテーブルを叩いたので、めんつゆの水面が大きく揺れた。テレビ画面には、【アニメに恋しておかしくなっちゃったアイドル】というテロップが出ている。

「きたきたきたきた」

「ちょっといま手が放せないのにっ」

碧がお玉の動きをスピードアップさせる。画面にはまず、波奈を紹介する映像が流れ始めた。

【白熱のライブパフォーマンスや一風変わった握手会などで注目を浴びている五人組アイドルグループ、NEXT YOU！ 11月に発売された最新シングルはオリコンデイリーチャート8位を記録！】 ここで一瞬、最新シングルのPVが映る。波奈のリップシーンだ。【フレッシュな大注目グループのリーダー的存在・坂本波奈は、アニメの世界が好きすぎてこんなふうになっちゃいました……⁉】

「フレッシュだってえ」るりかがけたけたと笑っている。「波奈ちゃんもう十九歳なのにい」

映像が終わると、スタジオにいる波奈がいつもよりも大きな身振り手振りを加えて自分のエピソードを話しはじめた。波奈が好きなものを好きだと言うたびに、周囲の出演者たちがわかりやすく顔をしかめてくれている。

五人の視線が、二十二インチの世界の中にぐっと集中する。

窓ガラスが結露で埋まると、それだけで、外の世界すべてが覆い隠される。今見えるものだけを見ていると、テレビにはチャンネルがたくさんあることや、むしろこの瞬間にテレビというものを観ていない人のほうが多いだろうということを、忘れてしまいそうになる。

ＭＣが波奈をいじり、波奈が言い返す。そのうち、スタジオの映像から、波奈がハンディカメラでプライベートを撮る映像に切り替わった。まさにいま愛子たちがいる部屋がテレビ画面の中に映っている。【パックをしながら好きなアニメを観ている時間が一番しあわせで～す】白いパックを顔いっぱいに貼っている波奈越しに、アニメが再生されているパソコンの画面が映り、またスタジオの映像に切り替わる。

「盛り上がってるね」

波奈の祈るような目を見ながら、愛子は言った。その声が波奈に届いているかどうかは、わからない。

【もういくら言ってもしかたないみたいなので、次、次いきます！　どうぞ！】

画面の中の波奈は、え～、と抵抗しながらも笑顔をキープしている。話のテーマが別のタレントに移ってやっと、画面の外にいる波奈が大きく息を吐いた。

「終わった～！　よかった～！」

みんなで観たい、というよりも、ひとりで観たくなかったんだろうな、と愛子は思う。「大丈夫だった？　面白かったかな？」必死に同意を求める波奈の姿がなんだかかわいい。

「はい、できてますよー」

ふとたこ焼き器に視線を戻すと、そこには、つるんとした小さな球体が並んでいた。形も色もきれいなので、まるで入学式に臨む新入生みたいに行儀よく見える。碧は、テレビを観ながらも華麗なつまようじさばきを繰り出し続けていたらしい。

「いい感じに食べごろ食べごろ。焦げるからスイッチ切って」

「やば、上手！」

るりかが身を乗りだし、たこ焼き器のスイッチを切る。ぱちん、と電気を消すようなその音で、まだなんとなく部屋を支配していたような緊張感が、やっとすべて消え失せた気がした。

時計を見てみると、どうやら波奈が番組の中心だった時間は十分にも満たなかったらしいことがわかる。ゲストは四人、一時間番組なので、ＣＭなどの時間を考えればじゅうぶんだろう。波奈だけ特別に短く編集されてしまったということはなさそうだ。

「あーもーなんかドキドキしたー！　食べよ食べよ！」

ど真ん中にあるたこ焼きに、真由が割り箸をぶすりと突き刺す。

「これ中身なに？」

「このへんは確かノーマルにタコかな」

「じゃあやめよ」

「箸ブッ刺したのに⁉」

言葉を発することを忘れていた先程の十分間を取り戻しているのか、みんな、いつもより口数が多い。シングルもトップテン入りを果たし、波奈のテレビ出演も無事終わり、ここ最近で一番の解放感が気持ちいい。

一周目のたこ焼きが全てなくなったころ、むずむず疼きだす心を抑えきれなくなった愛子は「ねえねえ」と切り出した。

「せっかく五人揃ってるし、イメトレしない？」

「出た、愛子のイメトレ」碧がニヤリとする。「愛子、家で何時間も観てるんでしょ。それで寝不足とか本末転倒だから」

アイドルのライブの動画を観ることを「イメトレ」と名付けたのは最近のことだ。これは愛子にとって発見だった。研究、と呼ぶには楽しみが多すぎるのでどこか後ろめたさがあるし、趣味と呼ぶにはもう少し仕事と繫がっている感じがほしい。そこでぴったりなのが「イメトレ」だった。愛子はメンバー内でも流行り始めたその言葉に甘えるようにして、寝る前に動画共有サイトでアイドルのライブ動画をひたすら渡り歩くようになった。やめどきがわからなくなり、睡眠時間だけが削られてしまったような夜も一度や二度ではない。

今は、動画共有サイトにどんなアイドルのどんなライブもアップされている。歌やダンス以外にも、演出やセットリスト、MCの内容など、学ぶべきところは多い。

「波奈、パソコン借りていい？」

返事をするように、波奈がはふはふと口を動かした。電源を入れると、寝起きの悪い子どものごとく、もぞもぞとパソコンが立ち上がる。

「なんか選んで選んでー」

こちらも口をはふはふとさせながら、るりかがコタツの中で足をばたつかせる。

「任せてー、とっておきのやつ選ぶから」

愛子は勇んで、がらんどうの検索フォームにマウスポインタを合わせる。これまでこのサイトで観てきた膨大な数の動画が、頭の中でわいわいと手を挙げ始める。あれかな、いやあれもいいな、あれも捨てがたい。みんなに一番観てもらいたい動画はどれだろう。

そう思ったとき、手の動きが止まった。

突然、頭の中に、あらゆる動画が、自分を中心にして大きな円を描くように並んでいるイメージが浮かんだのだ。すべて、自分から、等距離にある。腕を伸ばして一回転すれば、すべての動画に触ることができてしまう。

つまり、この中で一番、が、ない。

——私、どんなアイドルが好きだったっけ？

「愛子、いっしょに選ぼ」

波奈が愛子に肩を寄せてくる。その接触で、我に返る。

今思い浮かんだイメージは、なんだったのだろう。愛子は、強めの瞬きを二度ほどして、画面に視線を戻した。

「うわ、アニメばっか！」

思わず声が漏れる。「そんなびっくりする～？」と困ったように笑う波奈の顔は、さっきのテレビ番組で観たそれと同じく、どこか誇らしげでもあった。パソコン画面の上部にあるバーには、動画共有サイトのアイコンがずらりと並んでいる。すべて、波奈のお気に入りのアニメみたいだ。

「好きなやつは大体ネットに上がっててさ、これ観てたら朝になっちゃうんだよね」

波奈はそう言いながら、慣れた手つきでタッチパッドに指をすべらせる。私と同じだ、と思いながらぼんやりと画面を見ていると、マウスポインタが思わぬところへ移動した。

「あ、ちょっとここ見ていい？」

並べられたブックマークの中に紛れ込んでいる、アニメの動画でないページ。リアルタイム検索、と名付けられたタブをクリックすると、検索フォームの中にすでに『ＮＥ

XT YOU』と打ち込まれている画面が表示された。

「やっぱさっきのテレビの感想が多いなあ」

画面には、『NEXT YOU』という単語が含まれている書き込みがきれいに敷き詰められている。【NEXT YOUがテレビに!!】【さっきのアニメ好きアイドルって何? NEXT YOUってグループ名なの?】ツイッター、フェイスブック問わず、SNSユーザーの書き込みをリアルタイムで検索できるこのページは、家のパソコンにもお気に入り登録されていたはずだ。父が利用しているらしい。

【NEXT YOUイラネ】【売れなそう、NEXT YOU、なんとなくだけど】中には、心臓をボンと真上からつぶされるような気持ちになる書き込みもあるが、波奈は「ふんふん」と軽く頷きながら画面をどんどんスクロールしていく。

ネガティブな言葉を映す画面の向こうに、三人の姿が見える。たこ焼きをふたつ同時に頬張ってみている真由、キムチをそのまま食べているるりか、結局一人でめんつゆを消費し続けている碧。

窓と結露で遮断された外の世界、そのうちの一部をこっそりと部屋の中に持ち込んでしまったようで、愛子はどこか申し訳ないような気持ちがした。

「あ、ストップ」

反射的に、愛子はタッチパッドに触れた。波奈がマウスポインタの主導権を譲ってくれる。

【アイドルNEWS】加速する音楽業界の特典商法。注目のアイドルグループ「NEXT YOU」初のオリコンデイリーチャートトランクインも、実際に売ったのは卑猥な〝コンセプトキャバクラ〟券?

「なにこれっ」

勢いに任せてクリックすると、長い文章が画面に表示された。だが、きちんと読み始める前に、波奈に画面を閉じられてしまう。

「CDになんか付けて売るとすぐこれだからね。いちいち反応してたらキリないって」

月曜日売り出し。次の日には50ランク以上ダウン。握手券よりもいやらしい特典。ちらっと見えただけでも、記事の中にはそんな言葉がたくさんちりばめられていた。

「キリないのはわかるけど、今の書かれ方って」

「だから、そうやっていちいち怒ってたら疲れるよ~?」

「ねえねえ、まだあ?」るりかが一口チョコの包装をほどきながら首をグンと伸ばした。

「るり、あれ見たい、fruits=fruits の新曲!」

「はいはいちょっと待っててねえ~」

まるで歳の離れた姉のようにるりかをあやす波奈を見ながら、愛子は行き場をなくしたひとさし指をぎゅっと折りたたんだ。

お玉にこびりついて固まってしまっていたたこ焼きのタネが、ゆっくりと溶けていく。波奈の部屋にあるキッチンの水道は、お湯が出るまで少し時間がかかった。

「寝てる、真由」

「ほんとだ。寝顔やっば」

食器を洗うのは愛子、食器を拭きつつ余った食材を片付けるのが波奈、碧とるりかは、ゴミをまとめているふりをしながら、パソコンの動画に夢中だ。

てのひらに触れる湯の温もりを感じながら、愛子は、部屋の奥にある小さな棚を見る。そこには、これまでNEXT YOUとして、または坂本波奈として載った雑誌や、リリースしたCDがすべて並べられている。

そこに、CDよりも大きなパッケージが紛れ込んでいるのがわかる。

あの大きさは、DVDだ。

NEXT YOUではまだ出したことのないDVD。まだNEXT YOUではなかった波奈が、個人で出したDVD。

「波奈はさ」

お玉の曲線を、溶けたタネが流れ落ちていく。

「もう何とも思わないの？」

愛子は、はがれていくタネの向こう側の銀に、自分の顔が映っているのを見た。

「何ともって？」

お湯がシンクにぶつかって、波奈の声と一緒に散らばる。

「さっきのニュースとか。もう、むかついたりしないの？」

波奈は、メンバーの中で一番芸歴が長い。実は十年以上のキャリアがあるということを知ったのは、グループを結成して半年以上経ったころだった。

これまでどんな仕事をしていたのだろうと、愛子は軽い気持ちで波奈の名前を検索してみたことがある。すると真っ先に出てきたのは、スクール水着を着た七、八歳の波奈が、青空の下、両手をグンと伸ばしている写真だった。どこにもふくらみがない平坦な体は、雲ひとつない青空に全く馴染んでいなかった。

波奈が初めて出したＤＶＤ、そのパッケージ画像。

「私も長くやってれば、いちいち怒らなくなるのかな？」

波奈はそのＤＶＤを、今でもきちんとあの棚の中に並べている。

「どうかなー。人それぞれだからね〜」

波奈はふざけた調子でそう言うと、くたくたになったタオルでお玉を拭いた。これで、使った食器類をすべて洗い終えたことになる。

余ったキムチに、波奈が蓋をする。鼻孔のまわりをうろうろしていた辛い匂いが、小さな容器の中にしゅん、と吸いこまれた。

「赤ちゃんモデル時代入れたらデビューしてもう十七年だからね。いろいろ言われるのはさすがに慣れたかも」

波奈は、言葉も一緒にねじり切るように、きゅっとキムチの蓋を回した。

たった一日だけでも十位以内に入れば、「オリコントップ10にランクイン」という冠文句を使うことができる。そのためだけに、マネージャーをはじめとする事務所の大人たちが様々な策を実践した。水曜日ではなく、CDの売り上げ枚数が最も落ち着きがちという月曜日に発売すること。初速に勢いをつけるため、初回限定盤には握手をする時間が二倍になる特別券をつけること。その結果、十一月に出したシングルは、確かにオリコンデイリーチャートの八位にランクインした。

だが、次の日には五十位にも入っていなかった。特別券のついていないCDを買う人は、とても少なかった。

「愛子はむかついたりするの？　ネットとか見て」

きれいになったキッチンを、波奈が四つ折りの白い布巾で拭く。

「むかつくでしょ、めちゃくちゃ」

「怒っちゃう?」

「怒っちゃいたくなるでしょ、そりゃ」

ばかみたいに口を開けて寝ている真由と、全然片づけを手伝ってくれないるりかと、もうイメトレにすら飽きてしまったらしい碧。

怒っちゃいたくなる。だけど、実際に「怒っちゃう」ことはできない。メンバーのためにも。

匿名での悪口、盗撮、執拗なまでの過去の詮索、きっとこれまではこちらから怒ってもよかったであろうことが、日に日に、そうではなくなっている。煽り耐性、スルースキル、それらの言葉は自分たちが小さなころにはこの世になかったのに、本当についさっき生まれたような新しい言葉なのに、その習性をあらかじめ持ち合わせていることを当然のように求められる。

「大丈夫」

そうつぶやく波奈の横顔が、キッチンの白いライトにはっきりと照らされた。

「慣れれば、怒ったりしないで流せるようになるから」

輪郭やそのパーツは目を瞑っても見えるほどなのに、愛子はなぜだか、波奈の姿を何ひとつとして捉えられていないような気がした。

愛子は視線を前に戻す。

きれいに洗浄され、水滴もすべて拭き取られた食器が、狭いキッチンの棚に積み重なっている。いろんな形の器が、いろんな形の影を作っている。

「でも」

「怒るって、ふつうのことじゃん。人間として」

怒りが態度や言葉として人間の外側に現れたそのとき、その人の器にはもう何も入らなくなっている。つまり、怒るということは、自分の中にある器の許容量や、形をさらけだすということだ。

キッチンのライトをぱちんと跳ね返す銀のボウルは、半分に割られた知らない惑星のように見える。愛子はその曲線を視線でなぞりながら、いろんな人の器の形を思い浮かべた。

小さなころ、大切にしていた竹刀を隠したらすごく怒った大地の、器の形。大地の器は、剣道に関する部分だけ、極端に許容量が少ない。剣道のことをからかうと、すぐに怒るのだ。

「怒るから、その人がどういう人間なのか、何が許せない人なのかって、わかるんじゃん。それがわかるから、その後もっともっと、仲良くなれたりするんじゃん」

お風呂掃除をさぼった愛子に「そういう子はお風呂入っちゃダメなんだからね、これから」と真剣な顔で注意してきたお母さんの器の形。お母さんの器は、愛子が決まりを守らなかったり、言われたことをやらなかったりすると、すぐに溢れてしまう。家族が約束を破るということを受け入れる部分の許容量が、とても少なかった。

「波奈、怒らないと、ロボットみたいになっちゃうよ」

波奈が愛子をちらりと見る。そして、手を洗いながら言った。

「もう何年か経てば、愛子もきっとわかるよ」

波奈の細長い指を、白い小さな水泡が滑り落ちていく。

波奈は、メンバーの中で一番芸歴が長いし、年齢も一番上だ。だからきっと、メンバーの前では、本来の自分よりもずっと大人っぽくしてくれている。

きっと、大人になればなるほど、人は怒ることができなくなる。自分の器の形を隠したくなる。

愛子はボウルの銀を見つめる。

お父さんの器の形は、どんなふうなのだろう。

だってあのとき、お父さんは、誰のことも怒らなかった。お母さんのことも、その相手のことも、少なくとも愛子の目の前では怒らなかった。どちらと暮らすか選べと言われて、愛子があんな答えを出したときだって、お父さんは怒らなかった。

銀が、黒く翳《かげ》る。波奈がキッチンのライトを消したのだ。

「あれっ、そういえばチーズは⁉」

るりかが突然、大きな声を出す。寝ていた真由が「うるさいなあ」とのっそり目を開けた。

「具、チョコとチーズで、チーズにしようって決まったじゃん！　いま気づいたけど、なんでチョコ買ってんの⁉　チーズは⁉」

るりかはどうやら、みんなで行った買い出しのことを話しているらしい。出し合ったお金が足りなくなり、最後にチョコかチーズのどちらを買うかという局面で、るりかがあまりにもごねるのでチーズを買おうということになっていた。だが、その後、真由がこっそりチーズをチョコと入れ替えていたことを、愛子は知っている。

「るり、絶対カートの中にチーズ入れたもん！　誰か入れ替えたんだ、楽しみにしてたのに〜！」

「そんなことで怒らないのお〜」

真由は我慢しきれない様子でニヤニヤしている。

「あっ、その顔！　真由あやしいっ！」

わっと襲いかかるような動きをするるりかを、真由は簡単に避ける。「みんなでチーズに決めたじゃあん！」半泣きで喚くるりかの顔は赤い風船のようにふくれており、本当に怒っていることが傍目からでもわかる。

怒ること。

握手券をつけてCDを売ることを、怒る人がいること。チョコかチーズか悩んで悩んで、どちらかを選びとること。イメトレ。波奈のパソコンにブックマークされていたアニメの動画たち。ネットニュース。〝コンセプトキャバクラのようなアイドルの接触イベント〟。怒ること。スルースキル。怒ることが、どんどん下手になっていくこと。特典商法。人の器の形。愛子の頭の中で、さまざまなことが浮かんでは、消えていく。その中でも、

──私、どんなアイドルが好きだったっけ？

さっき浮かんだ疑問が、中心にどっしりと根を張っている。

「愛子」

ふと、名前を呼ばれた。

「こっちおいで」

碧が、じっと、こちらを見ていた。

チャイムの音が鳴る。

「あ、もう時間みたい」

愛子がそう言うと、隣に座っていた人が名残惜しそうに席を立った。その男の人は、

「また来るね」と手を振りながら、右側に立てられているパーテーションの向こう側へと去っていく。制服姿の愛子は椅子から立ち上がり、その男性がこちらを見なくなるまで笑顔で手を振った。

と思いきや、今度は左の方向から別の男性が近づいてくる。

「わあ、来てくれてありがとうございます！　どうぞ座ってください〜」

愛子がてのひらを差し出すと、猫背の男性はおずおずと用意されている椅子に腰を下ろした。二十代後半くらいだろうか、ここに集まっている人たちの中では比較的若いほうだ。どこか怯えているような様子からすると、初めて来た人かもしれない。

「もしかして、初めてですか？」

「あ、はい」

「わあ、ありがとうございます！」

愛子が笑いかけると、青年は照れを隠すように顔を伏せる。この人、自分からは話さない人だ、と、愛子は直感する。

「券、私で大丈夫でしたか？」

「あ、はい」

「よかったあ。うれしい！　安心しました」

こちらは手を握っているけれど、向こうのてのひらには力が入っていない。愛子は、体温を上げていく両てのひらに、より力を込めた。

NEXT YOUのCDに付いてくる握手券は、開封してみないとどのメンバーと握手ができる券なのかわからない。だから、お目当てのメンバーの券が当たるまでCDを買う人や、お目当てでないメンバーの券をインターネットで転売したりする人が後を絶たない。ネットニュースなどでは、その点をやり玉にあげられることもしばしばだ。

「寒いですね、風邪とかひいてませんか?」

「あ、はい、大丈夫です」

何を話してもこの青年は同じような返事しかしないので、愛子は自分で「雪降るの楽しみですねえ、私、雪好きなんです」「もうすぐクリスマスですねっ、ホワイトクリスマスにならないかなあ」などと話し続け、とにかく時間をつないだ。

やがてチャイムが鳴ると、青年はいそいそと立ち上がり、「がんばってください」と何度も頭を下げながらパーテーションの向こう側へと消えていった。

不思議な気持ちになる。

握手券はランダムとはいえ、こうして自分に会いに来てくれる人がいる。自分を〝アイドル〟にしてくれる一人一人の背中を見送るたび、愛子は全員にもう一度、アイドルではなく一人の人間としてお礼を言いたくなる。

あまり話してくれない人であっても、容姿がきれいではない人が来たとしても、自分に会いに来てくれる人との触れ合いを苦痛だと思うことは、本当に、ない。今のような状況のときは、確かにわざとらしい会話になってしまうこともあるけれど、それはアイドルファンがよく言う「本当は握手なんてやりたくないと思っている」からではない。

「愛子ちゃん」

次に現れた男性を見て、愛子はぴょんと立ち上がった。

「わ、久しぶりです！　サムライさん、やっぱり来てくれたんですね！」

男性の胸には、『ネクス中毒@愛子推しのサムライ』という文字が書かれている。デビュー当時からずっと変わらず会いに来てくれているこの四十代の男性は、サムライというハンドルネームでブログやツイッターをやっており、アイドルファンの中でも有名な人物だ。

NEXT YOUは、握手会のことを〝席替え〟と呼ぶ。事務所の大人が言うに、モチーフとしているのは、席替えをした日の放課後、らしい。メンバーごとに区切られたパーテーションの中には、隣同士に並べられた机と椅子がふたつずつ、用意されている。つまり、まるで学校の教室みたいに、メンバーとファンが肩を並べて座るのだ。初めて隣の席になった男女が、他のクラスメイトにバレないように、放課後にこっそりと手を繋ぐ――これがこの〝席替え〟のコンセプトとなっている。このスタイルをはじめた当初は、普通の握手会よりも何倍もドキドキする、ということでいろんな媒体に取り上げてもらえた。また、メンバーはそれぞれ事務所が用意する制服を着るので、統一感を出すためか、参加者の中には制服風の白いシャツや学ランを着てくる人もいる。首から笛をぶら下げたジャージ姿で、体育教師と女子生徒という設定を持ち込んでくるファンまでいる。

サムライはこの握手会のスタイルをいち早く広めてくれた人でもある。一度は体験すべきだ！　と、インターネットで拡散してくれたことは、メンバーも事務所の人間もみんな知っている。他のグループと違ってアイドル本人が座っていられるので、彼女たちの体力的負担も少ない、という運営目線の指摘には愛子も思わず感心してしまった。

「なんかちょっと若い人とか女性も増えてきてる感じ。俺の経験からすると、これはブレイクの予兆だね」

「えっ、ほんとですか？」

愛子はサムライと手を繋ぎながら、【「ほんとですか？」を言わないようにする】という今日の目標を思い出す。どんな言葉の返答にもなり得てしまう「ほんとですか？」を多用しているうちに、中身のある会話をする前にチャイムが鳴ってしまうことがよくあるのだ。

「当日買いの人も増えてるみたいだし」

サムライは、さきほどの青年と違い、ぎゅっと力強く愛子の手を握り返してくる。

「えっほんと、うれしいです！」

「みんな、すぐそこで本気の交渉合戦してるよ」

NEXT YOUの握手会は、会場でCDを購入することができる。つまり、その場で手に入れた握手券が使用できるのだ。ただ、お目当てのメンバーを引き当てる確率は五分の一なので、当日買いをする人たちはその場で出会った人たちと握手券交換の交渉に勤《いそ》しむことになる。

今日も私のところに来て下さってありがとうございます。愛子がそう口にしようとすると、隣のブースから、るりかの甘い声が漏れ聞こえてきた。

「え〜、るりが一推しじゃないんですかあ？ 次からはるりの券じゃなくてもるりのところに来てほしいな〜」

握手会の会場といっても、ショッピングモールのイベントスペースをパーテーションで区切っているだけだ。隣にいるメンバーの声は、ほとんど聞こえてしまう。

「ハイ、約束。ゆーびきーりげんまん、ウソついたらるりに怒ら〜れるっ」

るりかには、太いファンが多い。この場合の「太い」は、体形ではなく、るりかに注ぐ愛情のサイズのようなものを表している。

「今日もつるりんはすごいなあ」

サムライは苦笑すると、ぐっと声のボリュームを落として言った。

「ところで、波奈ちゃんの炎上は大丈夫？」

それこそ仲良しのクラスメイトと内緒話をするように、サムライは、自分の口のあたりに繋いでいないほうの手を添えた。

「すごく心配してるんだよ、ネクス中毒みんな。今日もちょっと元気なかったみたいだしさ」

サムライの顎から首にかけて、生えかけの髭がつぶつぶと顔を出している。

「大丈夫ですよ〜」

愛子は、なんてことないというように微笑む。なんにも気にしていませんよ、という気持ちだけでなく、あなたの言葉で動くものはなにもないんですよ、と言わんばかりの意地悪心が乗っかりかけたことに、愛子は自分で驚いた。

「うちのリーダーがこんなのでへこたれるわけないじゃないですかあ！」

アニメ好きアイドルとしてソロでテレビに出たあと、波奈はよくない形で注目を浴びた。

波奈が自分の部屋を自分で撮った映像、そのうちの一場面を切り取られたものが、視聴者によってあっという間に拡散されたのだ。

顔にパックをした波奈越しに映る、パソコンの画面。その画面の上部にある、波奈によってブックマークに保存されたアニメの動画たち。その動画が違法アップロードされているものだということが、アニメファン、ひいてはネットユーザーの逆鱗に触れた、らしい。

「謝罪からブログの更新もないみたいだしさ」

やがて、波奈が過去のブログで「声優のお仕事をしてみたい」と書いていたことが見つかり、炎上はますます拡大していった。結果、この件は大手検索サイトのトップニュースとして掲載されてしまった。トップニュースともなると、記事を閲覧したとたん正義感のようなものを手にした人たちから様々なコメントが集まる。

「あ〜、そうなんですよね、でもそれは炎上とか関係ないと思いますよ！」

——自分たちはいろ〜んな特典つけてヲタクから金を搾取してるくせに、アニメは違法・無料で観るんですねw　つーかこれ誰？　売名？w

——衰退させるのは音楽業界だけにしろや。アニメ業界まで腐らせるの禁止。こいつ声優もやりたいとか言っとるらしいけど絶対やらせたらアカンやつやろ。

——これまでNEXT YOUがしてきた商法をまとめました。(http://…)　他人から金を引っ張り出しておいて、自分たちは無料でアニメ見放題。きちんと正規ルートでものを手に入れないとその業界が結果的に衰退してしまうこと、ものづくりの端くれにいるこの人たちもわかっているはずなのにこの有様。悲しいですね。

「元気づけてあげなね。こういうとき、支えになってあげられるのはメンバーしかいないんだから」

ハイ、と、愛子は神妙な顔で頷く。本当に、毎回イベントに来てくれて、心の底から嬉しいし、ありがたい。この人が私の夢を叶えてくれていると思うと、何回ありがとうございますと伝えればいいかわからないくらいだ。

だけど、たまに考えてしまう。

まるで先生のように話すこの人は、私たちのなんなのだろう、と。

来てくれる人全員に対して、平等に、ひとりずつ、とてもとてもうれしい。その気持ちに全くうそはない。そのうえで、感謝の気持ち以外に何も感じないかと言われれば、それは少しだけ、うそになる。

チャイムが鳴った。「また来るから！」サムライは潔くパーテーションの向こうへと消えていく。サムライのような有名なファンは、時間を過ぎても粘ったりはしない。熱心なアイドルファンはやがて、ただそのアイドルに愛情を注ぐだけでなく、イベントやライブの現場の秩序を守るという役割も担い始めるからだ。NEXT YOUのファンは「ネクス中毒」と呼ばれているが、ネクス中毒の中では、メンバーよりもまずサムライに認知されることを目標としているような人もいる。

ファンはやがて、ファン以上の役割を自負し始める。だけど土台は「ファン」であるため、メンバーには、ありがとうございますと感謝をする選択肢しか、ない。

「ちょっと休憩入ろうか」

パーテーション内で時間を測っているスタッフが、そう声をかけてくれた。自分の列が途絶えたのだろうと、愛子は察する。

愛子は、足元に置いているペットボトルの水を手に取った。そのまま、パーテーションの外に耳をすませる。

るりかの甘い声。まるで親のようにアドバイスし続ける男性の声。メンバーの名前が書かれた握手券が手渡される音、そばにいるスタッフがつけているインカムから漏れ聞こえてくる声、並んでいるファンが履いている靴底が床と擦れる音。さらに目を閉じると、音としては聞こえていないようなものまで、拾うことができるような気がする。

当日買いをしたけれども、目当てのメンバーの握手券を手に入れられず、怒りだすファンの声。

まとめサイトで見た波奈の炎上記事に同調する人々が、意見を打ち込むキーボード音。

CDに音源以外のものを付けて販売することへ、異を唱える声。

たこ焼きパーティのあと、愛子は家で、握手会のことをコンセプトキャバクラと書いていた記事を最後まで読んだ。こんな売り方は音楽業界への冒瀆だ、という主張が、言葉を変えて何度も何度も書かれていた。

読み終えたあと、愛子は、全身の毛穴すべてが噴火口となったように怒ることができた。みんなでこんなにもがんばっているのに、何も知らない人にどうしてこんなことを言われなければいけないのか。こんなふうにあるひとつのグループの足を引っ張ることにどんな意味があるのか。愛子は、次々と湧き出てくる怒りを手なずけられない自分に苛立ちもしたが、実は、どこかで安心もしていた。

自分はこうして、怒ることができるのだ。

――大丈夫、慣れれば、怒ったりしないで流せるようになるから。

波奈は、謝罪した。正規ではないルートでアニメを鑑賞したことがあると認め、ブログに長い文章を書いた。それでも、誹謗中傷はやまなかった。

波奈はいまでも、怒っていないのだろうか。問題になったこととは全く関係のない暴言を投げつけられ続けても、波奈の器からは、何も溢れてはいないのだろうか。

それとも、その器はまるで皿のように平坦になってしまっていて、実はもう何も受け入れることができないのだろうか。

「よしっ、碧ちゃん当たったー！」

「マジか、俺もう一枚買おっかなーやめといたほうがいいかなー」

当日買いに興じている人たちの声は、すごく楽しそうだ。それなのに、その現象を外から見ている人たちは、怒る。CDに、CDではないものを付けて売ることに対して、怒る。同じ音楽が入っているCDを何枚も「買わせている」と、まるで大量に買っている人の代表のような顔をして、主張する。ついさっきまで手にしていなかった正義感を、急に手に取り振り回し始める。

みんなが怒っているものには、安心して怒ることができる。それで推し量られる器の形は、みんなと同じだから。

「はい、次のチャイムのあと入ります」

スタッフの声に、愛子は背筋を伸ばすことで応えた。

「こんにちは！　来て下さってありがとうございます！」

愛子は、パーテーションの向こうから現れた男性にそう笑いかける。男性の手には、さっき買ったのだろう、CDが一枚握られている。

猫背だな、と思ったとき、愛子は気が付いた。

「あれっ？　もしかして……さっきも来てくれた人ですか？」

男性は、ちらりと愛子のことを見ると、小さな声で言った。

「あ、はい」

サムライの前に来た、あまり自分からは話さないタイプの男性。あまり楽しんでいるようには見えなかったけれど、こうしてもう一度来てくれたのだ。

「うわ、すごい、ありがとうございます」

選び取っている。この人は。

「もしかして、ここでもう一枚買ってくださったんですか？」

「あ、はい、あと一枚だけ買えそうだったんで……」

あと一枚だけ。

「うれしい。本当にうれしいです」

財布に残っていたお金の使い道として、このCD一枚を、選び取ってくれた。

「はじめて来てくださるのももちろんうれしいんですけど、こうやってまた来てもらえることが、私、一番うれしいかもしれないです」

一番。

突然、愛子の目の前に、がらんどうの検索フォームが現れた。鼻先に、たこ焼きの匂いが蘇る。

あのとき頭の中に浮かんだイメージが、もう一度現れる。これまで手軽に観てきたあらゆるアイドルの動画が、自分を中心にして大きな円を描くように並んでいるイメージ。すべてが自分から等距離の位置にあり、腕を伸ばして一回転すれば、すべての動画に触ることができてしまうイメージ。

——つまり、この中で一番、が、ない。

愛子は、てのひらに力を込める。

選び取ること。怒ること。慣れること。怒れなくなること。ばらばらの頭の中が、ばらばらのまま、その男性のてのひらの熱に溶かされていく。


また、チャイムが鳴る。


学校の教室で聴くほんもののチャイムは、パーテーションに囲まれた空間で聴くよりも、ひとつひとつの音がはっきりと聞こえる。

「やっと時間か～」

前の席の男子が、がたんと音を立てて椅子から立ち上がる。部活を心待ちにしていたのか、カバンを引っ摑むとあっという間に教室からいなくなってしまう。

愛子は、返却された期末テストをていねいに折りたたむと、カバンの奥の方にしまった。グリーンアッププロダクションでは、中学生と高校生は全員、通知表を事務所に提出しなければならない。学業があまりに疎《おろそ》かになると、事務所から仕事をセーブされてしまうのだ。

ずっと、期末テストの勉強にも集中できなかった。仕事が忙しかったから、というわけではない。頭の中のばらばらが、まだ片付かないのだ。

「教室出るのやだー、廊下っていきなり寒いじゃん」

「つうか早くね一年、全然追いつけてないんですけど心」

夏休み明け、グラビアが載った週刊誌を買ってくれたクラスメイトが、返却された期末テストの点数など気にも留めていないようすで話している。教室には二人以外にも、暖房のあたたかさに甘えていたい生徒たちがたくさん残っている。生徒が勝手に「強」にした暖房は、教室の木のにおいと人間のにおいをより強く薫らせる。

みんな、好きなように、好きなことを話している。持ち物、服装、すべて、自分の好きなものを選び取っている。自分が好きなもの、満足するものは何なのか、いつしか人は選べるようになる。

「ねえねえ」

愛子は立ち上がると、その二人に話しかけた。

「うちのメンバーが炎上したのって知ってる？」

え、と、ふたりが顔を見合わせる。「なんか、まあ、なんとなく」「つうかそっちからそこいじるってどういうこと！」一瞬気まずい空気が流れたけれど、二人が必死にその空気をどこかへと押し流してくれる。

愛子は、ごめん、と思いながら、言ってみた。

「私、事務所からネット禁止されてて見れなくてさ。どんなふうに書かれてたか、教えてもらえない？」

「え～……？」ふたりは、また、顔を見合わせる。

「うちらも、別に詳しく知ってるわけじゃないけどいいの？　ていうかむかつかない？」

むかつかないって、と笑う愛子のウソを不審に思うこともなく、ふたりは遠慮しながらもぽろぽろと話してくれた。うん、うん、と頷きながら、愛子は心の中で思った。

同じだ。全く。

握手会で、いろんな人が声をかけてくれた。サムライのように名の通ったファン、それほどでもないけれど現場では有名なファン、初めて来たという人、いろんな人が、同じ言葉で、波奈のことを話した。

なぜなら、同じ言葉しか、手に入れられていないからだ。

「ちなみに、そういうのってどこで知るの？」

切りのいいところで、愛子はそう訊いてみた。するとふたりは、見つかったいたずらの言い訳をするように、「うーん、ま、ネットニュースじゃん？」「ひまなとき大体まとめサイトとか読んじゃうし、あれやめられなくなっちゃうんだよね、なんか」とごにょごにょ話した。

「そっか」

そうなんだ。愛子は、頭の中のばらばらが、少しずつ、遠慮がちに手を繋ぎ始めるのを感じた。

「ごめん、あとひとつお願いしていい？」

愛子は二人に向かって身を乗り出す。

「さっきからずっとね、メロディが思い出せなくなった曲があって。気持ち悪いから、できれば聴かせてほしいの」

「え？　あ、うん、別にいいけど」

さすがに不審がられるかと思ったけれど、二人は素直に携帯を取り出した。「検索すりゃ出てくるっしょ」「タイトルは？」愛子は、自分のグループのデビュー曲のタイトルを答える。

「デビュー曲忘れるとかヤバくない、疲れてんじゃないの〜？」

そう言いながら、クラスメイトが愛子にイヤフォンを渡してくれる。

「あー、あ、そうそう、これこれ」

耳のすぐそばから流れてくるデビュー曲を聴きながら、愛子はメロディを思い出す振りをする。サビにさしかかるまで、愛子はそのままイヤフォンを外さなかった。

――ただ、歌が好き、ただ、踊るのが好き、それだけだった、君に見ていてほしかった。

ラジオで流れた音源が流用されている動画なのか、画面には【MP3】という文字が大きく表示されている。

——何があっても、変わらない夢、私、アイドルになりた

「ありがとう」

愛子はすぽんとイヤフォンを引き抜いた。

「ごめんね呼び止めちゃって。ていうか時間大丈夫？」

愛子は教室の時計を指さす。

「えっもうこんな時間？」

「部活！　やば！」

二人は慌てて立ち上がると、イヤフォンをぷらぷら揺らしたまま教室から出て行く。

「さむっ！」「ハイむり寒いー」肩をぶつけ合うようにして廊下を走る二人の後ろ姿を見ながら、愛子は、さっき聴いたデビュー曲を頭の中で反芻した。

やっぱり、二人とも、音楽を買ってはいないのだ。

欲しいCDがある。聴きたい曲がある。観たい動画がある。知りたい情報がある。その欲をかなえるために、まず無料でできる方法を選択するようになったのは、いつからだったろう。

猫背の男性、財布の中のお金の、最後の使い道。愛子は手を握り締める。

まとめサイトも無料、ＹｏｕＴｕｂｅも無料、アプリを使えば電話もメールも無料、何もかもが無料。何かを手に入れたい、と思ったとき、人は、まず無料で実現できる方法を考える。それはきっと普通のことだ。誰だって、できればお金を使いたくない。

誰かが教室のドアを開けた。冷たい空気が、愛子の頬を叩く。

だけど、無料で手に入るものとはつまり、全員が同じように手に入れられるものだ。全員から同じ距離の位置にあるものだ。それに、何かを引き換えに手に入れているわけではないので、もしそれが気にいらなければ、自分の持ち物を減らすことなく、手に取っては捨て、手に取っては捨てを繰り返すこともできる。そんなことが、この一秒の間にも、数えきれないほど行われている。

そんな銀河の中に、自分を、自分だけを形成してくれるものは、あるのだろうか。

愛子の頭の中で、幻のチャイムが鳴る。

だから私は、あの真っ白な検索フォームを前にして、好きなアイドルが誰なのかわからなくなってしまったんだ。

握りしめたてのひらが、知らない誰かのてのひらの熱で、あたたかくなった気がした。

「顔、暗っ」

こちらが何か言う前に、大地はアイスの袋を指で破いた。そして、持っていたコンビニの袋と一緒にくしゃくしゃと丸めて、学生服のポケットに突っ込む。

「産卵中のウミガメみたいな顔してたぞお前」

「産卵中のウミガメ見たことないくせに」

駅から家までの帰り道は、車のライトや街灯の光でじゅうぶん明るい。夜が訪れてからもう何時間も経ったような気がするけれど、まだ二十時を過ぎたあたりだ。

「帰りに会うなんてなかなかなかったよな」

「なか続くとこラッパーみたいだったよ」

同じマンションに住んでいるけれど、帰り道に偶然会うことは意外と少ない。隣に並ぶと、こうして大地と一緒に歩くことがとても久しぶりだと気がつく。

「なんでアイスとか食べてんの？　今日超寒いじゃん」

「体は暑いんですー」

男子はコートを着ない代わりに、学生服の内側にジャージを着ていたりする。だけど大地の袖口からはジャージも見えない。それに、マフラーも手袋もしていない。十二月の暗闇の中で、首筋とてのひらの肌色はとても目立った。

「〝修行〟？」

「おー。愛子は？」

木の棒に刺さったアイスは、外側をチョコレートでコーティングされており、その上には小さなナッツがまぶされている。

「レッスン。新曲の振付」

「へー」

ぱり、と、薄いチョコレートが割れる音が聞こえる。愛子はふと、薄く氷の張った水たまりを探して回った日のことを思い出した。勢いあまって転んだ愛子を指さして、ゲラゲラ笑う大地の顔まで思い出してしまう。

アイスを食べたくなるということは、ついさっきまで体を動かしていたのだろう。代謝のいい大地は、ちょっと動いただけですぐに汗をかく。

大地は大会などが近づくと、部活を終えてからさらに、小学生のころからお世話になっている剣道教室の先生に稽古をしてもらっているらしい。大地はそのことを、練習ではなくて修行と呼ぶ。修行なんてダサいし恥ずかしい呼び方、と小さなころから愛子は思っていたけれど、おれにとっては修行なんだ、と目を輝かせる大地を前にすると、その呼び名をバカにすることもできなかった。

「なんか大会でもあるの？」

「お前はなんも知らねえだろうけどなあ」

大地は、ハアとわかりやすくため息をつく。同時に放たれたおおげさな白いかたまりが、第一ボタンのあたりにぶつかって消えた。

「埼玉県高等学校新人剣道大会ってのがあって」

「今のなに？　呪文？」

ばかやろ、と、大地が睨んでくる。剣道のことでふざけるとすぐにこうなる。だけど、本当はそうやって睨まれたいから、こうしてふざけてしまう。

「剣道の県大会。そこで俺、優勝したの」

優勝。日常生活で聞き慣れない言葉に、愛子は素直に胸が躍った。

「すっごーい。さすがシュギョーしてるだけのことはあるね！」

「バカにしてんだろ」

「してないって」

ほんとにすごいと思ってるって、と笑うと、大地は、「ん」と食べかけのアイスを差し出してきた。一口あげることがやさしさだと思っているのかもしれないが、こっちはこんな寒い夜にアイスなんて食べたくないし、夜に余計な間食はしたくない。

「県で優勝ってことは、次、関東？」愛子はさりげなくアイスを断る。

「ううん、全国」

「わ〜シュギョーのおかげだ〜ぱちぱちぱち〜」わかりやすく手を叩くと、「なんか腹立つなさっきから」と、やっぱり睨まれる。

「でもほんとすごいじゃん、おめでとう」

愛子はキャラメル色のマフラーを鼻の頭の上まで持ち上げた。ほんとのことを言うときは、口元を隠したくなる。

「小学生んとき、一回見に来てくれたよな。全国大会」

大地が言う。愛子はもう一度、マフラーをぐっと持ち上げた。

「〝修行〟さ、大変じゃん。部活やったあとだし、帰るのも遅くなるし」

修行、という呼び方は、きちんとした音程で言葉にすると、やっぱりちょっと恥ずかしい。

「何で、やるの？」

「え〜？」

大地はまず、ふざけた声でごまかそうとしたけれど、答えを待つ愛子の空気を察したのか、真面目なトーンで答えた。

「部活だけだと、みんなと同じことしかしてないし。それだと、差つかないだろ」

みんなと同じ。差がつかない。

愛子は口の中だけで、その言葉を繰り返す。

「そうだよね。ごめんね変なこと聞いて」

車が、体のすぐそばを通る。大地がさりげなく、歩道の外側に移動した。

「……またウミガメみたいな顔になってるけど。産む？」

「産みません」

産みません、なんて口にしたことのない否定の言葉がやけにおかしくて、愛子はじわじわと笑ってしまう。

「何笑ってんだよ」

「なんでもない」

愛子はなぜか、今なら、大地なら、話せるかもしれないと思った。もう一度、マフラーで口元を隠す。

「私ね、すごく嬉しかったんだ。CD、一日だけでもトップテン入りしたこと」

その日、愛子はいつものように母と大地にメールをしていた。そうすればいつものように、すぐに二通の返事が届いた。

「はしゃいでたもんな、お前」

「夢だったもん」

愛子はもう一度だけ、マフラーを持ち上げる。

「オリコンって響きとか、初登場第何位とか、それだけで嬉しくって」

いつの間にか、大地の歩く速度がかなり落ちている。

早く帰ってしまいたくない。自分だけじゃなく、大地もそう思っていることが伝わってくる。

むきだしの太ももが、少し熱をもつ。

「今、ほんっとうに、CDって売れないの。音楽だけだと、誰も買ってくれないの。一か月くらい前からフルでPV公開しちゃうし、とにかく、音楽が、お金を出して手に入れるものって思われてない感じなんだよね」

「そうかなあ」

大地の相槌が、靴底とアスファルトの間で擦れる。大地の間の抜けた声を聞いていると、ここ最近自分がぐちゃぐちゃと考えてきたことまで、一緒に擦り減ってしまいそうだ。

「そんな状態でさ、うちらがさ、CDに握手券つけてやっと買ってもらったり、同じ人が何枚も同じCDを買ってくれたりすることって、そんなに悪いことなのかな」

「あー」

「そんなに怒られることなのかな」

もうほとんど立ち止まっている二人を、無灯火の自転車が後ろから追い抜いていく。そこに生まれた小さな風が、沈黙を埋められずに散っていった。

「よくわかんねえけど」

大地はそう言うと一口、アイスをかじった。

「買う人は、自分で買うって、決めてるわけじゃん」

大地は、まるでとうもろこしにかじりつくみたいに、横向きにしたアイスをぱくっと噛み切った。

「え？」

「だから、どんな形でも、買う人は、買う！　って自分で決めてるわけじゃん」

「それはまあそうなんだけど」

そういう論理はあの人たちに通じないんだよね。

そう続けようとして、愛子は黙った。

あの人たちって、誰なんだろう。

「何の話ってなるかもしんないけど」

じゃり、じゃり、と二十七センチの足音が聞こえる。

「俺、夏でもこうやって棒のアイスとか買っちゃうわけ昔っから」

「何の話？」

大地は、返事をする代わりに歩くスピードを上げた。

「小学生のころ、夏祭りとか行くだろ。そんでさ、屋台って高えじゃん、何でも」

愛子も、大地を追って歩き始める。

「焼きそばもたこ焼きもわたあめも、五百円とかすんじゃん」

じゃん、じゃん、という幼い語尾が、白い息になってぽんぽん浮かんでいく。

「それで、小遣いも少ねえし、たいてい、どれか一つしか買えねえんだよ。あんときは特に屋台の食べ物なんて買ったら母ちゃんに怒られてたし。そんで俺、暑いし、棒アイスとかソフトクリームとか選んじゃうんだよ」

「うん」

愛子は、大地のすぐ後ろを歩く。

「そしたら溶けるんだよ、あっという間に。暑いから」

「……そりゃそうだろうね」

「コーンのケツのところからどろどろ出てきて、手とかべちゃべちゃになって、すんげえ急いで食わなきゃいけなくなるわけ」

大地の言いたいことはまだ分からない。だけどきっと、私のことを元気づけようとしてくれている。それなら、マフラーをしていないむき出しのその顔は見ないでおいてあげようと、愛子は思った。

「一緒に行ったヤツはさ、ちゃっかりかき氷とか食ってんのな。カップに入ってるから溶けても平気だし、手も汚れないし、俺みたいに急いで食べなくてもいいんだよ」

「うん」

「つまりさ、俺は、真夏で、五百円しかないときでも、長く涼しくなれるかき氷じゃなくて、すぐ溶けるけど大好きなソフトクリームを選ぶようなヤツなんだよ」

「ん？　うん」

大地の話に、愛子は必死でついていく。「うまく言えてるかどうかわかんねえけどさ」

そう言う大地の少し伸びた髪の毛は、ぺたんこにつぶれてしまっている。今日も長い時間、手拭いを被り、防具を着けていたその頭。

「俺、剣道やってるとたまに思い出すんだよ、そのときのこと」

「え？」

愛子は思わず聞き返す。

「だから、剣道してると思い出すの。夏祭りのソフトクリーム」

大地が、こちらを振り返った。冬の夜の街灯の下で、少し、微笑んでいるように見える。

追いかけなきゃ。

愛子は無性に、そう思った。

「練習中、顧問にすげえ言われるんだよ。思いつきで動きすぎ、始めにスタミナ使い過ぎ、配分考えろ頭使えって」

力尽きているぺたんこの髪の毛とはうらはらに、剣道の話になった途端、大地の声がはきはきと張った。

「俺って、いっつもそうなんだよな。先のことが考えられないっつうか。今思ったら、夏祭りとか剣道以外にもそういうことっていっぱいあったんだよ」

大地は、相槌を打つ暇も与えず、楽しそうに話している。すぐ近くにいるのに、追いかけなきゃ、と強烈に思う。だけど、そう思えば思うほど、足の裏がアスファルトを上手に跳ね返してくれない。

「お金とか体力とかさ、限りあるものをどう使うかってところに、そいつらしさって出るじゃん。俺はバカだから、後先のことを考えたり、体力温存したりってことができないわけ」

追いかけなきゃ、置いていかれてしまう。ここに、ではなくて、もっと寒くて、もっと暗い場所に。大地の考えていることを理解したいから、大地がいるところまで行きたいから、愛子は必死に、その声を聞き取る。

「あとで手がベタベタになるってわかってても俺はソフトクリームを買うし、あとでバテるってわかっててても剣道の試合でいきなり飛ばしちゃうんだよ。それで後悔することだってもちろんあるけど、自分はそれですっきりして満足できる人間だってこと、俺は知ってる」

うん。うん。相槌を打つことで、愛子はその背中に追いつこうとする。

「お金を払うって、自分が何を欲しがってるのか、自分が何だったら満足するのか、すげえ考えるしすげえ選ぶってことじゃん。金も払わないで、何でもある中から手に取り続けてたらさ、そりゃ、自分がどんなヤツかってわかんなくなるよ。金払ってなかったら、期待外れのモンでも、まあいいかってなっちゃうし。めっちゃ良かったモンでも、ラッキー、くらいだし。どっちも同じくらいの距離にあるっつうか」

ここで大地はまた一口、アイスを食べた。

「愛子は、CD売って、いろんな人たちを悩ませてる。自分はCDだけが欲しいのか、握手だけしたいのか、どっちもいらなかったのか、どっちもほしかったのか、何回握手すれば満足するのか、どれだけ握手しても満足しないのか、音楽が好きなのか、アイドルが好きなのか、どんな売り方だと許せないのか……自分がどんなヤツかって、いろんな人に考えさせてるだろ。それってすげえことだなって俺は思うよ」

まだまだ、大地の背中は遠いように見える。けれど、少し小走りで前に進んだら、すぐに横に並んでしまった。

「最後の砦みたいなもんなのかもよ、愛子たちがしてることって」

だけど愛子は、目の前に広がる夜の闇を観ながら、自分はまだ、学生服に包まれた黒い背中を見ているような気がしていた。

「あー、だから俺夏祭りあんなに好きだったんだな、今気づいたー」大地は急に、アイスを口にくわえたまま、グンと体を伸ばした。「家だと、うちの母ちゃんが全部作っちゃうから、飯も、お菓子とかも。自分のほんとに食いたいモン、あんなに本気で考えることってなかなかないもんな」

ほら見て、と、大地は自分の右手を指さした。

「俺、今でもアイス食ってるっしょ?」

手袋をしていない右手には、もうほとんど残っていないアイスがある。

「ほんとは今、すっげー寒い。うまかったの、はじめの三口くらい。あとずっと超寒い。でも、それでも自分はこういうことに満足する人間ってのわかってるからさ、選んじゃうんだよな、こうやって」

食う? と差し出されたアイスを、今度は素直に、愛子は受け取る。

「だから、まあいろいろ言う人もいるだろうけど、俺はすげーって思ってるよ」

愛子は、右手の手袋を外す。アイスのかけらが突き刺さっている木の棒は、外の気温とすっかり同じくらいに、冷たい。

「うん」

頷くと、愛子は最後のアイスのかけらを頬張った。口の中の熱で甘いかたまりを溶かしながら、声に出さずに、ありがとう、とも言ってみた。

チョコレートとバニラの味が、熱くなった舌のまわりで混ざり合う。チョコ。財布の残りと相談して、最後の最後にるりかが選ばなかったもの。

チョコとチーズが入れ替わっていたことに気付いたるりかは、顔を真っ赤にして怒っていた。自分にとって許せること、許せないことは、ああいう小さな出来事からきっと、わかっていく。限りあるものから何を選び取るかということは、自分はどんな人間なのかという気付きに、繋がる。

「よくわかんなかったけど、なんか言いたいことはわかったと思う」

「何だそれ」

もうすぐ家に着いてしまう、愛子は突然そう思い、また、歩く速度を落とした。大地も一緒に、ほとんど、立ち止まってくれる。止まっている二人の周りだけ、風の流れがおかしくなる。

「剣道って頭バンバン叩かれるからバカになるってホント?」

「あ⁉」

「怒った」

「怒るだろ」

――大丈夫、慣れれば、怒ったりしないで流せるようになるから。

「それって、選び取ってるからだよね、剣道を」

愛子は、目線だけで、大地の顔を見る。母親ゆずりの、高い鼻の頭が、真っ赤になってしまっている。

「自分が選び取ったものだから、ちゃんと大好きなんだよね。だから、人から笑われたりしたら、ちゃんと怒れる」

大地の抱える器の形は、きっと誰が見たってすぐに分かる。剣道のことを受け止めている箇所だけ、すぐに溢れ返ってしまうから。そして大地は、そんな自分の器の形を、隠さない。自分の器の形を他人に推し量られることを怖がらない。

「私、いま、自分が好きなもの、わかんなくなりかけてる」

イメトレという聞こえのいい名前をつけて、手を伸ばせばすべてのものに触れられるインターネットという小さくて大きな部屋の中で、アイドルの動画を観続けていた。こちらからは何も差し出さずに、合わないと思ったものはショックを受けるでもなくすぐに投げ捨てて。そうしているうちに、すべてのものを同じくらい好きになり、きっと、すべてのものが同じくらい退屈になっていく。

「もしかしたら、このままだと、握手券とかアイドルの仕事とか、笑われても馬鹿にされても怒れなくなるかもって思って」

「ならないよ」

大地が、はっきりと言った。

「愛子は、そんなふうにはならない」

薄い木の棒をつまんでいる右手の指先が、とても冷たい。

「ちゃんと選び取ってただろ、ずーっと昔から」

ずーっと、の、ずー、の部分が、上手に折れた紙飛行機みたいに、街灯の光を真っ二つに横切っていく。

「年に一回しか選べない誕生日プレゼント、毎年、アイドルごっこするためのものばっかりだった」

愛子は、その紙飛行機の羽根の部分に乗った。

「おもちゃのマイクとか、髪飾りとか、ドレスとか。そういうのが毎年ひとつずつ増えていってさ、毎年それ着て歌って踊って。年に一回、一個だけ自分が欲しいもの買ってもらえるっつうのに、愛子はそんなんばっかりだったよ」

冷たくて固い冬の空気の中でも、大地の紙飛行機なら、どこまでも飛んでいけるような気がした。

「だから、大丈夫だろ」

くしゅん、と、大地がくしゃみをする。鼻の頭の赤を、学生服の袖でごしごしと掻いている。「さみ」という声が、鼻水と混ざって粘っこくなる。

「今の話、波奈にもしてみる」

「ハナ？」

「うちのメンバーの」

ああ、と大地が頷く。その表情を見る限り、波奈の炎上のことは知っているのだろう。だけど大地は何も言わない。

「私も、波奈も、多分ね、よくわかんなくなってたの。自分がどんな人間なのか、っていうのが」

パソコンの画面上部に並んだ、動画共有サイトのアイコン。どこにでも行けるように見える、がらんどうの検索フォーム。

「選び取るのも、怒るのも、下手くそになってたの」

愛子の声は、もうくぐもらない。マフラーはいつのまにか、すっかりずり落ちてしまっていた。

「そっか」

二人はまた、歩き始める。

「ちなみに、さっきの呪文みたいな大会の全国大会っていつなの？」

「三月末」

「おっそ」

「春休み中なんだよな、全国。休みつぶれるとかマジないわ」

言葉とは裏腹に、大地は少しもいやそうじゃない。

「見にいこっかなー」

愛子は、なんてことないように言ってみた。慌てて、マフラーを鼻の上まで持ち上げる。

「愛知県だけどな、会場」

「あいちけん⁉」

かん、と、愛子の声が空で跳ね返る。

「そ」

声のボリュームと同じくらいの大きさの白色が、大地の口からこぼれ出る。

「さすがに遠いなー……ていうか、ほんと全国大会なんて知らなかったんですけど」

「朝礼で表彰されたりしたんですけど、一応」

「えー……その日仕事だったのかなあ」

最近、学校についての話がかみ合わないことが多くなってきた。一日丸ごと休むことはしなくても、午前中だけ、五、六時間目だけ、というように、行けない時間が増えてきたのだ。

「ねえ、大地もメールしてよ」

もうすぐ家に着いてしまう。そう思うと、素直に言えた。

「私にも教えて、大地に起きたこと。私が教えるみたいに」

「えー？」

めんどくせえなあ、と言われるような気がした。だから、本当にそう言われる前に、愛子は言葉を押し進めた。

「バレンタインにね、また新曲出すの。今度はもっといろんなところに握手会やりに行けそうなんだ」

ふうん、と、大地はつまらなそうに、つまらなそうに聞こえるように、相槌を打ってくれる。

「なんかね、ちょっとずつ、ほんとにちょっとずつだけど、広がってきてる気がするの、来てくれるファンの人の感じとか見てても」

嬉しい。それはとても嬉しいことだ。メンバーのみんなと何度も確認しあって、何度も喜び合った。

「だから、これから私、どんどん、知れなくなっちゃうかもしれないから」

だけど一瞬、愛子はなぜだか、猛烈に泣きたくなった。

「大地のこと」

右も左も方角も何もわからない世界のど真ん中に降り立ってしまったような、そんな気持ちが突然、愛子の全身をばっさりと包み込んだ。

「大地が、何してるのか、何をがんばってるのか、私にも教えて」

大地は、少しの間黙っていた。やがて、こちらを見ずに頷いた。

「わかった」

わかった。

いつのまにか父ほど低くなっていた大地の声が、愛子の耳の中にある空洞を優しく埋める。

甘いにおいのする木の棒が、冷たい冷たい指先の間で、ぷるぷると震えながら夜の風に耐えている。

★

「印刷ミス？」

ハイ、と上田は肩を落とした。入社二年目の上田は俺よりも七つ年下だが、大学時代に体育会のラグビーをやっていたこともあり、体格的にはそんなに年下には見えない。

「ダブルチェックしたよな、確か」

「ハイ」

上田はすっかり意気消沈してしまっている。無理もない、いま上田の手元にあるチラシは、今日までの納品を命じられていたものだ。

「色校のあと、駆け込みで細かい修正いろいろ入ったじゃないですか」上田の声が、申し訳なさのあまり、もう一段階か細くなる。「そのとき、レイヤーの前後が逆になっちゃってたみたいで……」

「どれ」

納品先から引き揚げていたうちの一枚を、上田から受け取る。勘違いであってくれと願いながら文字を追うこの瞬間が、印刷会社の営業職として働く中で最も心臓に悪い。

「……あー、これは……刷り直しだな」

位置としてはチラシの端のほうではあるが、確かに、最前面に来ていなければならないレイヤーがひとつ後ろに下がってしまっている。よりによって、そのミスにより消えてしまっている文字は、問い合わせ先として設けられている電話番号だった。

「そうですよね……」

そもそも紙ベースでの大量発注が減少してきている今、モノを納品した後に刷り直しが発覚するという局面は、上田にとっては初めてかもしれない。ここは先輩として、あまり動揺しているところを見せるわけにはいかない。

「まず、問屋に連絡して用紙を確保。工場に輪転機まわせるか確認、あとはあれだな、これ、CDに入れるやつだろ？　パッケージ作るスケジュールに間に合うかどうか至急確認しよう」

「は、はい」

「大丈夫、なんとかなる。むしろ、いま気づいてよかったって思おう。見つけるのが一日遅かったらアウトだった」

うちみたいに大きくない印刷会社にとって、チラシやポスターなど、未だに紙ベースでの大量発注をしてくれるエンターテインメント業界の会社は、最も大切な取引先のひとつだ。大体、製作物一枚あたりの単価をギリギリまで下げることで、他の印刷会社に浮気をしないでいてもらっている。安さとクオリティ、どちらも満足させなければ顧客はすぐに離れていってしまう。

俺は煙草を吸いたい衝動を必死に抑える。上田が仕事に慣れてきた今だからこそ、もう少し手厚くサポートしてやるべきだったかもしれない。

今回ミスが発覚したのは、バレンタインに発売されるCDに封入するチラシだ。刷り直しのためには一秒も惜しい状態の中、俺は、自分の頭の中の温度が冷めていくのを感じていた。このチラシを含めたもろもろの製作物をレコード会社から頼まれたとき、わりとスケジュールに余裕があった。いつもギリギリに物事が決まるエンタメ業界らしくないな、と感じたことを覚えている。

それだけ、前々から決められていた大切なプロジェクトということなのだろう。上田から受け取った正方形のチラシをぼんやりと見つめる。武道館ライブ先行抽選、という文字を見ていると、どこか浮遊していたような責任感が、やっと自分の全身を覆うように降り積もり始めた。しかも、このグループにとっては、念願の、という言葉では足りないくらい思いの込もったライブであるらしい。

しかし、CDにチラシを封入なんて、そもそもCD自体あまり見なくなったこの時代に珍しいやり方だ。業者もこんな作業はきっと久しぶりだろうから迷惑をかけたくなかったが、これはもう徹夜してもらうしかないかもしれない。

「夜分遅く申し訳ございません、急きょ刷り直しが発生しまして、紙が確保できるかどうか確認したいのですが、あ、そうです、秋本印刷の上田です、すみません」

携帯電話にかじりつくようにして話す上田を横目に、俺は頭の中でスケジュールを組み直す。焦らなければならない状況から逆走するように、脳と体が重くなっていく。

このグループの武道館ライブは四月一日。もちろんその日程は動かない。CDが発売されるのは二月十四日、バレンタイン。これも動かない。各店舗に発送されることを考えると、少なくとも三日前にはパッケージングを終えていなければならない。そうなると、いまから紙を確保して刷り直して、チラシが納品先に届くのは――

「紙、確保できました！」

上田が、パッとこちらを向いた。泣き笑いのような表情に、俺は思わず噴き出してしまう。

「よし、仮スケジュール組んで出力。まず先方に説明に行こう」

大丈夫、間に合う。いままでだって、振り返ってみればすべてなんとかなっただろう。俺は何度もそう言い聞かせながら、きっと安堵のため息をついているだろう十数時間後の自分をどうにか想像した。

4

「酔ったぁ」

「げ！」

青ざめた表情のるりかの口元に、愛子は白いビニール袋をスタンバイする。「吐く？　吐く？」「そこまでじゃないけどお……酔ったよお」焦る愛子の問いかけに、るりかは十四歳という実年齢よりぐっと幼く聞こえる声で答える。長距離を車で移動するとき、こうして体調を崩すのは決まってるりかだ。

「水飲む？　だいじょぶ？」

後ろのシートにいるるりかに、愛子は必死に手を伸ばす。

「ポテトの匂いが気持ち悪いよぉ」

「え、原因これ⁉」膝の上にポテトを抱えた真由が、るりかの発言に眉をひそめる。

「ほら、窓開けるから窓開けるから」

真由は、パーキングエリアの自動販売機で買うフライドポテトが大好きだ。紙の箱に染み出ている油、揚げてからかなり時間が経ったことでくたくたになってしまったポテト、どちらもマイナスに働きそうな要素だけれど、真由に言わせると「そこがいい！」らしい。

長距離移動の合間に寄るパーキングエリアには、人間の何かを開放させる力があると思う。真由の場合、その「何か」に当てはまるものが食欲となる。普段、ファストフード店に寄っても高カロリーのポテトは買わないようにしているらしいが、「パーキングエリアに限って、ポテト鎖国を廃止してる」という。「心の出島みたいなもんだよね」

真由は、新しく知った言葉をすぐに使いたがる。

「だから新幹線移動のほうがいいって言ったのに。狭いし寝れないし体もだるいしさぁ」

と、るりかをノートでパタパタと煽ぎながら、波奈。

「えー？　でも、この感じが楽しいんじゃあああん」

開けた窓に顔を突き出し、おでこ丸出しになった真由が、わああああ〜と大きな声をあげる。陽はもうすっかり落ちている。三月の終わり、かつ一日の終わりの風は、そこまで冷たくない。

バレンタインに出したシングル、その握手会とミニライブを、初めて東京以外の場所で行うことになった。その時点でメンバーは喜んだが、大阪と名古屋へ行くスケジュール表を渡されたときは、さらに大騒ぎだった。そこには【移動：品川―名古屋　２時間弱】と書かれていたのだ。

「これ、新幹線ってこと⁉」その意味に真っ先に気づいたのはやはり波奈で、「え〜！」と不服そうな声を漏らしたのは真由だった。それまでイベント出演などで地方へ行くことはあっても、移動は全て車だった。パーキングエリアにあるシャワーや温泉でお風呂を済ませ、ホテルは取らずに車中泊でイベント本番へ向かう、なんてことも珍しくなかったのだ。

「ＮＥＸＴ ＹＯＵも新幹線で移動できるようになったんだねえ」

波奈は感慨深い様子でそう言っていたけれど、みんなどこか、さみしそうな顔をしていた。愛子たちは、身も心もぐったり疲れるような車での長距離移動が、実は嫌いではなかった。他にできることがない、だからメンバーみんなで一緒にいるしかない、というあの空間は、むしろ、幸せに近かった。

新幹線移動は嬉しいけれど、スケジュールが許すならば、今回は車で行きたい。次からは新幹線じゃないと間に合わないくらい忙しくいられるように、という願掛けもこめて、今回は【最後の車移動】をしたい――メンバーでまとめた意見を、マネージャーは呑んでくれた。「あっぶなかった〜、パーキングエリアじゃないとあのポテト売ってないんだもん」という真由の声は、みんなで力を合わせて無視した。

テレビにたくさん呼ばれているわけではないし、CDが何十万枚と売れるようになったわけでもない。雑誌のグラビアを飾るのは〝国民的〟と名のつく全く別の大所帯アイドルグループだし、街を歩いているときに指をさされたりすることもない。だけど、握手会やリリースイベントでの動員が増え、その中でも若い層や女性が増えたことなどは、愛子たちメンバーが最も感じていた。

「波奈ちゃんパタパタありがとう、風きもち～」

車に合わせて揺れるるりかの顔色が、少しずつ、回復してくる。

「はいはい、手のかかる子だね～」

波奈はそう言いながら、手を動かし続ける。くたびれた表紙のノートが、かすかな風を生み続けている。

三月のはじめ、四年間をかけてやっと高校を卒業した波奈は、最近、ノートを常に持ち歩くようになった。さらに、今着ている襟付きのシャツのような、胸ポケットがある服を着るときには、そこにシャープペンシルを突き刺すようになった。きっかけは、バレンタインに出したシングルのカップリング曲の歌詞を担当したことに遡る。

それは、NEXT YOU公式チャンネル『ネクステ』の動画でサプライズ発表されたので、ファンだけでなくメンバーにとっても衝撃が大きかった。レコーディングを終えたあとにその事実を知らされた愛子は、普通に「いい曲だなぁ」なんて思っていたことがなんだかとても悔しく感じられたことを覚えている。

波奈の書いた詞は、青春の真っただ中を歌っているというよりも、かつての青春を振り返るような内容だった。だからいまのその時間を大事にしなきゃ、と、自分ではない誰かに向かって諭すような歌詞だった。

「書くの、楽しくて。思いついたことは全部メモしておきたいんだ」

ノートを抱えながらそう言う波奈に対して、愛子や真由ははじめ「なに気取っちゃってんですかあ〜」と茶化しモードを発動させたが、最近はもうそういうこともない。アニメ以外にライトノベルなどもよく読む波奈は、愛子の知らない言葉をたくさん知っている。

「窓、もう閉めていい？」

髪の毛をボサボサにした真由が、あっという間に風をぶった切る。そのとき、前のシートに座っている碧が、右耳に着けていたイヤフォンを外した。

「すみません、あとどれくらいで着きますか？」

左耳にはイヤフォンを着けたまま、碧は、運転席へと体を傾けている。

「あと一時間くらいで高速おりるから、ホテルまでは一時間半くらいかな」

「ありがとうございます」

そう答え、すぐにイヤフォンを着けなおした碧の膝の上には、ポータブルＤＶＤプレイヤーが置かれている。振りVを観ながら、碧は、小さく体を動かしている。きっと、マスクで隠れている口は歌詞をなぞっているのだろう。

愛子は少し、申し訳ない気持ちになる。もともと今回、新幹線で移動しようということになったのは、碧のスケジュールが厳しくなったからだった。

碧は、四月クールの連続ドラマに出演することが決まっている。有名な学園ドラマが十年以上ぶりにリメイクされるもので、製作が発表されたときから業界内外問わず注目度は高かった。その生徒役のオーディションに、グリーンアッププロダクションからただひとり、碧が受かったのだ。エピソードの中心になるような役ではないが、クラスメイトのキャストがスポーツ紙で発表されたとき、教室内の席順と同じ配置に並べられた碧の写真はぐっと目を引くものがあった。

オーディション会場には、尾見谷杏佳の姿もあった。会話をするタイミングは、なかった。

碧は、素朴で真面目というドラマの役柄に合わせて、ここ数か月眉を剃っていない。大きな瞳の上に堂々と生えている黒い眉は、新曲に合わせて作られた赤いチェックのミニスカートには似合わない。

車が速度を緩める。合流してくる別の車を割り込ませてあげている。

NEXT YOUへの注目度が突然上がった理由は、波奈の作詞や、碧のドラマ出演だけではない。愛子は、碧の頭越しに、ＤＶＤプレイヤーの画面を観る。五人のダンサーが新しくなった振付を踊ってくれている。

全曲の振付を変える。マネージャーからそう言われたときは、一瞬、頭がくらっとした。

「あ」

ポテトを食べ終えた真由が、パッと口を開けた。見れば、携帯をいじっている。

「なになに？」

愛子は、隣にいる真由にもぞもぞとにじり寄る。碧のストイックな背中から離れられて、少しほっとしている自分がいることに気が付く。

「犯人、退院したって。で、逮捕」

運転手も含めて、車内の空気が一瞬、ぴりっと痺れた。碧だけが、両耳にイヤフォンを着けたまま小さく体を動かし続けている。

「……それは、よかったね」

「ね、ほんとー。あとあの人不倫だって、昼の番組の司会してる人」

真由が、愛子の言葉を軽く受け流す。軽く受け流そうとしてくれたんだと、愛子は思う。

バレンタインに発売したシングルに関するイベントならば、四月も近い今頃にはもう終えているはずだ。だけど、三月最後の週末にこうして、NEXT YOUは名古屋へ向かっている。それには理由があった。

二月の半ば、あるアイドルグループの握手会に参加した男が、メンバーに刃物で襲いかかるという事件が発生した。男が標的にしたメンバー、そのすぐ隣で握手をしていたメンバー、男を止めたスタッフ、計三名が頭や腕を切りつけられ負傷した。決して少なくはない血が流れた現場は大混乱になったという。犯人はその後、取り押さえられる前にその刃物で自分の首を切りつけ、自殺を図ったが失敗した。

社会生活の中で思い通りにならないことが多く、誰かを思い通りにしたかった。別に誰でもよかった——病院に運ばれた犯人がそう語ったことも、ニュースで大きく取り上げられた。マスコミは、アイドルという名の美少女に執着するあまり頭がおかしくなった男、という物語を作り上げたかったらしいが、そういうわけにはいかなくなった。

男の部屋には、アイドルに関するものも、アニメなどいわゆる二次元と呼ばれる世界に関するものも特になく、ままならない自分自身を鼓舞するような自己啓発本ばかり揃えられていたという。

反抗する力もなくて、無抵抗で、自分の思い通りにできる対象、と考えたときに思いついたのが、お金を払いさえすれば「握手をする」という関係性をすでに誰とでも結んでいるアイドルだった。まずは目に見える関係性が大切だと、これまで読んだ自己啓発本にも書いてあった。別にそのグループのファンでも何でもなかった、本に書いてあるような掌握の仕方ができる人だったら誰でも――

「名古屋で〝授業参観〟できるなんて、ほんとにうれしいよねえ」

　窓の外を見つめている真由が、しみじみと嚙みしめるように言う。ライブを〝授業参観〟と呼ぶことは、握手会を教室の席に見立てたスタッフによる提案だ。

「うれしいね、ほんと」

名古屋。三月最後の週末。愛子は、てのひらの中の携帯を握り締める。

車がまた、速度を落としていく。今度は、ちょっとした渋滞が発生しているらしい。

ファンによる襲撃事件以降、握手会、というものに対して、世間の目は一層厳しくなった。セキュリティはどうなっているのか、いつかこんなことが起きると思っていた、被害者が出てから対策を練り始めるのでは遅すぎる――これまで黙認されていたことが、くるりくるりとひとつずつ裏返っていった。いつだったか、動画共有サイトでアニメを観ている波奈に対してあんなに怒っていた人たちは、もうインターネット上のどこにもいない。今では、数多くのアイドルグループがファンと接触するイベントを中止していくなか、特に対策もなく握手会等の接触系イベントを続けているグループが、世間に転がる手軽な正義感の矛先になっている。

　それだけならば、まだよかった。

騒動から二週間ほど経つと、やたらと報道されるこのニュースに関して、「無名アイドルの売名行為」「そんなに重傷でもないくせに」「この子が元気になったとか日本一どうでもいいニュース」というような声が聞こえるようになった。今度は、包帯をつけたままの自撮りをSNSにアップした被害者のアイドルに対して、「被害者なら被害者らしく大人しくしてろ」と批判が集中したのだ。

傷が治ったときよりも、傷つけられたときのほうが、人々の注目は集まる。愛子はそう思った。犯人が読んでいたという自己啓発本は、特に出版社側から回収をされることもなく、むしろ、売り上げを伸ばした。

前の車が動き出す。エンジン音やタイヤが道路と擦れる音で、車内の沈黙が覆い隠される。

そのとき、てのひらの中で携帯が震えた。

【ホテル到着】

画面を見ると、大地の声が降ってきた。

【こっちはまだ移動中。渋滞うざい】

愛子も、指で大地に話しかける。

【まさかの車移動？　やばくね？】

【意外と楽しいんだよ、疲れるけど】

愛子は時計を見る。午後七時すぎ。大地はもうすぐ部のメンバーと夕食だろうか。こちらももうすぐ高速を下りるころだろう。

【去年はここまで来れなかった大会だから、マジでみんなのテンションが高すぎでやばい】

大地のメールには、大地の同級生が上半身裸で股間から竹刀を突き出している写真が添付されていた。あまりのバカバカしさに、愛子は思わず笑ってしまう。

——大地もメールしてよ。私にも教えて、大地に起きたこと。私が教えるみたいに。

そう伝えたあの日から、大地はこれまでよりも頻繁に、メールをくれるようになった。文章は短いけれど、ぽつぽつと、自分の身に起きたことを教えてくれる。練習試合で足の爪が割れたこと、愛子が学校を休んでいた間に英語のテスト範囲が変わったこと、二組の押谷《おしたに》くんが入っているときに男子トイレのウォシュレットが壊れ、びしょ濡れになった押谷くんのあだ名がウォシュ谷になったこと。

愛子も変わらず、自分の身に起きたことを大地と母に連絡し続けた。千二百人が入るライブハウスで行った単独ライブが満員になったこと、Quick Japan で初めて十ページに及ぶ特集を組んでもらえることが決まったこと、三月最後の週末に名古屋での〝授業参観〟が決まったこと。

俺が全国大会で愛知に行くのと同じ日じゃん。〝授業参観〟のことを報告したとき、大地はそう返信をくれた。

【お互い、明日はがんばろうね】

いつも、やりとりはそんなに長くない。愛子は熱くなった携帯を裏返すと、シートにもたれて目を閉じた。視界が真っ暗になる。その途端、車の揺れがさっきよりも大きく感じられる。

同じ日に愛知県内にいるということがわかったとき、愛子は、何度聞いても覚えられなかった大会名を大地にメールで訊いた。全国高等学校剣道選抜大会。会場は愛知県春日井市総合体育館。二十七日の金曜が予選で、二十八日の土曜が決勝トーナメント。インターネットで調べれば、大会の詳細はすぐにわかった。ＮＥＸＴ ＹＯＵの〝授業参観〟の会場は、名古屋市国際展示場、ポートメッセなごやの第二展示館。

同じ愛知県内だから、きっと、そこまで離れていないだろう。そう思い、Ｙａｈｏｏ！路線の【出発】【到着】にそれぞれの施設名を入力したところ、移動時間は【2時間2分】と表示された。そんなに遠いの、と驚いたと同時に、愛子は思った。

もし【30分】というような結果が出たとしたら、自分は、観に行ってしまっていたのだろうか。

車が大きく大きくカーブしている。右側にぐんぐん引っ張られる体を、愛子はそのままにした。

もし会場が近かったら、自分は、行ってしまったのだろうか。仕事で名古屋に向かうのに、全員同じスケジュールで動かなければならないのに、どうにかウソをついて、ごまかして、大地の大会を観に行こうとしたのだろうか。

そんなことを考えた自分が、とても怖い。

「イェーイ、高速終了ー！」

「長かったー！」

るりかと真由の声が、きぃんと耳に響く。「わー、名古屋だー！」街並みでそうわかるわけでもないのに、愛子も目を開けて大きな声を出してみた。そこ三人うるさいっ、と波奈が年下メンバーに向かって怒り、碧は他のメンバーとは少し距離をとりつつ、イヤフォンを着けたままポータブルＤＶＤプレイヤーを観ている。

いつもと同じ。みんな、いつもと同じだ、何も変わらない。

てのひらの中の携帯が、体温よりも少しだけあつい。

場当たりリハを終えて控室に戻ると、見慣れない大人が二人いた。

「ちょっとリハの時間が押したので急ぎ目でお願いします」

マネージャーが、ポーチのようなものを腰につけた二人に慌ただしく指示をする。控室の壁沿いにある鏡台には、様々な道具が用意されている。

「もしかして、ヘアメイクさんってやつ?」と、真由。

「わーい、よろしくお願いしまあす!」

るりかが真っ先に、二人のうちの女性のほうに近寄っていく。「あたしもよろしくお願いします!」続いて、真由が男性のほうの席に座る。鏡の前に座った二人は、「ライブでメイクさんつくの夢だったよねえ」と嬉しそうに言い合っている。

これまでのNEXT YOUは、滅多にないグラビア撮影やテレビの収録以外は、髪も顔も自分たちで仕上げていた。事務所から割り振られる予算に余裕が出てくると、地方でライブをするときには、その土地の美容院に勤めている美容師がヘアメイクさんとして派遣される——そんな話は誰かから聞いたことがあったが、そんなのまだまだ先のことだと思っていた。

「なんか、力入れてもらえるようになってきたって感じするね」

愛子のすぐ後ろで、波奈がぼそっとつぶやく。相変わらず、胸の辺りではとんでもない色の髪のアニメキャラクターがにこにこ笑っている。

ヘアメイクの順番を待つことになった年長組三人は、とりあえず先に衣装を着てしまうことにした。リハに時間がかかることは想定の範囲内だったが、それにしてもかかりすぎてしまったので、控室は慌ただしく動く大人たちでバタバタと騒がしい。スタジオリハにあまり出られなかった碧にまつわる確認事項がとても多く、なかなか思うとおりにリハを進めることができなかったのだ。

緊張と焦りと昂ぶり、その全てが混ざり合ってパンパンに膨らんでいるようなこの時間が、愛子は嫌いではない。教室の中で制服を着て過ごすだけの生活を選んでいたら、こういうヒリヒリとした時間が実はそんなに訪れないということに、愛子はなんとなく気づいていた。

「愛子ごめん、ちょっと振り確認してもいい？」

声のした方を向くと、そこにはすっぴんのまま衣装を身に着けた碧がいた。碧は、朝起きたそのときから、前髪をピンで留めている。踊っても前髪が乱れないように、いつもの分け目であらかじめクセをつけておくためだ。

「いいよ、どこ？」

「新曲の、シンメになるとこ。さっきのリハでよくわかんなくて」

「Bメロ？」

「そこ」

控室の中で空いている場所を探し、二人で振りを確認する。「カウントで言うと、スリーで両脚クロスで、そのあと二カウント使ってターン、そう、そこさっき一カウントで回ってたんだよ、だから合わなかったんじゃん？」愛子が実際にやってみせると、

「ごめんもう一回」と碧が髪の毛を耳にかけながらぐっと身を寄せてくる。黒髪で遮られていた横顔が、よりはっきりと見えるようになる。

役作りのために生やしている眉は、何度見てもアイドルの衣装に似合わない。だけど、朝からずっとずっとピンで留めている前髪は今日もきっと動かないから、碧はやっぱりアイドルだ。

「ほら、そろそろ二人ともやってもらいな」

波奈に、トントンと肩を叩かれる。るりか一人のメイク時間の中で、真由と波奈が仕上がったらしい。ヘアメイクの席は、二つとも空いている。

「お願いします」

碧が男性のほうに、愛子が女性のほうに座った。途端、ゴムバンドで前髪を上げられ、化粧水を染み込ませたコットンで顔を撫でられる。コットンは、想像していたよりもずっと冷たく、覚悟していたはずの皮膚がびっくりする。

「ここからのメイクは自分でするので、髪の毛をお願いしてもいいですか？」

愛子も碧も、同じことを口にする。本番まで時間がないので、同時進行で顔と頭を完成させるしかない。

「あ」

愛子の頭を触り始めた女性が、落としたピアスでも見つけたような声を出した。

「え？」愛子は思わず聞き返す。

「いや、皆疲れてるんだなあって思って」

そう話しながらも、女性は素早く手を動かしてくれる。たくさんのピンによって、赤いチェックの小さなハットが頭の上に固定されていく。

「疲れてる？」

「いや、頭皮の毛穴が赤くなっちゃってるから」

女性は、ここで声のボリュームを少し落として、続けた。

「ここ赤くなってるのは、疲れてる証拠なんだよ。さっきの子も赤くなってたし……まだ若いんだからちゃんと寝させてもらわないとダメだよ」

「あの」

愛子は、ビューラーを操る手を止め、鏡越しにその女性を見た。

「そういうのって、美容師さんってほんとに分かるんですか？　その人の体調とか、考えてることとか」

鏡越しに、女性と目が合う。

「疲れてるとか、その人が何かに悩んでるとか」

愛子も、ここで声のボリュームを落とす。

「たとえば、この人私のこと好きなのかなとか、そういうこととか」

「さすがにそこまではわかんないかなぁ」

思わず噴き出した女性の指す「そこまで」が、「好き」にかかっていることは、特に言葉にされなくても分かった。

「そうですよね、なんかすみません」

指にぎゅっと力を込め、ビューラーでまつ毛の根元を挟み込む。そうするたびに、頭の中に浮かびかけた顔を、力ずくでどこかへ押し退けられるような気がした。

「眉はこのままでいい？」

隣の席から、男性の声が聞こえる。

「大丈夫です。今、剃っちゃいけないので」

それに答える碧の声は、やや早口だ。

「あと、前髪って」

前髪。その単語に、愛子は耳を澄ます。

「いつも、こっちに分けてるの？」

男性が、碧の前髪からピンを取った。さすがにもうクセがついていて、ピンがなくなったとしても碧の前髪は乱れない。

「はい、いつも左です」

愛子からは、碧の横顔が見える。いつも見ている横顔、その額にかかる前髪の向こう側にある、男の人の骨ばった指。いつもと違う眉の形。似合っていない、衣装のかわいいチェック模様。

碧の前髪に触らないでください。

愛子がそう口走りそうになったのと、男性の指が碧の前髪を自由に動かしたのは、同時だった。

「多分、分け目逆にしたほうが、似合うと思うよ。ほら、こっちのほうが顔のパーツとのバランスもいいし」

「ごめんね、ちょっと正面向いてもらっててい い？」

愛子の頭の向きが、女性の手によって鏡に対して真っ直ぐに直される。愛子は、目だけを動かして碧の表情を見ようとするが、さっきのように、その横顔の全ては見えない。だけど、ピンク色のリップが塗られた碧の口元が半開きになっていることは、視界のほんの片隅で捉えることができてしまった。

「今日は、私たちＮＥＸＴ ＹＯＵの〝授業参観〟に来てくださって、本当にありがとうございます！」

波奈がそう言って手を振ると、会場を埋め尽くす〝ネクス中毒〟という文字がそれぞれ自由に揺れた。メンバーTシャツやメンバータオルなど、グッズのほとんどには、NEXT YOUのファンを総称する〝ネクス中毒〟という文字がプリントされている。

「先月発売されました新曲【バレンタイン★パレード】を聴いていただきました！　皆さんのおかげさまでオリコンデイリーチャート四位をいただきました！　皆さんのおかげです、本当にありがとうございます！」

五人並んで頭を下げる。拍手と、それぞれのメンバーの名前を呼ぶ声が、頭のてっぺんから全身に入り込んでくる。

「今日は、ちょっと皆さんとの〝席替え〟はできないんですけど、こうしてはじめての名古屋で、たくさんの方に集まっていただけて本当に嬉しく思っています！」

席替えしたーい、という男の声がある一角から飛んでくる。メンバーは特に反応しない。

「それではひとりずつ、自己紹介をさせてください。じゃあ、真由から！」

左端にいる波奈が一歩後ろへ下がるのと同時に、右端にいる真由が一歩前へ出る。

「はい！」と手を挙げる真由に向かって、主に真由のファンが、飛び上がったり奇声を発したりと猛烈にアピールをし始める。

「皆さん一緒にお願いします！　怒られたってすぐ『忘れがち』！　だけど笑えばすぐに『友だち』！　天真爛漫元気な『あだち』ー！　ありがとうございます、もうすぐ高校二年生になります、だちまゆこと安達真由です、よろしくお願いしまーす！」

　歓声の中、真由が一歩下がる。

「はい！」

　真由の左隣にいるるりかが大きく、一歩前へ出る。

「お肌ぷるりん、おめめくりりん、あなたを連れてくドリーミン！　いつまで経ってもあなたの妹、つるりんこと鶴井るりかです！　今日は名古屋のお兄ちゃんたち全員の妹になりたいな～、って思ってます！　よろしくお願いします！」

　るりかが、会場いっぱいに手を振る。続いて、センターにいる碧が一歩前に出た。

「はい」

　ステージの真ん中で、碧が手を挙げる。碧の声は他のメンバーに比べて小さいので、ファンも自然と、静かになる。

「今日はこうして名古屋に来られて本当に嬉しく思います。私たちの新しいパフォーマンスを初めて観るという方も多いと思うので、ひとりでも多くの方に楽しんでいただけるようがんばります。堂垣内碧です、よろしくお願いします」

　碧は、自分に対するキャッチフレーズのようなものを使わない。そのとき思ったことを、自己紹介代わりにすらすらと話す。

　愛子は、こちらに一歩戻ってくる直前の、碧の後ろ姿を見つめた。もう何度着たかわからない新曲の衣装は、襟のフリルがくたくたになってしまっている。

どこかに行っちゃうのかもしれない。

何故だかわからないけれど、稲妻が落ちるように、愛子はそう思った。

「愛子」

隣から、波奈のひそひそ声が聞こえる。そうだ、次は自分だ。慌てて一歩、前に出る。

――予選、行ってくる。愛子もがんばって。

愛子は、ステージに出る直前に読んでしまった大地の声を、自分の声でかき消した。

「はい！　歩くより早く踊り出し、産声は歌声だった、生まれつきのアイドルといえば～？」

あいこー！

「ありがとうございます、四月から高校三年生、きのこが苦手な十七歳、日高《ひだか》愛子です、よろしくお願いします！」

礼を終えると、【愛子命】と書かれたタオルがパッと広げられたのが見えた。今日も最前列で陣取っている、サムライだ。絵の具で塗ったような金髪は、どんな〝教室〟でもよく目立つ。

どこにも行っちゃいけない。愛子はそう思った。

波奈が一歩前へ出る。

「一緒にお願いします。波奈が目指すは〜？　『華のある女性』！　皆で目指すは〜？　『武道館』！　NEXT YOUのお母さん、はなさまこと坂本波奈です、よろしくお願いします」

波奈が一歩後ろに下がると、拍手や歓声が、五人全員に向けられているような音に変わる。波奈がメンバー全員を見渡し、じゃあ行くね、という目をした。

「全員の挨拶が終わったところで、次の曲、聴いてください」

ステージが暗転する。その間に、デビュー曲の立ち位置につく。この瞬間だけは、あんなにもうるさかった会場から音が消え、メンバーの呼吸音が静かに重なる。

いつにも増して、五人が五人とも緊張しているのがわかる。無理もない、この一か月のあいだに、持ち曲の振付はすべて一新されたのだ。

そのことについてサムライが書いた【アイドル史上最大の混乱の中、NEXT YOUだけが見せた誠意】というコラムは、アイドルファンの中で瞬く間に拡散されていった。

イントロが流れる。歓声が爆発する。

「雨の日、傘を、わすれた君が、スニーカー、片手に、待ちぼうけしてた、昨日、買った、青色の傘、サイズ、ひとつ、小さくて、君の、となり、ひとりじめ」

——【アイドル史上最大の混乱の中、NEXT YOUだけが見せた誠意】1ページ目：握手会刺傷事件のあと、多くのグループが予定していたイベントを中止にした。中止にすることで、世間に誠意を見せようとしたのだ。だがNEXT YOUは違った。世間ではなく、ファンに対して誠意を見せたのだ。他のグループのキャンセルにより空いた会場を次々に押さえ、〝授業参観〟と呼ばれるライブを、強化したセキュリティのもと続々と開催していった。握手券をチケット代わりにした、接触イベントなしの、純粋なライブ。さらに驚きなのが、短期間で集中的にレッスンをしたのだろう、セットリストにのぼる楽曲すべて、歌割と振付を変えたのだ。

「はじめて、話した、ときのこと、いまでも、私、覚えてる。はじめて、誰かに、話すこと、いつしか、君には、伝えたね」

——2ページ目：さらに特筆すべきは、新しい振付がこれまでの「歌詞に沿った」ものではなく、「音に沿った」ものだったということだ。わかりやすく言うと、前者では、「♪手を繋いで」という歌詞のところで実際に手を繋ぐような振付になる。後者では、例えばその後ろでなめらかなピアノの音が流れていたとして、その音に合わせて全身をウェーブするような振りになる、ということだ。後者の場合、なるほど確かに、実際の歌声からだけでなく、メンバーの体そのものからも音が聴こえてくるようである。アイドル好きの中にはダンス好きが多く潜んでいることはよく知られた事実だが、そのダンス好きの心をくすぐるような見事な仕掛けだ。これはいわゆる王道の『歌詞ハメダンス』に対抗して『音ハメダンス』と呼ばれ、NEXT YOUの代名詞となりつつある。

「ただ、歌が好き、ただ、踊るのが好き、それだけ、だった、君に、見ていて、ほしかった。何が、あっても、変わらない夢、私、アイドルに、なりたいの」

——3ページ目：さらに、中学三年生になる鶴井るりかの背が伸び、成長期を終えた安達真由の体形が落ち着いてきたこともあり、NEXT YOU五人のシルエットが縦横ほとんど同じになったことも大きい。シルエットの似た五人が、歌詞の解釈ではなく音の響きに合わせた振付を踊るとどうだろう、物凄く揃って見えるのだ。短期間のうちに厳しいレッスンが集中したからか、本人たちの意識や技術も格段に向上したことがパフォーマンスから見て取れる。ダンスの猛特訓により体が強くなったのか、歌声がブレることも少なくなった。握手ができないなんて、と足を運ばなかったCD購入者も多くいたようだが、接触がなくとも、ファンを十分に楽しませる〝授業参観〟だったと筆者は思う。

「あの夜、夢に、出てきた君が、青い傘、片手に、手招きしてた、『つらい、ときは、ここにいるよ』私、一度、うなずいて、二度と、もう、振り返らない」

――4ページ目：ただ、運営は、これまでのようなアイドルらしいダンスが好きだったファンを手放すようなバカなことはしない。〝授業参観〟の中で十曲を披露するとして、五曲は昔の振付のまま、五曲は新しくなった振付、というように、セットリストに工夫をこらしているのだ。きちんと、これまでの振付を披露する場を残してもいる姿勢には感心せざるを得ない。もっとも、ファンは楽しいが、メンバーは大変だろう。同じ曲に二パターンの振付があるなんて、持ち曲が二倍になったようなものだ。リハーサル等も含め、ひとつひとつのステージの準備にかかる時間もきっと倍、いやそれ以上になっているはずだ。

「あのとき、涙した、ときのこと、記憶は、ないけど、跡はある、だけどもう、上手に、隠せるよ、いつかね、トンネルを、抜けるの」

――5ページ目：武道館は普通、約一万二千～三千人で満員になる。セットの組み方によっては、六千人で満員にすることもできる。ここで、これまで武道館に立ったことのあるアーティストを見てみてほしい。意外と、皆が皆知っているわけではない人でも、武道館でのライブを成功させていることがわかる。ネットのあまりの普及によってリアルな体感がより欲されるようになった現代は、あるフィールドで局地的に知られているアーティストが武道館に立てる時代なのだ。現在の彼女たちの姿勢を見ていると、NEXT YOUが目標としている武道館での〝授業参観〟

を達成するまで、そう時間はかからないような気がしている。文責：サムライ
「ただ、ほんとのこと、ただ、ほんとじゃないこと、知りたいだけ、だった、自分の、力で、確かめたかった、いつでも、夢は、変わらないこと、私、アイドルに、なりたいの」

ざぱあっ、と思いきり立ち上がると、右目と左目の真ん中あたり、頭の芯がくらっとバランスを失った。

「えー、もう出ちゃうの？」

「皆で銭湯も最後かもしれないのに～？」

真由とるりかは、他に客がいないのをいいことに湯船の中でずっとバタ足をしている。

「カロリー消費！」「人魚ダイエット！」わけのわからない単語ばかりが狭い温泉の中にわんわん響く。

「声響くから静かに！」

長い髪をアップにしている波奈が、かかとをブラシのようなものでゴシゴシ擦りながらこっちを睨んでいる。洗い場に腰を下ろしているその姿は、やっぱりどこかお母さんぽい。「はあい」「はあ～い」二人は口を閉じた代わりに、バタ足のスピードを加速させ

る。

「なんかのぼせちゃって。外で待ってるから」

愛子はそうウソをつくと、爪先立ちで脱衣所へと向かった。一瞬、フルーツ牛乳やコーヒー牛乳に視線が泳ぐけれど、お腹まわりのぷにぷにした部分を手で触り、冷水でガマンすることを決める。

車での長距離移動の楽しみは、くたくたになったポテトだけではない。帰りに寄るパーキングエリアで入る温泉こそ、メンバー皆が心待ちにしているオアシスだ。特に、イベントを終えた体を車の中で散々縮こまらせたあと、湯の中で思う存分解放させるという贅沢は、一度味わってしまったら最後、なかなかやめられない。このタイミングでだけは生理になりたくない、と、むしろライブ前よりも強く思ってしまう。

タオルで髪の毛を挟み、水分を吸い取る。てのひらに触れている布地がじんわりと湿っていく。今日は確かに、パーキングエリアの温泉という安上がりな贅沢を味わえる最後の日だったかもしれない。だけど愛子は今、狭い場所でわいわい皆と過ごすよりも、少し開けた場所で一人になりたかった。

Tシャツに短パンだけだと少し寒い。愛子は羽織ったパーカのジッパーを上げながら、無人の屋台の前を大股で歩く。名古屋での〝授業参観〟を終えたのが午後四時ごろ、そのあとにすぐに乗り込んだ車の中でぐっすり眠っていただけなのに、もうすっかり夜だ。

ドライヤーでざっくり乾かしたあと一つにまとめた髪の毛が、一歩歩くごとに春の夜風をかき混ぜる。

愛子はわざと、止めてある車から離れたところにあるベンチへと歩いた。やっと、一人になれたのだ。そう思うと、本来の自分の体のあつさが戻ってきたような気がした。

一歩踏み出す。肩から掛けているビニールバッグが背骨の上で弾む。一歩踏み出す。ポケットに入れた携帯の重さが、ウエストのゴムがゆるくなった短パンをほんの少しだけずり下げる。

【はじめての名古屋ライブ、しゅーりょー。超超超超楽しかった!】

仕事を終え、車に乗り込む直前、愛子はそんなメールを送っていた。一通は、いつもどおり、すぐに返ってきた。母だ。もう一通の返事が届いているかどうかは、あえて今まで、確かめていない。

はあ、と、息を吐く。薄い生地の短パンと太もものあいだを、新しい季節の予感を含んだ風がさらりと通り過ぎていく。こんなとき、大地だったらアイスを食べるんだろうなと、愛子は思った。

全国高等学校剣道選抜大会は、今日が予選で、明日が決勝トーナメントだ。もちろん、予選の結果はもう出ているだろう。愛子はポケットの中の携帯を握り締めたまま、隅っこにあるベンチを目指す。

かなり近づいてみないと、わからなかった。

そこに先客がいるということ。それが、碧だということ。

「おつかれ」

愛子が何か言う前に、碧もこちらに気づいたらしい。ベンチに座ったまま、碧は小さく手を振った。

「なんかのぼせちゃって。外でみんなのこと待ってようと思ってさ」

そう言う碧の声を聞きながら、愛子は、お風呂を出るために自分がついたウソがとても下手くそだったことを知った。

「飲む？」

差し出されたポカリスエットのペットボトルを、愛子は受け取る。

「ありがと」

パーキングエリアの端っこにあるベンチに、二人で並んで座る。ずっと外気にさらされていたベンチは、ちょっと立ち寄っただけの人間に簡単に心を開かない。ひんやりと冷たい無機物に腰を下ろし、愛子は携帯の明かりを灯した。

メールが一通、届いている。

【おつかれ。予選、ギリギリ勝った。泊まりで明日決勝トーナメント。散ってきまーす」

愛子は、心臓みたいに熱い携帯を握り締めたまま、ぼうっと目の前の景色を眺めた。たくさんの車がたくさんの光を灯している広い駐車場は、どこからでもここに来ることができ、ここからどこにでも行けるような、不思議の国の魔法の駅に見えた。子どものころ、好きだった絵本をパッと開いたとき、こんな色とりどりの光が両目いっぱいに広がった気がする。

「愛子さあ」

愛子は、さっと携帯を裏返す。

「るりかのおっぱい見た？」

「見た！」愛子は思わずベンチから腰を浮かす。

「おっきくなってたよね？」

「なってた！」今度はベンチにストンと座る。

「もう妹キャラとか言ってらんないレベルだよあれ、なんかやらしいんだもん」

碧から溢れるけらけら軽い笑い声が、背の低い車たちを飛び越えていく。この春休みを終えると中学三年生になるるりかは、数か月で背が数センチ伸びただけでなく、胸も明らかに大きくなった。髪を短くしたことで顔立ちもぐっと大人っぽくなったように見える。そのおかげで、パフォーマンスがより揃って見えるようになったという意見もあるが、愛子は、また別のことを考えていた。

るりかは、目に見えて、どんどん変わってきている。きっと、目に見えていないだけで、自分にも変化は起きているのだ。

「もうデビューして二年だもんね」

愛子のつぶやきに、碧が頷く。

この春休みを終えたら、愛子も碧も、高校三年生になる。

十七歳。いま自分は十七歳なのだと、猛烈に自覚するときがある。これまで聴いてきた曲や、読んできた漫画や小説、観てきたドラマや映画、その中で十七歳という単語に何度出会ったかわからない。十七歳。セブンティーン。17。たまに、今お前はそんな特別な数字の上に立っているのだと、十七歳からはずいぶんと遠く離れた場所にいる自分が、いまの自分に教えてくれているような気持ちになるときがある。

「波奈なんてもう、今年ハタチだよ、ハタチ」

やばくないハタチって、と愛子が笑うと、「ハタチねえ」と碧が思案顔で繰り返した。

「今日、波奈がさ、最後に挨拶したじゃん」

いつか武道館で〝授業参観〟ができるように、NEXT YOUもっともっとがんばっていきますので、皆さんも私たちについてきてくださいね〜！

「したね、いつものやつ」

尾見谷杏佳が卒業してから、ライブやイベントでの挨拶はもっぱら波奈が担当することになった。センターにいる碧が、グループの目標を口にする機会は少ない。

「私、よく考えたら、武道館って何なのかよくわかってないんだよね」

「え？」

愛子の声は、高速道路に戻っていく車のタイヤの回転に、いとも簡単にからめとられる。

「いや、もちろん見たこととかはあるよ。デビュー会見みたいなのもすぐ近くでやったし。でも、入ったことないの。他の人のライブとかも行かないし。どんな景色を目指してるのか、ぶっちゃけわかってないの」

碧は、ベンチの上で体操座りをする。

「アイドルは武道館目指して当然みたいな雰囲気に呑まれてるだけっていうか。よくわかんないとこずっとずっと目指してるんだなーって思ったら、ちょっとおもしろくなっちゃって」

愛子も、碧の真似をして足をたたむ。短パンが太もものほうに引き上げられる。

夜の中で、二つの膝小僧が白く光っている。

「愛子は、行ったことある？」

不思議な空間だ、と、道路に沿って流れていく光を追いかけながら愛子は思った。

「愛子は、武道館に立ちたいって、自分で思ったことある？」

ここで話したことはきっと誰にも、それこそ神様にさえ聞かれていない。愛子はそんな気がした。そして、まるで淹れたての紅茶に落とした角砂糖のように、やがて二人の記憶からも溶けて消えてしまう予感もした。

「あるよ。思ったことも、行ったこともある」

愛子は、正直に答えた。

「やっぱ、すごい？」

「やっぱ、すごいよ」

ふうん、と、碧は、自分の顎をひざとひざの間に埋める。「なんかさ、思うんだけどさ」と言いつつ、飛び出てきそうな言葉がそこで足踏みをしているように、何度も顎をかくかくとさせている。

「NEXT YOUさ、今ちょっと、きてる、みたいなこと言われるじゃん」

バレンタインに発売したシングルのヒット。地方での初めての〝授業参観〟。波奈の作詞、碧のドラマ出演、『音ハメダンス』の急激な浸透、自分たちでも感じる、歌とダンスの技術の向上。最近、NEXT YOUの周りには、ポジティブなニュースが多い。

「もしかしたら、いつか本当に、武道館とかに立てるかもしれない感じだよね、今」

遠くのほうで、クラクションの音が立ち上った。まるで湯気のように、細く細く漂う音の影が、空へ消えていく。

「だけど、私たちって、武道館に立ったあとも生きていかなくちゃいけないんだよね」

きゅっと折りたたまれた碧の体は、このまま三月の終わりに置き去りにされてしまいそうなほど、小さく見える。

「武道館に立ったあとも、ハタチになったあとも」

碧はまっすぐ前を向いている。だから、目は合わない。

「アイドルじゃなくなったあとも、生きていくんだよ、私たちって」

「うん」

愛子は、具体的な名前を出さないにしても、碧が誰のことを思って話しているのかが分かった気がした。碧もきっと、愛子が、言わんとすることを分かっていることを、分かっているのだろうと思った。

「そういうこと考えてあげられるのって、自分だけなんだよね、たぶん」

碧は急に、両手両足をパッと解放する。う〜ん、と、体を伸ばすと、トーンの高い声で、「ねえねえ」と言った。

「どんな感じ？　武道館って。実際、NEXT YOUで埋められるイメージわくの？」

「えーっとねえ」

愛子は頭の中で、自分の記憶の中にある武道館の光景を思い浮かべる。

三百六十度、武道館の中心をぐるりと囲むようにして客席が用意されている。

デビュー会見をした日、カメラに向かってポーズを決めながら愛子は思っていた。

ここ、お母さんと『親子時計』を撮られたところだ。つまり大地はあのとき、武道館で試合をしていたんだ、と。

試合を見に行ったあの日、まだ小さかった愛子は、ここでもしお母さんの手を放してしまったら、もう二度とこの席には戻ってこられない、と本気で怖くなった。けれど、『親子時計』の高揚がまだ続いていたこともあり、そんな恐怖心はわりとすぐに消えてしまった。

夏のジュニア剣道大会は、毎年、武道館で開催される。愛子にとって、武道館とは、大地の試合を初めて観た場所だ。

「すごくいいところだよ」

「何それ」碧がくすりと笑う。「もっと詳しく教えてよ」

たくさんの人の視線を浴びながら、防具を身に着けた大地が対戦相手と竹刀を突き合わせている。防具をつけてガンダムみたいに強そうになった大地がびゅんびゅん剣を振り回す姿を見て、いつしか愛子は、がんばれがんばれと胸の前で手を組んでいた。

皆が、祈っていた。大地が勝つ姿を、皆が見たがっていた。

「なんか、どっちなんだろうって思うこと、あるじゃん」

愛子は、自分の言葉が足りていないことを自覚しながら、言う。

「人って、人の幸せな姿を見たいのか、不幸を見たいのか、どっちなんだろうって」

碧は、頷きもせず、愛子の言葉を聞いている。

彼氏がいることを写真に撮られ、頭を丸めたアイドル。あの動画の再生回数は、何百万回だっただろうか。握手会襲撃事件。被害者であるアイドルの回復を望むのではなく、包帯姿の自撮り写真を糾弾することに力を注いだ人が、どれほど多くいたことか。

「そうだね」

碧が、ぽつりと言った。

「アイドルを応援してくれてる人って、多分、どっちもあるんだろうね」

応援しているアイドルの人気が上がればファンは喜ぶ。けれど、そのアイドルがブログにアップした写真に映り込んでいるサンダルがとても高いものだとわかると、てのひらを返して批判をする――【応援はしているけれど、自分たちよりもいい生活をすることは許さない】という視線。

「杏佳、もさ」

さっき、碧があえて出さなかった名前を、愛子は、つい口にしてしまう。

「今、あんまり仕事がないみたい、じゃない」

自分の夢のために、と、一年前にグループから卒業した尾見谷杏佳は、卒業したてのころは写真集を出したり映画に出たりと目立つ仕事があったものの、最近はスケジュールに空きが出てきたらしい。それこそ、碧が受かった学園ドラマのオーディションにだって、落ちてしまった。そういうふうに一時的にでも杏佳の負けが決まってやっと、やっぱり消えた、うまくいかないと思っていたと連呼する――【応援はしているけれど、アイドル以外の道で生きていけるほどの商品価値はないことはきちんと知らしめておきたい、そしてそんなことこちら側はずっとずっと前からわかっていた】という視線。

「杏佳の卒業とか、波奈の歌詞とか、私のドラマとか……」碧は、何かを諦めるように、ふふ、と笑った。「アイドルから一歩踏み出そうとした途端、不幸を見たいっていう視線が増える気はする」

人気が出たり、何かで話題になったりすると、集まる視線は少しずつ増えていく。そして、交差するそれらを織り上げていくと、爛《ただ》れたてのひらのようなものが出来上がる気がするときがある。そのてのひらは、一見、こっちへおいでこっちへおいでと、夢が叶う場所へとアイドルに手招きをしているように思える。しかし本当は、ずっと〝アイドル〟のままではいられないアイドルに向かって、さようならと手を振っている――。

「でも、武道館は」

愛子は目を閉じる。

幼い大地が握る竹刀が、相手の頭の上で弾ける。

「人は、人の幸せを見たいんだって、そう思わせてくれる場所だよ」

あのとき、愛子も、母も、大地の両親も、剣道クラブの仲間たちも大人たちも皆、大地が勝つことだけを望んで、祈って、願って、武道館のど真ん中に視線を集中させていた。

「あそこは、そんなふうに、人を信じさせてくれる場所だと思う」

あの日大地は、試合に勝った。面が決まった瞬間、びっくり箱の蓋が開いたように、皆で飛び上がって喜んだ。団体戦だったので、結果的にチームとしてはその試合に負けてしまったけれど、それでも愛子は手を叩いて何度だって喜んだ。とにかく嬉しかった。周りにいる皆が嬉しそうにしていることも、嬉しかった。

愛子が武道館に行ったことがあるのは、その一回だけだ。

「へえ」

碧が、二人の真ん中に置いてあったポカリスエットを手に取る。

「そうなんだ」

どこか他人事のような声を垂れ流したその細い喉が、こくり、こくりと小さく波打った。

碧は、どこかに行っちゃうのかもしれない。

またた。稲妻のように全身を貫く思いに、愛子は動揺する。今日もどこかでそう感じた。あれはきっとステージ上だった。愛子は体操座りをやめ、碧のほうを見る。

新曲の衣装に全く似合わない碧のしっかりとした眉は、ぺらぺらのTシャツと、夜のパーキングエリアのベンチには、不思議とよく似合った。

「夏にさ、行かない？　一緒に」

碧を引き止めなければならない。碧を連れて行こうとする何かから。愛子はそう思った。

「武道館、行こうよ」

六月に行われるインターハイ予選を勝ち抜けば、この夏、武道館で開催される全国大会に出場することができる。いつか、大地がそんなことをメールしてきたような気がする。一年生のときも二年生のときも予選で負けてしまったから、今年こそは全国に行きたい。全国高等学校剣道選抜大会で全国へ行けたってことは、今年はインハイも行けるかもしれない。興奮で上ずった声が聞こえてくるような文章で、そう書いてあった気がする。

「碧にも見てもらいたい。あの空間」

大地はきっとまた、武道館の中心点に立つだろう。愛子は、碧の肩越しに見える夜のもっと奥のほうを見ながらそう思った。大地を中心にして描く円の中に、また自分がいる気がする。そのときは、一点の曇りなしに、大地の夢が叶う姿を見たいと思っているに違いない。あのときのように、人が、人の幸せを見たいと思う視線で溢れている空間ができあがるに違いないのだ。

「ありがと」

碧がそう答えたとき、裏返していた携帯がぶー、ぶー、と震えた。画面を見ると、そこには「安達真由」からの着信とある。

「やば、今何時？」

どれくらいここで話していたのだろうか。遠くのほう、おそらく移動車が止めてある方向から、あおいちゃーん、あいこちゃーん、と二人の名を呼ぶるりかの声がかすかに聞こえてくる。さらに続けて、「大きな声出さないの！」と、るりかよりも遥かに大きな波奈の声も聞こえてきた。

「戻らなきゃっ」

愛子がぴょんと立ち上がると、肩にかけたままだったビニールバッグががしゃがしゃとやかましい音をたてた。団体行動を乱すな、と大人たちに怒られるかもしれない。気分が少し憂鬱になる。

「愛子さ、最近」

碧は、特に焦る様子もなく、ゆっくりと立ち上がる。

「携帯よく見てるよね」

「えっ?」

思わず、声が跳ねる。「そんなことないけど」そう言いつつ、やっぱり自分はウソが下手だと思う。

「別に、何もないから」

碧は、「ふうん」というなんともいえない返事だけその場に残すと、愛子の言い訳を聞くより早く、さっさと歩きだしてしまう。

「またあの車の中に戻るのか〜あとどれくらいだろ〜」

夜空に向かって両腕を思いっきり伸ばしながら、碧がぺたぺたと足音をたてる。もう何度見たかわからないその後ろ姿を、愛子は、ぼうっと見つめた。

私は、ひとりになりたくて、携帯に届いているであろうメールをひとりで読みたくて、下手くそなウソをついてまで、温泉を出てきた。

どうして碧は、こんなところに、ひとりで座っていたのだろう。

碧の黒い髪の毛が、春の夜の闇に溶ける。さっきまですぐ隣で揺れていた前髪は、確か、いつもの分け目とは逆方向に流れていた。

5

テスト用紙を持つ先生の手が、一瞬、止まった。

「大変だと思うけど、勉強もがんばって」
62、という数字に、愛子は息を呑む。追試の合格点が60だから、追々試はどうにか免れたらしい。素早くテスト用紙を受け取り、点数の書かれている右上の部分をくるくると折りたたむ。
「六十二点かあ」

「ちょっ！」

愛子は、テスト用紙をぐしゃっと握りつぶす。「おれ六十六点だから勝ったあー」赤ペンで書かれた『66』をひらひらと見せびらかしながら、大地が席へ戻っていく。

「六十二点でも合格できてよかったじゃん」

後ろの席の女の子が、項垂《うなだ》れる愛子を見てくすくすと笑っている。

「点数繰り返さないでよ……」

愛子は改めて点数を確認し、ほっと胸を撫で下ろす。事務所からはもちろん、三年間できちんと高校を卒業するように言われている。これでなんとか、一学期の中間テストは全教科クリアーだ。

「はい、じゃあ残りの五分で、一八六ページの演習②を解いてください。次の授業で答え合わせしますからね」

先生の声が合図となり、紙がめくられる音が教室中を駆け巡る。愛子も一応それに倣うが、すでに眠気が瞼を襲い始めている。本日最後の授業の最後の五分、集中力なんてこれっぽっちも残っていない。ちらりと斜め前の席を見ると、大地はもう眠気に白旗を上げていた。

【俺たち、同じクラス。小四ぶり?】

始業式に参加できなかった愛子は、三年生に進級するクラス替えで大地と同じクラスになったことを、大地からのメールで知った。考えてみると、中学校でも同じクラスになったことはなかったので、同じ教室に大地がいるというのはとても久しぶりのことだった。

愛子が芸能活動をしているということは、三年生に進級するころにはかなりの生徒に知れ渡っていた。わざわざ教室まで愛子のことを見に来る下級生もいれば、まるでその話題が禁じられているかのように愛子に近づかないクラスメイトもいた。愛子自身、クラスメイトとの距離を測りかねている中、さっきみたいに追試の点数を簡単に読み上げてしまう大地の存在は、とてもありがたかった。

ツッコミって、大事だと思うんだよな。ある日、大地はそう言った。その人の、なんか触れにくいことって、ツッコむとチャームポイントに変わるんだよ。俺、ガキのころ、ばあちゃんちで初めて湯豆腐食べたとき、母ちゃんの料理みたいに味薄いって言ってみたら、なんかそれから母ちゃんの自然派が笑い話みたいになったことがあってさ。

全くわからない演習②を前に、授業の最後の五分がさらさらと流れていく。やがて、あらかじめ広げておいた網の上に落ちてくるように、チャイムが鳴った。

男子生徒が甘い声でそう言い、教室の中でどっと笑いが起きる。愛子は、その笑いから自分までにはいくつかクッションがあると分かっていながらも、なんとなく照れくさくなり肩をすぼめた。

「先生、チャイム」

四月クールで碧が出演した学園ドラマの視聴率は、初回こそ十パーセントを少し上回る程度だったが、回を重ねるごとにぐんぐん上がっている。高校の古典の先生と女子生徒が恋に落ちるというよくあるストーリーなのだが、時代背景を現代に置き換えたことにより、社会現象と呼ばれるほどの人気ドラマとなった。放送されるたびネットニュースなどで「高視聴率！」と騒がれることは、これに時間を割くと決めた昨夜の自分は間違っていなかったんだという安心感につながるらしく、受験勉強で忙しそうなクラスメイトでも内容を知っているみたいだ。

中でも、先生と生徒、男と女、それぞれの関係を行き来する合図となるセリフ、「先生、チャイム」は、全国的に大流行している。

碧は、先生と恋に落ちる生徒の友人役のうちのひとりだ。もともとストーリーに大きく関わる役ではなかったが、どうやら、この高視聴率と碧への注目度の高さから、物語後半の脚本に少し手が入ったらしい。るりかなんかは「なんかますます碧ちゃんばっかりって感じ」とへそを曲げている。

「はい、席着いてー、このままホームルームやりまーす」

数学の先生と入れ替わるように教室に入ってきた担任が、何やら紙の束のようなものを教卓に置いた。それを五、六枚ずつ分けながら、窓側の列へと移動している。

「進路希望調査と三者面談のお知らせです」

一番前の席の生徒が紙を受け取り、後ろの席へとまわしていく。やがて愛子にまでその紙が届いたとき、先生はもう教壇の前に戻っていた。

「テストの結果も出たところで、そろそろ卒業後のことも現実的に考えないといけません。大学の推薦枠や専門学校についての資料は進路相談室にあるから、興味のある者は各自調べておくように」

はあい、と、教室内に湧くぬるい返事の中、

「愛子はいいな」

隣の席の女の子が突然、ため息に声を紛らせた。

「何、急に」

何を言われるのかはある程度想像できているのに、愛子は、求められているだろう返事を一応、差し出す。

「だって、もう進路なんて決まってるわけじゃん」

「え〜？」

ごまかすように笑ってみるけれど、やっぱりそんなものでは逃れられない。

「あたし、やりたいこととかないもん」隣の女子はぱたんとペンケースの蓋を閉じる。

「卒業したあとのこととか、全然考えられないんだよね」

「そんなことないでしょ、ファッション関係興味あるって言ってたじゃん。スタイリストとか美容師とかの専門？　行きたいって」

前にちらりと交わした会話の内容を思い返しながら、愛子は言う。

「いや〜なんかあたしもあたしなりに調べたりしたんだけどさ」

教壇の前に立つ先生が、すでに配られた紙に書かれていることを改めて説明している。紙の音が消え、静かになった教室の中、その女子はぐっと声量を抑えた。

「冷静に考えたら、どっちも体力勝負だし、若くないと成立しない仕事なんだよね。まあ結婚して仕事辞めるとかもありだけど、今からそんなこと考えてんのもどうなのみたいな」

その子はさりげなく、配られた紙を裏返す。

「服は好きだけど、ただ好きなだけで、仕事にしたいのかどうかは正直わかんないし」

声は、さらに小さくなる。

「あたしも愛子みたいに早く夢見つけたかったよ。羨ましい」

最後のほうはもう、ほとんど聞き取ることができなかった。愛子も、きちんとした返事をするのはおかしいような気がして、そのままなんとなく会話を終える。

クラスのみんなの背中が見える。愛子は、その背の向こうにある真っ白い紙を想像する。

たまに、考えてしまうときがある。

いまこの時間、学生のメンバーが全員学校に行っている時間、高校を卒業した波奈は何をしているのだろうか。ノートを拡げ、ペンを取り、使ってもらえるかもわからない歌詞の下書きをこねくり回しているのだろうか。メイクもせず、部屋着のまま、あの狭くて壁の薄いマンションで。

「ごめんねなんか。愛子は愛子で大変なこと多いよね、絶対」

「ううん、全然」

慌てて謝ってくるその子に、愛子は微笑み返す。紙を裏返したところで、黒いインクでしっかりと印刷された文字は、透けて見えてしまう。

進路希望調査。クラス、番号、名前。第一志望、第二志望、第三志望。

携帯が光る。机の下で画面を確認すると、今後のスケジュールがマネージャーから送られてきていた。七月に出すシングルに関連して、レッスン、レコーディング、撮影、プロモーションなど、やらなければならないことはたくさんある。シングル発売イベントでサプライズ発表されることになっている、八月後半に行うツアーの準備もある。どのアイドルグループも夏のシングルには力を入れるものだが、NEXT YOUも例に漏れず、今回の曲でどうにか生放送の有名な音楽番組に出られないかと営業をかけているみたいだ。ドラマを通して碧の知名度が急上昇したことに、事務所の大人たちは鼻息を荒くしている。

「というわけで、進路調査は来週の金曜日までに提出するように。御両親ときちんと相談したうえで、な」

今日はこのあと、スタジオでレッスンがある。NEXT YOUの代名詞となりつつある『音ハメダンス』は、これまでのような歌詞に沿ったダンスに比べて、習得までに時間がかかる。

「あと、御両親がどうしても来られない日程と時間帯を、一番下の備考のところに書いてもらってください。それをもとに先生スケジュール組むから」

視線を机の上に戻す。

この白い紙には、自分で何かを書きこまなければならない。さっき届いたスケジュールみたいに、自分のあずかり知らぬところで空欄が埋められているなんてことは、ない。

愛子は一度、目を閉じる。

この教室にいる皆は、これから、今は想像もしていないようなものにたくさん出会う。大学に行って留学するかもしれない、就職していきなり大きな仕事を任されるかもしれない、好きな人にとんでもなくひどい振られ方をするかもしれない。自分が何になるかもわからない中で、何になってもいいような土台をつくるために、これから生きていくのだ。

私は、アイドルになった。今は、レッスンを重ねることで、歌とダンスを極めている。

紙の白が、周りの景色にまで侵食していく。

自分は今、歌とダンスを極めているのだろうか。それとも、歌とダンス以外のすべてを、奪われているのだろうか。

目の前の生徒の体が、びくんと跳ねた。寝ていたのだろう、その変な動きをごまかそうと、なんとなく伸びをしたりと、体を動かし続けている。

自分はもう、そうだとは気づかないうちに、ひとつの選択を終えていたのかもしれない。愛子は急に、そんなことを思った。その選択が正しいのかどうかもわからないまま、何かを選び、何かを捨てているのかもしれない。そしてその何かは、自分が想像しているよりも、ずっとずっと大きな――

「大学とか行けるくらい頭よければな～」

隣の女子が、さっきよりも軽いトーンで言った。先生の話が、進路関係から逸れたらしい。

「知ってる？　野球部で大学行きたい子とかは、あれらしいよ、土日に補習させられてるんだって」

「えー超大変だね」と、愛子。

「ね。まだ勝ってる部活はそうみたい」

勝ってる部活、という単語に引っ張られるように、愛子は、斜め前に視線を飛ばす。

「剣道部もだって」

愛子の視線を追ったのか、その子は一言、加えた。

昨日の朝の全校集会で、剣道部は壇上に並んだ。六月はじめに行われた県予選を勝ち抜き、八月に行われるインターハイに出場することが決まったらしい。大地からは、予選があった日のうちに【また愛知のときみたいに一回戦負けかなー全国ってすげえんだよなー】なんていう脱力気味のメールが届いていたけれど、全校生徒を前にして壇上に立つその表情は、しっかり緊張して強張っていた。

夏服の白いシャツに浮き出ているふたつの肩甲骨が、大地の寝息のリズムに合わせて上下している。昨日あんなにも緊張してたくせに、と笑ってやりたくなるが、愛子はそのままじっと、肩甲骨の曲線を見つめた。土日に補習があるなんてことは、メールに書いてなかった。ということは、大地は大学に行くつもりはないのかもしれない。いや、ただメールに書くまでもないと思っただけかもしれない。

ホームルームの終わりを告げるチャイムが鳴る。「先生、チャイム」男子生徒の誰かが、さっきと同じやり方でもう一度笑いをとろうとしている。

私は、大地の進路について、何も知らない。


「あれっ」

声を漏らした愛子を、父と大地、二人の目が捉える。

「お帰り……早かったな」

父には、学校に行ってからそのままレッスンがあるので、帰りは二十二時近くになりそうだと伝えてあった。だが、ダンスの先生も驚くくらいにメンバーの振り覚えが早くなっていることもあり、久しぶりに予定時刻よりも早くレッスンが終わったのだ。一曲につき『歌詞ハメダンス』と『音ハメダンス』の両方を覚えなければならなくなってから、より歌詞や音を聴きこむようになったせいか、メンバーそれぞれの表現力は向上しているような気がする。

「飯は？」と、父。

「スタジオでお弁当食べてきたから大丈夫」

愛子は、父から大地へと視線を移す。そして、「あの、じゃ、お邪魔しました」父に向かってぺこりと頭を下げ、そのままその場を去ろうとする大地を、

「ちょっとストップ！」

と、呼び止めた。

「おめでとう、インターハイ出場」

「あ、ああ」

大地は、どこか気まずそうに目線をうろうろとさせている。お父さんと二人で何を話していたんだろう。思案顔の愛子を前に、大地は「ちょっとうちでゴキブリ出てさ、俺んちスプレーなかったから貸してもらってただけ」と早口で話しはじめる。

大地の家は、ここよりもさらに一階上だ。なのにゴキブリ、と少し不思議に思ったけれど、Tシャツに短パン、サンダル履きの大地が学校で見るよりもどこか幼く見えて、

愛子はそれ以上詰問することをやめた。

「剣道部のインハイって、武道館だよね」

「ああ、そうだな」剣道の話になり、大地の顔が少し明るくなる。

「日にち、いつだっけ？　観に行こうと思ってるんだ、今年」

碧と。心の中で、愛子はそう付け加える。

「八月のはじめの週だけど……ほんとに来れんの？　忙しいんじゃん？」

大地は、Tシャツの中に突っこんだ手でへそのあたりをかいている。まだお風呂に入っていないのか、今日も手拭いと防具に締め付けられていたのだろう髪の毛はぺったんこだ。

「八月のはじめかー」

愛子はそうつぶやきながら、頭の中でスケジュールを思い浮かべた。夏休みに入ればすぐ、夏のシングルのプロモーションでまた忙しくなる。八月後半のツアーはワンマンなので、曲数も多い。レッスンやリハの時間も増えるだろう。だけど、どうにかなる、というか、

「どうにかするよ」

口に出して初めて、愛子は自分が「どうにかする」つもりなのだと自覚した。その思いの強さに、自分自身で、戸惑う。

「私も見たいし、見せたい人もいるし。だから絶対勝ってよね、見に行くときは」

「プレッシャーすげえな」

ふ、と、大地が破顔する。「あと、授業寝過ぎね」「見てんなよ」「あんだけ堂々と寝てたら見たくなくても目に付くの！」「目立たないように前のヤツに隠れて寝てるつもりなんだけどなぁ」「私は後ろから見てんだっつの」矢継ぎ早に話すことで、愛子は、さきほど感じた戸惑いを打ち消そうとする。

「愛子さあ」

ふと、大地が言った。

「いっつもくれるメール、俺と、愛子の母ちゃん宛になってるじゃん」

どん、と、心臓が一度、大きく脈打つ。

「母ちゃんから、返事来る？」

「来るよ」愛子は、ふんと胸を張る。「お母さん、返事すごく早いんだから、大地より早いかも」

特に反応が無いので、愛子は姿勢を元に戻す。少しの間、どちらも、話さない。

「俺、そろそろ戻るわ」

大地は、ひとさし指で上のほうを指すと、おやすみ～、と歌うように手を振った。すれ違いざまに、ほのかに、汗のにおいを感じる。

愛子はしばらく、そのままひとりでドアの前に立ち続けた。どうにか散らしていた戸惑いが、動きを止めた体の奥底にゆっくり沈殿していく。

どうにかなる、じゃなくて、どうにかする。他にどんな予定が入っていたとしても、どうにかして、大地の試合だけは見に行く。自分は確かに、今、そう思った。愛子はぼんやりと、今日配られた進路希望調査や、難しくなっていく『音ハメダンス』の振付のことを思い浮かべた。自分にはまだ、知らないことはいっぱいある。進路もまだわからないし、難しくて踊れない振付も多い。

だけど、そういう「知らないこと」は、このまま生きていればやがて知るようになることばかりだろう。生きていれば進路は続いていくし、練習し続ければ難しくて踊れなかった振付も習得できる。何だかもう長い間生きているような気がしている愛子には、たとえ今は「知らないこと」でも、それはきっと今の自分のどこかにある要素、今の自分の延長線上に転がっているものなのだと思っていた。

愛子は、すう、と、鼻で息を吸ってみる。大地の汗のにおいは、もうしない。

どんな予定が入っていても、大地の試合を見るためには、どうにかする。そんなこと、これまでは考えたことがなかった。デビューしてからはいつだって、何よりもNEXT YOUのスケジュールを優先させてきたはずだ。

自分の中にはまだ、自分の知っているなにとも繋がっていない感情がある。そして、きっと、今そっと触れた感情はその氷山の一角にすぎない。そんな、少し怖いような予感の先端だけに触れながら、愛子はやっと、自分の家のドアを開けることができた。

精神的な時効を迎えたのか、これといったセキュリティの基準を設けるでもなく、あらゆるアイドルグループがぽつぽつと握手会を再開させていった。NEXT YOUも例外ではなく、イベントは〝授業参観〟という名のライブと〝席替え〟と呼ばれる握手会の二部制に戻った。

「新幹線速すぎ～！」

カメラに向かって、るりかが手を振っている。そして、「初めての新幹線移動でテンションあがってま～す」と言いながら、鼻の頭で画面がいっぱいになってしまうくらいにまで、カメラに近づいている。

「いまから名古屋で授業参観と席替えでーす、ひつまぶし食べられるかな～？」

次は、るりかの隣の席の真由が映る。カメラがぐるりと動き、テーブルに拡げたノートを真剣な顔で見ている波奈、カメラに手を振る愛子、マスクをして、少し倒したシートに背中を預けている碧の姿が映る。

夏休みが始まってすぐ、七月の頭に発売したシングルのリリースイベントがあった。

福岡、大阪、名古屋のショッピングモールをまわり、最後は東京の池袋。今回の行脚では、移動中やリハ中、本番中、終了後の楽屋など、とにかくあらゆるところでオフィシャルチャンネル用のカメラが回っている。イベントの後すぐ『ネクステ』にアップされるバックステージ動画は、やはりファンには評判がいい。

各地への移動は、車でなく、完全に新幹線となった。もうパーキングエリアに寄ることはないけれど、「駅弁がおいしい！」と真由は上機嫌だ。福岡では福岡の、大阪では大阪のヘアメイクスタッフがつき、例によってリハーサルが押しても大丈夫なようにと体制が整えられていた。

「お疲れ様でした〜」

全員マスク姿で新幹線から降りる映像に切り替わる。引きずられるスーツケースの音がとてもうるさい。

ここで、名古屋編の映像は終わる。

「名古屋ってあんまり行ったことないな」

父はそうつぶやきながら、パソコンの音量を少し下げた。

「そうなの？」

お風呂から上がった愛子は、冷蔵庫から取り出した麦茶をコップに注ぐ。テーブルに置いたパソコンで『ネクステ』の動画を観ている父は、缶ビールをちびちびと口に運んでいる。

「愛子のほうが、俺よりいろんなところ行ってるよ」

動画は自動的に池袋編へと移り変わる。確か、この動画だけ図抜けて再生回数が多いはずだ。

愛子は麦茶の入ったグラスを握り、父の隣の椅子に腰を下ろす。池袋編の動画は、自分で観るにしても、少し緊張してしまう。

バックステージでの映像もそこそこに、すぐにライブの映像になる。いろんなアイドルグループがリリースイベントをすることでも有名なショッピングモール内のスペースは、照明や音響などでそれっぽさを上乗せすることができないため、ある種、本当のパフォーマンス力が露呈してしまう場所だ。撮影用カメラも、全体を引きで映す固定カメラのみとなり、立ち位置や移動の甘いところなどがよくわかってしまう。

曲が終わり、汗だくになった波奈が、「ここでサプライズのお知らせです！」と手を挙げる。これは、八月の最終週に行うはじめての東名阪ワンマンツアーのことだ。ライブハウスのブッキングが固まった数か月前に、愛子たちメンバーにもマネージャーから伝えられていた。

ツアーの発表に、集まったファンもみんな喜んでくれている。映像の中でも目立つサムライの金髪が揺れている。

「また忙しくなるなあ」

父がまた一口、ビールを飲む。だけど、愛子が本当に見直したいのは、ここからだ。

「そして、もうひとつサプライズがあります！」

ここで、本当に驚いた表情になる四人のメンバーの顔が映る。画面下部には、『※もうひとつのサプライズは、波奈以外のメンバーには知らされていませんでした』という文字が表示されている。

「ＮＥＸＴ ＹＯＵは、新メンバーを募集します！」

ええー！　巨大なうちわで起こした風のような声が、パソコンの画面から飛び出してくる。

「どんどん勢いを増している今だからこそ、さらに進化するために、二期生を募集することになりました」

「え？　何？　何言ってるの？」

動画の中のるりかが、真由、愛子、碧それぞれに助けを求めるような目線を向けている。だが、「落ち着いて、まず聞こう」と碧に頭を撫でられた途端、るりかはわっと泣き出してしまった。そんな様子が丸見えだからか、波奈が説明をはじめても、会場のざわめきはなかなか収まらない。

「確かに、いろんな意見があると思います。だけど私は、何よりもまず、ＮＥＸＴ Ｙ

OUがずっとずっと続いていくグループになってほしいと思っています」波奈の説明に、るりかのしゃくりあげる声が重なる。「私たち五人でグループを終わらせてしまわないためにも、NEXT YOU二期生のことを受け入れていただければと思います！　詳細は公式ホームページやオフィシャルチャンネルで発表していく予定ですので、どうぞ、これまでどおり温かい目で見守っていただければと思います、よろしくお願い致します！」

イベント終了後、波奈ではなく、マネージャーを始めとする大人たちから、愛子たち四人はきちんと説明を受けた。

来年の四月時点で、碧と愛子が高校を卒業し、五人のうち三人が社会人となる。波奈はもう二十歳を超えているし、このタイミングで若くてフレッシュな新メンバーを募集し育てはじめないと、グループが鮮度を保ったまま存続していくことは難しい。この五人ではダメだとか、何かが足りないというわけではない。長期的にグループのことを考えたとき、今が増員のベストタイミングではないかということになった。事務所としては長く続くグループにしていきたい。新メンバーではなく、「二期生募集」と言っているところにも、我々の意図を感じ取ってほしい。

その説明を、波奈は大人たちの横で頷きながら聞いていた。もう二十歳を超えている、のところで、より大きく頷いていたのを、愛子は見た。

「確かに、若いメンバー入れないとダメかもね。授業参観とか、席替えとか、そういうコンセプトなわけだし」
説明が終わるころには、るりかは全く泣いていなかった。それどころか、メンバーの
中でも一番、この事態を真正面から受け止めているように見えた。
池袋編の動画は、メンバーがそれぞれ増員について前向きにコメントを残したところ
で終わった。映像の説明文欄にあるURLをクリックすれば、二期生募集に関する情報
がまとめられている特設サイトへアクセスすることができる。
「新メンバーか」
「私たちもほんっとびっくりだったんだから」
愛子はぐいと麦茶を飲む。ぐんぐんくだっていく冷たい液体の感覚が、見えないはず
の体の中身を教えてくれる。
「でも、グループのこと考えたら、確かにそうなんだよね」
二期生に関しては、確かに、発表されたその瞬間にはネガティブな感情を抱いた。今
の五人ではどうしていけないのだろう。今の五人でもっともっと上りつめたいのに。だ
が、そのネガティブな色をした矢印は、その指す先をずっと追っていくと、やがて自分
に向いていることに気づく。
自分はもうすぐ、学生ではなくなる。制服を模した衣装は、つまり、ほんとうの姿で

はなくなる。NEXT YOUのNEXT YOUらしさを削いでしまうのは、新しく入ってくる二期生ではなく、年齢を重ねていく自分なのかもしれない。

「ビールまだ飲む？」

「いや、一本で大丈夫」

缶をほぼ逆さにし、父がビールを飲みきる。家の中で、こうして父と隣同士に座るのは、実は久しぶりだった。

「そういえば」

マウスから手を離すと、父が言った。

「三者面談で久しぶりに大地くんのお母さんに会ったけど」

パソコンから聞こえてきたかすかな振動音が、ぷつんと消える。

「大地くん、体育の先生になりたいんだってな。それで、剣道部の顧問になるのが夢だって」

「ふうん」

そのことは、大地からすでにメールで聞いていた。だが、まだ、返事は出していなかった。

麦茶を飲む。急に、味がしなくなる。

イベントで行く地方を車で走っていると、やたらと学習塾の看板が目についたこと。

女優を目指してグループを卒業した尾見谷杏佳の現在。自分がすでに選択したこと、これから選択すること、ほんとうは選択すべきだったかもしれないこと。様々なことが頭の中を行き来して、そのうち、大地からのメールになんて返事を書けばいいのか、わからなくなった。

「うちらの三者面談、一瞬で終わったよね」

「まあ、そうだったな」

進路希望調査をどう埋めればいいかわからなかった愛子は、『第一志望』の欄に「今の仕事をずっと続ける」とだけ書いて提出した。

高校三年生のアイドルが、大学に行くかどうか。その選択は、本人やその家族だけでなく、ファンにとっても大きな問題だ。

ファンはアイドルに、アイドルでいることへのストイックさを求める。大学進学は、興味のある分野の勉強をするというよりも、異性と触れ合う機会が増えることだと受け止められる。何よりアイドル以外の職業に就く可能性をまだ残しているという点で、ファンにとっていい印象ではないらしい。

手を繋ぐたび、サイリウムを振られるたび、愛子は思う。

ネクス中毒のみんなは、本当に、凄く応援してくれる。その応援が、どれだけ心の支えになっているか、言葉では表現できないくらいだ。だけど、夢中で応援されればされるほど、この人たちは、自分を含むメンバーが三十歳、四十歳になったとき、NEXT YOU、ひいてはアイドルであり続けられないことを知っているんだな、と思う。

女性アイドルファンは、アイドルを好きだ。ただ、きっと、その子個人というよりも、年齢や恋愛経験の有無を含めて、その子がアイドルであるという状態が好きなのだ。そのうえで、進路を選択できる十八歳の少女に対し、『アイドル』であることへのストイックさを最も強く求めるのだ。

でも、自分だって同じかもしれない。愛子は、濡れた髪の毛を触る。自分も、どこでイベントをしても、ライブをしても会いに来てくれるから、ファンの人たちに感謝をしている。CDを買ってくれない、イベントにもライブにも来てくれない、〝アイドルファン〟という状態でなくなったその人たちを、自分はどう見るのだろうか。

髪の毛が冷たい。そろそろ乾かそうかと立ち上がったとき、父が言った。

「愛子は、早いうちからいろんなことを選んでるよな、自分で」

愛子は立った状態で、椅子に座っている父の姿を見下ろす。

「そうかな?」

「そうだよ」

父のつむじの形が見える。表情は見えない。

「お前は自分で自分のことをきちんと選んできたよ。俺たち大人が選ばせるようなこともしたけど、お前はちゃんと自分で選んできた」

――愛子。どっちと、一緒にいたい？

まだ濡れている髪の毛が、ぺと、と首筋に張りつく。愛子は、あのときと同じように、唾を飲みこんでから口を開いた。

「私は、ここに住むことを選んで、間違ってなかったと思うよ」

愛子は時計を見る。二十時四十三分は、とっくに過ぎている。

「明日は？」

父が、空になった缶を、ななめに凹ませていく。ぐりんとねじると、アルミの缶はぺたんこに潰れた。

「明日も学校のあとレッスンがあるから、二十二時とかかな」

「毎日ほんとに忙しいな」

「私なんか全然だよ。碧とかやばそうだけど」

社会現象となった四月クールの学園ドラマに出演していた碧は、八月には二時間のスペシャルドラマに一本、秋にはまた二十三時台の連続ドラマへの出演が決まっている。演技力というよりも、そのビジュアルに、やっと注目が集まっているのだ。

「あ」

立ち上がろうとした父の肩を、愛子は右手で押さえた。

「な、何だ何だ」

バランスを崩した父が、椅子の上にどすんと落ちる。

「ちょっと、ちょっと座ったままで」

愛子は、腰を曲げて、じっと父の頭を見る。その髪の毛を、左手で掻き分ける。

「毛穴、赤い？」

そのとき、ぴたっと、父の体の動きが止まった気がした。

「お父さん、疲れてる？」

父は、ゆっくり自分の手を動かすと、肩に載せられた愛子の手の甲にそれを数秒重ねた。少し汗ばんでる。愛子がそう思ったとき、父は娘の手をどかし、潰したアルミ缶を持ってもう一度立ち上がった。

「びっくりしたよ」

父が言う。

「お母さんと同じことを言うから」

愛子は、立ち上がった父の顔を見た。その年齢にしては、もしかしたら少し老けているのかもしれない父の顔。

お母さんは、この人のことを選ばなかったんだ。なぜかいま、愛子は強烈にそう思った。見慣れた形の顎から、真っ黒い髭がぷつぷつと顔を出し始めている。お母さんは、お父さんを選ばなかった。

お父さんと私を、選ばなかったんだ。

進路希望調査。二期生募集。大地の大学進学。選ばれる道、選ばれない道。何が正しい選択かなんて、ほんとうに、誰にもわからない。

「俺も風呂、入ろうかな」

リビングから、父が立ち去る。閉じられたパソコンの蓋の黒が、何もないテーブルの上でじっと黙り込んでいる。

地下鉄が止まった。

「あれ、ここで降りるんじゃなかったっけ？」

ぱかっと開いたドアの向こう側へ、碧がとんと飛び出る。ドアが閉まり始めたあたりで、愛子も慌てて電車を降りた。「危ない危ない」千代田線はあまり使ったことがなかったし、綾瀬駅もはじめて降りる駅だった。そのまま階段を上り改札を抜け、どこかにあるはずの東口を探す。

「あっ、あった！　あっちあっち！」

赤いキャップをかぶり、黒縁のめがねをかけた碧が、愛子の着ているTシャツのすそをくいくいと引っ張った。碧の指す方を見れば、なるほど確かに東口との表示がある。

「なんかさっきからぼーっとしてない？　大丈夫？」

キャップのつばでできた影の中で、碧が笑う。「いやー、もう暑すぎて。なんもしてないのに汗がやばいんですけど」呆けていたことを真夏のせいにしながら、愛子はてのひらでぱたぱたと風をつくる。

八月四日から六日まで行われているインターハイの会場は、確かに「武道館」だった。ただ、愛子もよく知っている「日本武道館」の他に「東京武道館」というものがあること、そして剣道のインターハイの会場はその「東京武道館」だということは、大地から教えてもらうまで全く気が付かなかった。【あの武道館じゃないなら始めからそう言ってよ！】【そんなこと言われても……ちなみに、愛媛県武道館ってのもあるよ】【あるから何⁉】

碧には、その勘違いを正直に伝えた。あのベンチで話した「この夏に見せたかったもの」が、自分たちの目指す日本武道館開催ではなかったこと。自分は一人でも観に行くつもりだけれど、一緒に来ても碧はきっと面白くないこと。

申し訳ない思いで顔を伏せる愛子に対して、碧は言った。

「え？　一緒に行こうよ」

は、と、マヌケな声を出す愛子に、碧は続けた。

「その日はもう愛子と出かける気でいたし。なんか愛子言ってたじゃん、人が人の幸せを見たいと思う場所？　みたいなこと」

それに、と、軽いトーンを保ったまま、碧はこう続けた。

「そういう場所があるなら、武道館じゃなくたって、見てみたい」

碧はそのあと、何かを帳消しにするようににこっと笑った。愛子は、「じゃ、じゃあ一緒に行こ」と戸惑いながらも、最後の一言が本当の理由なんだろうなと、どこか冷静に思った。

綾瀬駅の東口を出て、東綾瀬公園側道を左へ進む。「暑すぎ！　日焼け止め塗った？」「やばいもうコンビニ入りたい」「コンビニごと移動したい」太陽が顔のすぐそばにあるような熱気の中、そのまま五分ほど北へ向かって歩き続ければ、左手にやっと、東京武道館が現れる。

「剣道？」

入り口に飾られた立て看板を見るなり、碧がつぶやく。「そう、剣道」としか答えない愛子に、碧はそれ以上何も聞いてこない。

試合の開始時間等は大地からなんとなく聞いていたけれど、実際、会場に入ってみると、目に入ってくる情報が多すぎて、どこまで大会が進んでいるのかよくわからない。

愛子は携帯を見る。特に、新着メールはない。確かに、大会中は携帯など触っていられないのだろう。

「入ろ入ろ」

さきほど感じた攻撃的な陽射しは遮られたが、やはりむしむしと暑い。黒い防具を身に着けたたくさんの人たちからは、独特のにおいが漂ってきている。一階の床は、白いテープのようなもので試合をするスペースがいくつか形作られており、奥の壁面には、そんな大会のようすをゆったりと見守るような大きな日の丸が掲げられている。

ここに太陽はないのに、ニスで輝くぴかぴかの床は、外よりもずっと世界を明るく見せている気がした。

「上、行こ」

碧と二人で、階段を上る。選手以外の人たちは、二階席から試合を観戦できるようになっているみたいだ。各学校ごとに作られているらしい横断幕が、二階席の最前列からいくつも垂らされている。

あのときと同じだ、と、愛子は思う。会場は変わっても、あのときと同じ空間ができあがっている。

「愛子、自分の高校のとこ行かなくていいの？」

「いいのいいの」

二階には、試合に出ない剣道部員、マネージャー、後援会の大人たちなど、防具をつけていない人たちがたくさんいた。碧と愛子は、自然と、顔を少し伏せながら歩く。グループの中で最も顔が知られているであろう碧はキャップとめがねを装備しているが、そういうことが関係なくとも、私服姿の女子高生二人はこの場ではとても目立った。

「座ろ」

「うん」

人の少ない、二階席の端っこに、二人はそっと腰を下ろした。愛子は、座った場所から最も遠いところに、自分の高校名を冠した横断幕が垂らされていることを確認する。ここに来ていることを誰にも知られないほうがいいということは、誰に言われないでも分かった。

「こういう、部活の大会？　みたいなの、見に来たの初めてかも」

碧はそう言うと、胸元に向かって手をパタパタと動かした。何もしていなくたって、こんなにも暑い。防具を身に着けて試合に挑む選手たちは、どれくらい大変だろうか。

「いつまでに戻るんだっけ？」と、愛子。

「ドラマの待ち時間って、すーっごい長いの。特に私みたいなチョイ役だと」碧は、携帯の画面で時刻を確認する。「十七時までに戻ればいいって言われたから、まだ全っ然大丈夫。マネージャーには一回家帰るって言ってあるし」

剣道のインターハイは、三日間続けて行われる。初日は、男子個人戦の予選、女子団体戦の予選、二日目は、男子団体戦の予選、女子個人戦の予選、三日目は、男女共に個人、団体の決勝トーナメント。大地の所属する剣道部の男子は、団体戦でのみ、インターハイ出場が決まっていた。【だから、二日目だったら絶対試合見れると思う】大地のメールのとおり、今日は大会二日目だ。

「やっぱなんかいいね、部活とかって」

碧は、楽しそうでもなく、つまらなそうでもなくそう言うと、じっとアリーナを見つめた。

「私、転勤族だったし、こっち来てからすぐ事務所入ったから、部活とかやったことないんだよね」

どうして剣道の大会なのか。誰が出るのか。碧は何も訊いてこない。

名古屋から最後の車移動をしたあの日から、碧とこうして隣同士でいると、そこがどこであったとしても、あのパーキングエリアのベンチに座っているような気持ちになる。お互いに、必要以上のことは聞かない。話したいことだけを、話す。

今日、碧の前髪がどちらに分けられているかは、赤いキャップのつばに隠れてよく見えない。

「あ、始まる」

愛子は思わず声を漏らす。手前の試合会場に並んでいる五人、その一番右に、大地がいる。向かい側に同じように五人が並んでいることから、これから試合が始まるのだろうと予想できる。

「どれ？」と、碧。

「あれ、あの高校」

の、一番右。

愛子は、心の中でだけそう付け足した。

先鋒、次鋒、中堅と、試合が進んでいく。正直、ここから見ていても、何が攻撃として認められて、何がそうでないのかはよく分からない。ただ、竹刀と竹刀がぶつかり合う音には、会場内に重く沈殿している暑さの塊を、それに付随するもたついた何かを、そのたびに鮮やかに切り裂いてくれるような鋭さがあった。

剣道の応援は、声を出してはいけない。愛子も碧も、口をつぐんだまま、同年代の高校生たちが戦う姿を見つめた。

剣を振り回し戦う姿を見ていると、不思議と、その人を取り囲む様々なものが克明に浮き上がってくる。真剣な顔で先輩の試合を見守る後輩たちの姿。引退を控えた最後の夏、当人達以外は誰も知り得ない時間をともに過ごしてきた仲間の目の前で、竹刀を振り回す少年少女たち。

自分が選ばなかったたくさんの価値観や、人生が、そこにはあった。

「次とられたら、負け？」

こちらの副将が負け、二勝ずつとなったところで、碧が不安そうに愛子を見た。

「そうだね」

愛子がそう答えると、碧は、ぐっと身を乗り出した。愛子の上半身は、碧がそうなるよりもずっと前から、アリーナへと引き寄せられている。

碧が出たドラマは、高視聴率を叩きだし、確かに社会現象になった。流行語も生まれ、碧の次の出演作のオファーも多く来た。

ただ、肝心の碧の演技は「棒」と呼ばれた。

碧が出演した部分だけを繋いだ動画がつくられ、その動画もドラマと同じように話題を集めてしまった。アイドル以外の仕事に挑戦するという選択は、アイドルとしてのNEXT YOUを応援する人達にも、ドラマを好きな人達にも、歓迎されなかった。

愛子は、ぎゅっと両手を握りしめる。

光が滑るアリーナの上で、竹刀を持った大地が立ち上がる。

「次とられたら負けだけど」

大地は、団体戦において、大将の役割を担っている。

「大地は勝つよ」

蹲踞《そんきょ》の姿勢から立ち上がった大地が、文字では表せない声を上げた。竹刀の先が、雷に打たれたように光る。

大地が動く。相手を躱《か》わす。ぶつかっていく。避けられる。間合いをとる。また、声を上げる。どちらが強いのか、愛子にはわからない。ただ、どちらに対してでも、その勝利を心から祈っている人がいることはよく分かる。

今この試合を観ている人の中で、誰かの敗北を、不幸を第一に願っている人はいない。皆、戦っているどちらかの敗北を願うより先に、どちらかの勝利を祈っている。

つまり、全員が、誰かの勝利を、幸せを見たいと、そう思っている。

この空間だ。愛子はそう思った。この美しさを、今の碧に見せたかった。

愛子はこの空間の中で、自分もあんなふうに人前に立ちたいと思ったのだ。六歳のころ、日本武道館のアリーナの真ん中で、たったひとり剣を手にして戦う大地を見て、そしてそんな大地の姿を必死に見つめる人たちの姿を見て。

人の不幸を見たい人は、不幸を見たいと声を上げる。碧の演技を「棒」と呼び、その証拠を集めてそこら中にばらまこうとする。だけど、人の幸せを見たい人は、この試合を見守る自分たちのように、きっと、ぐっと口をつぐんで、ぎゅっと拳を握りしめて、その姿を見守ってくれている。だから、人の不幸を見たい人のほうが、まるで多くいるように感じてしまう。自分の選択が間違っていたのではないかと、すぐに不安になってしまう。

そうであってほしい。隣で同じ景色を見ている碧の存在を感じながら、愛子は思った。勘違いでもいいから、これで論理が通っているなら、それが真実であってほしいと愛子は思った。

試合が終わった後も、二人はしばらくその席に座っていた。「勝ったんだよね？」「勝ったね」ぽつりぽつりと言葉は交わしたが、なんだか、二人とも体中の中身をごっそりと抜かれてしまったみたいに、疲れていた。

【おめでとう。見てたよ】

愛子は、いつものように、指で大地に話しかける。防具を外し、汗に濡れた手拭いをそのままに仲間たちと抱き合っている大地を見ながら、メールを

さわりたい。

不意に、そう思った。

愛子は、自分の知っているどんなものとも繋がっていない感情に、また触れてしまったと感じた。自分は今、確かに、こうしてメールを打つのではなく、今すぐ大地のそばに駆け寄って、よく知っている形の頭に、顔に、体に、てのひらにさわりたいと思った。

誰にどう思われてもいいからそうしたいと、確かに一瞬、そう思った。

「連れてきてくれてありがとね」

碧がぽつりと漏らした声が、愛子を元いた場所へと連れ戻す。

「ううん、そんなの全然」

太ももとジーパンが汗でぺったりとくっついていることや、変装用の碧のめがねがやっぱりあまり似合っていないこと、そういうことひとつひとつが、愛子を元いた場所へと必死に連れ戻してくれる。

「日高さん」

不意に、碧ではない声が、愛子の名を呼んだ。

「こんなところで何してるんですか」

振り向くと、そこには女子剣道部の部長を務める生徒が立っていた。確か、インターハイに出場できたのは男子だけだったはずだ。制服姿ということは、わざわざ女子部揃って男子の応援に来ていたのかもしれない。

「あ、えっと、おめでとう、男子勝ったね」

そう笑いかけながら、愛子は思った。

私、この人に歓迎されてない。

「試合を見に来たんですか」

それとも、と続ける女子生徒は、変装している碧のことなんて、全く見ていなかった。

「大地を見に来たんですか」

自分以外に、大地のことを呼び捨てにする女子がいることを、このとき愛子は初めて知った。


「アンコールありがとうございました！」

天から星空を見下ろしているような気持ちになる。サイリウムの光は、まるでいきもののように、ひとつひとつが別の動きをする。

「そして、ここで発表があります！」

はいっ、と、波奈が手を挙げると、二千人を超える〝ネクス中毒〟者たちが、期待と不安でパンパンに膨らんだ声を上げた。ここはオールスタンディングのライブハウスの中でも都内最大級のハコなので、ぎゅうぎゅうづめの観客はもう汗だくだ。一方、二階にある関係者席には、媒体関係者たちがゆったりと座っている。

「ＮＥＸＴ　ＹＯＵ初ワンマンツアー『真夏の全国教育実習』最終日ということで……」

波奈が数秒、じらす。「……二期生の最終候補九名をお披露目しようと思います！　それじゃあ二期候補生のみんな、おいで～！」

波奈の声を合図に、舞台袖から、九人の女の子たちが小走りで出てくる。「きゃあ、かわいい～！」愛子たちメンバーは口々にそう叫びながら、舞台の端っこに固まる。横一列に並んだ少女たちは全員、黒い髪の毛を後ろでひとつに結んでおり、膝丈の白いワンピースを着ている。これなら確かに、髪型や服装という小手先のテクニックで印象に差をつけることができない。

「ここにいる候補生九人には、これから一か月ほど、歌やダンスのレッスンをしてもらいます。全てのレッスンが終わったあと、人数はまだ決まっていませんが、新メンバーが決定します！」

オオオオと、盛り上がるファン。

「その様子はＮＥＸＴ ＹＯＵオフィシャルチャンネル『ネクステ』でも配信していく予定ですので、楽しみにしててください～！　ＮＥＸＴ ＹＯＵは二期生を加えることによってますますパワーアップし、念願の武道館公演を達成できるようがんばっていきますので、これからも応援、よろしくお願いします！」

ステージにいる十四人が、一斉に頭を下げる。一番早く頭を上げてしまわないように、たっぷり体を折り曲げる。

「それではひとりずつ、自己紹介をお願いします！」

波奈がそう言うと、すでに一人だけマイクを持っている女の子が、一歩前に出た。袖から出てくるときは列の先頭、今は現メンバーの最も近くに立っている、二期候補生のリーダー的存在だ。大丈夫、きちんとリハーサル通りにできている。

「急ぎめで」

口元からマイクを外すと、波奈がるりかの背を押した。愛子たちメンバーは早足で舞台からはける。この間に、現メンバーは次の衣装に着替えなければならない。

「それでは、候補生九人で、一曲、歌わせてください！」

オオオオと、また声の波が押し寄せる。すぐに、よく聞き慣れたデビュー曲のイントロが流れ始めた。候補生九人はここで初めて、人前でパフォーマンスをする。このステージでの出来ももちろん、審査の対象になっているらしい。

「なんか、変な感じ」

ステージの袖で衣装を脱ぎながら、真由がつぶやく。

「自分たちの曲聴きながら、早着替えすることなんてなかったもんね」

スカートを穿き替え、靴を履き替え、候補生の音程の定まらない歌声を聴きながら鏡で前髪をチェックしたとき、愛子はやっと、実感した。

本当に、新しいメンバーが入ってくるんだ。この五人の中に。

「長い、長い、道のりを、まだ、まだ、駆け出したばかりだから、どんな、ことが、あったって、私が、私を、信じてあげるの」

曲はあっという間に、最後のサビにかかる部分まで進んでしまっている。急がなければ。

「ただ、歌が好き、ただ、踊るのが好き、それだけ、だった、君に、見ていて、ほしかった。何が、あっても、変わらない夢、私、アイドルになりたいの」

候補生たちにとって、こうして人前で踊りながら歌うのはきっと初めてのことだろう。音程も外れているし、声も揺れている。でも、三年前の自分たちだってそうだった。ここから、体幹を鍛え、ブレスの仕方を学び、マイクに音を上手に乗せる方法を覚え、同時に、ここならば力を抜いても大丈夫だというところも知っていくのだ。泣いたって笑ったって何があったって、幕は上がり続けることを、知っていくのだ。

「私、アイドルになりたいの、たったひとつの、夢だったの」

「よし、出るよ！」

最後のフレーズの歌声が消えていくタイミングで、着替え終えた五人が、ステージへ駆け出していく。色とりどりの光のもとへと、駆け出していく。

携帯を開くと、メールが二通届いていた。

【愛子、悪い、システムにトラブルが起きてまだまだ帰れなさそうだ。せっかく席とっ

てくれてたのに、ごめん。本当に悪い】

【おつかれー。見てたよー、すごかったよー。親父さんは間に合わなかったみたい。言われたとおり、イトコの俺は楽屋挨拶せずに帰るわー。けど渡したいもんあるから、帰ったらメールして】

父とイトコの席を、と、お願いしておいた愛子の分の関係者席は、結局、一席しか埋まらなかったらしい。イトコ、と名付けられた大地は、関係者受付で必要以上に「イトコです」と連発していたらしく、なんか面白い子だね、と、あとから受付スタッフに笑われていた。

ライブを終えたメンバーを乗せたバスが、のろのろと道路を走っている。終演からはもうしばらく時間が経っているけれど、一応、ライブ会場の最寄駅は利用しないようにとマネージャーからは言われている。

現メンバーは皆、背もたれにどっしりと体を預け、そのまま眠れるような体勢をとっている。大きく開いている真由の口からは、今にも涎《よだれ》が垂れてしまいそうだ。

二期候補生たちは、バスの前のほうの席に固まって座っている。

候補生が九人だということは、現メンバーには昨日、知らされた。最年長は十七歳、最年少は中学一年生になってまだ数か月の十二歳。約一か月後、ここから四、五名の二期生を決定する。だが、選ばれなかった子はそれでさよならというわけではなく、ＮＥ

XT YOU研修生として三期生、四期生になるべく事務所で預かる形でレッスンを積んでいくらしい。

一か月後には、あの中の何人かが加わって、十人前後のグループになるのだ。同じグループになる子たちが同じバスの中にいるのに、お互いに顔すら見えていないこの状態が、愛子は不思議だった。

「お疲れ様。明日は連絡したとおり、十四時に事務所集合でサイン書きして、それから撮影だから。学校の始業式はちゃんとフルで出るように。候補生はちょっとバスに残ってください」

マネージャーの言葉とともに車を下りると、愛子は真由と同じ電車に乗りこんだ。二つ並んで空いている席がなかったので、どこかが空いたタイミングで、真由、愛子の順でばらばらに座る。

「変わってくね、NEXT YOU」

空いた席に向かう直前、真由はマスクの内側でそうつぶやいた。成長期のピークを終え、体重の変動が落ち着いた真由は、もう、茎わかめばかりを食べたりはしない。

変わっていく。グループも、自分たちも。

遅くなるというメールの通り、父はまだ帰ってきていなかった。余った弁当をひとつもらってきていたので、愛子はそれを夕食にする。付け合せのトマトも一緒に温めてしまったけれど、もうしかたない。

冷えた麦茶に、いつものグラス。チンしてもまだまだ固いごはんを割り箸でほぐして、一口、食べる。じわりと湧き出てくる唾液の温かさに、体から力が抜け、背中が曲がる。このときやっと、今日の仕事が終わり、つまりツアーの最終日が終わったのだと実感できる。

大阪、名古屋、そして今日の東京と、三か所を回った初めてのワンマンツアー。今日の候補生発表はもちろん、リハーサルのスケジュールが合わずほとんど本番頼みの曲がいくつかあったこと、るりかが会場内のあまりの暑さで過呼吸になってしまったこと、大阪で音響トラブルがあり、とある一曲をアカペラでパフォーマンスしたこと。何かが起こるごとにどうにかその瞬間を乗り越えながら、結局、家で一人で食べるこの固いご飯の一口目を目指していたような気がする。

「あ」

一人で家にいるのに、愛子はきちんと声を出した。家に着いたら連絡しろ、渡したいものがあるから。大地からのメールには、そんなようなことが書かれていたはずだ。

時計に目を向ける。二十時を少し過ぎたところだ。夏休みの最終日、今日は日曜だったので、ライブの始まる時刻がいつもよりも早かった。

【たーだーいーまー】

携帯の画面上にある「送信」という文字を、真上に向かってタップする。メールが、すぐ上の階に届く軌跡が見えたような気がした。

「……何これ」

コンビニの白いビニール袋を前に眉をひそめる愛子に、玄関に立ったままの大地が早口で説明をする。

「いや、なんか何買っていいかよくわかんなかったから」玄関で立ちっぱなしのまま、大地はぼりぼりと頭をかく。「だから、一番リアルに使いそうなやつにした」

メールを送って五分で愛子の家のチャイムを鳴らした大地は、首元がだるだるに伸びているTシャツを着ていた。夏は、外出するための服と部屋着がほとんど同じなのが男子という生き物らしい。

「メールで言ってた渡したいものって、これ？」

「おう。とりあえず中身見てみろって」

おっじゃまっしまーす、と歌うように言うと、大地は勝手に家の中を進んでいく。履きつぶしたサンダルからこぼれでた裸足の爪が、子どもみたいに小さい。おそらくもっと鮮やかな色合いだっただろうTシャツは、生地が薄くなってしまっている。

愛子は、大地を追うようにリビングへ向かいながら、ビニール袋をがさごそと漁る。

中には、大量のマスクと、かしゃかしゃと音の鳴る何かが入っている。

「確かにプレゼントぽくはないかもしんないけど、それいっつも使ってねえ？　NEXT YOUの皆様って」

ソファにどっかと座ると、大地は勝手にリモコンを握り、テレビのチャンネルを変えた。このマンションの部屋はどこも同じ間取りなので、自然に、ソファやテレビ等の置く位置も似たようなものになる。だからだろうか、お互いの家に行っても、他人の家だという感じがしない。

テレビ画面の中で、お笑い芸人がフリップを使ってトークをしている。ゲスト席には、手を叩いて笑うアイドルの姿。

愛子は、ソファには座らず、じゅうたんの上に腰を下ろした。短パンの裾からにょきにょきと伸びている大地の脛《すね》が、自分の右側にある。

「プレゼントって？」

聞き返す愛子に構わず、大地は話し続ける。

「動画観てるとお前らいっつもマスク着けてるしいっつも前髪ピンで留めてるし。実用的な誕生日プレゼントをと思いましてね」

「誕生日」

愛子がそう言ったのと、さかさまにしたビニール袋から七枚入りのマスクの袋と髪の毛を止めるピンがどばどばとこぼれ落ちてきたのは、ほぼ同時だった。

「今日、誕生日だろ？　はい、おめでとー」

大地がわざとらしく拍手をする。ぱち、ぱち、と汗ばんだてのひら同士が弾ける音が、たった二人しかいない空間の中で元気にぶつかり合う。

確かに、ブログのコメント欄には、たくさんのおめでとうがあった。今日のライブでも、サムライが【★愛子18歳おめでとう★】という手作りのタオルでアピールしてくれていた。

「観てくれてたんだ、動画とか」

だけど愛子は、やっと今、誕生日を迎えたことを実感できた気がした。

誕生日を迎えてしまったことを。

「更新されるたびあんだけメール来たら観るだろ！　てか、親父さんは？」

ようやく大地も、この家に二人きりだということに気付いたらしい。「お父さんは今日遅くなるって。ライブも来てなかったでしょ」愛子は立ち上がると、台所へと向かう。

冷蔵庫を開け、麦茶を取り出す。プラスチックの容器の冷たさが、愛子の心をあるべき場所へと戻してくれるような気がする。

「ライブ、すごかった」

リビングから、大地の声がする。

「インターハイもすごかったよ」

リビングへと、声を飛ばす。

「決勝トーナメントでソッコー負けたけどな。春の大会とおんなじ展開」

「それでもすごかったよ」

抱えている容器を傾ける。とぽとぽとぽ、と、その水面を十分に波打たせながら、琥珀色の液体が透明なガラスの中でふくらんでいく。

「ねえ大地、十八歳ってすごいよ」

時計を見る。二十時二十九分。

「十八歳は社会人一年目だから、二十二時以降も仕事できるようになるんだって。深夜の生放送とかも出れちゃうよ、私」

麦茶の入った容器を、冷蔵庫に戻す。冷房と冷蔵庫から漏れる冷気を頼りに、自分自身を、自分自身の枠の中に保つ。

「愛子、大学行かねえの？」

大地は、愛子から受け取ったグラスにすぐ口をつけた。

「行かないらしいよ」

愛子はまた、じゅうたんの上に座る。

「らしいってそんな他人事みたいに」

「だって」

テレビの中で、ショートカットのアイドルがまた笑った。

「私は一回も、行かない、なんて言ってないんだよ。なのに、いつのまにか、私が大学に行かないってことは、決まってた」

十二歳から十七歳まで、という条件で応募してきた候補生九人は、当然だが、全員が自分よりも年下だった。黒髪をひとつに結び、白いワンピースを着ただけの姿でずらりと横並びになっていた九人の少女たち。きちんとメイクもされていない十八個の目に「アイドルになりたい」と訴えられたとき、愛子は、万全のヘアメイクと沢山のフリルがついた衣装で自分の身を隠しているような気持ちになった。

セブンティーン。十七歳。これまで触れてきた漫画や、映画や、ドラマや小説や歌詞の中で何度も何度も出てきた、特別な言葉。

「大地、私、十八歳になっちゃったよ」

愛子は、てのひらに残る麦茶の冷たさを感じることで、必死に戸惑いを隠そうとした。ちょっと前から、ほんの少しずつ顔を出し始めていた感情が、めりめりと、その皮を剝ぎ始めているのが分かる。

冷房の風が、ゆっくりと、愛子の頭の上を往復する。体の中にある熱を鎮めてくれるはずの冷たさは、あっという間に消えてしまう。すぐ隣に、人間の体温をたっぷりと宿した、大地の体があるから。

時計を見る。二十時三十二分。お父さんはまだ帰ってこない。

「俺、大学行くけどさ」

受かったらな、と、大地は付け足す。

「それもあんま、自分で選んだって感覚、ないけどな。案外、進路なんてそういうもんなんじゃねえの」

皆、本当は少しずつ、見え始めている。だから波奈は作詞を始めた。だから碧は女優業を本格化させた。いつまでも歌って踊っているだけではいられない。だから皆、選択し始めた。事務所は二期生を追加することを決めた。二期生を、十七歳以下から選ぶことに決めた。このままではいられないから、皆、今すべき正しい選択は何なのか、探しまわっている。

「私、歌って踊ることが好きなんだよね」

「知ってる」大地がごくりと麦茶を飲む。

「女優になりたいわけでも、タレントになりたいわけでもなくて、歌って踊ることが好きで、だからアイドルになりたかったの。有名になりたいとかでもない。武道館に立ちたいってずっと言ってるけど、それは有名になりたいってことじゃなくて、私が歌って踊る姿を見てくれる人が増えることが嬉しいって感覚なの。その先のことなんてなーんにも考えてないまま、今の仕事選んでた」

うん、と頷きながら、大地がじゅうたんの外側にグラスを置く。

そのとき、ことん、と、グラスの底が、フローリングの床を打った。

愛子の耳には、それはまるで、目には見えない秘密の扉を叩いたノック音のように聞こえた。

「でもね、私」

気がついたら、言っていた。

「自分の選択には自信があるんだ」

「選択？」

ずるん、と、大地がソファから滑り落ちてくる。二人の間の空気が揺れて、大地のにおいが運ばれてくる。

大地の横顔が、すぐそばにある。

「お父さんとお母さんが離婚したとき、ここで暮らすこと選んだの、私なんだよ」

「ああ」

Tシャツの袖から、大地の腕が伸びている。二の腕の外側に生えている産毛を、この人は自分で見たことがあるのだろうか。

「母ちゃんについてくかと思ってたからびっくりした。離婚して親父さんと住むって、あんま聞かねえじゃん」

「そうだよね」

愛子は、両手の拳をぎゅっと握りしめる。

全て言ってしまおうか。

すぐ隣に投げ出されている二つの足の甲の血管を、日焼けをした腕に生えている金色にも見える産毛の先を、ぺらぺらのTシャツのすぐ向こうで息をしている薄い胸を見ながら、愛子は思った。だけど、こんなこと、言ってしまうわけにはいかない。許されるわけがない。

テレビから、また、笑い声が聞こえた。笑い過ぎて涙が出てきてしまっているのは、スキャンダルを撮られて一度坊主頭にした、あのアイドルだ。

けれど、もうきっと、さっきのノック音で、どこかの扉が開いてしまった。

——愛子。どっちと、一緒にいたい？

私は、あのとき、お父さんを選んだんじゃない。

——大地といたい。

私は、大地を選んだ。

大地を好きだから。ずっと。

「愛子」

大地の声が、耳のすぐそばで生まれる。

「ずっとさ、メール、送ってくれてたじゃん。これに出ますあれに出ますって。俺と、愛子の母ちゃん宛に」

その奥二重の目が、こちらを見ている。

「俺も、近況っつうの？　をさ、愛子に送るようになったじゃん。去年の冬くらいからかな」

いつのまにか結びついていた視線に、愛子はがんじがらめになる。

「俺、一回、愛子から来たメールにそのまま返信したことがある。つまり、俺も、愛子の母ちゃんに返事しちゃったっつうか」

「え？」

愛子はこのとき、目を逸らしたかった。だけど、大地の両目につかまえられてしまった今、もう、視線を動かすことはできなかった。

「愛子、前、お母さんはメールの返事が早いって言ってたよな」

愛子は思い出す。あのときも私はこうして、大地の両目に捉えられた。大地が、お父さんと二人でこの家から出てきたとき。あのときさっと、大地はお父さんにこのことを話していたんだ。

「確かに、メールはすぐに返ってきたよ」

こんなことがあった、あの雑誌に載る、あのテレビ番組に出る、あそこでライブをする。お父さんには口で伝えていた。大地とお母さんには、メールで伝えていた。返事はいつも、二通届いた。一通は、ひとつ上の階からゆっくりと。もう一通は、投げた途端に返ってくるブーメランのようにすぐに。

「このアドレスには届きませんでした、って」

武道館の真ん中で迷いなく竹刀を振り回していた大地のてのひらが、じゅうたんの上で悩ましげに行ったり来たりを繰り返している。

体を動かすことができない。

お母さんが、完全に自分のことを切り捨てたなんて、絶対に思いたくなかったし、誰にも思われたくなかった。だからメールを送り続けた。アドレスが変わって何も届かなくなっても、自分と大地に見せつけるように送り続けた。

「愛子」

愛子の右手の甲を、大地の左手が覆う。

「大丈夫だよ」

あたたかい。愛子はそう思った。

「これからは、俺一人だけに送ってこいよ」

ぐっ、と、大地の左手に力がこもる。

「俺だけは、絶対、見てるから」

――大地といたい。

声に出ていたかどうかは、わからない。ただ、あのときの愛子も、このリビングで、壁にかけられた時計を見ながら、このセリフをつぶやいていた。

時計を見る。二十時四十三分。

愛子には、大地の背後に、大きなパソコンの画面が広がったのが見えた。その画面には、めいっぱいに、幼い自分とお母さんのツーショットが映っている。

小さなころ、二十時四十三分という一分間だけ、『親子時計』のホームページに掲載されていたあの写真。はじめてカメラというものを向けられて、そのレンズのトンネルを抜けた向こう側に行ってみたいと思ったあの写真。

「うん」

愛子は、大地の左手を、強く強く握り返した。握り返してしまった。

ただのてのひらが、お互いの体をつなぐ、たったひとつの結び目に変わる。

どうしてお母さんは、私とお父さんを選ばなかったのだろう。ずっとそう思っていた。

ずっと理解できなかった。これまで一緒に過ごしてきた家族を捨て、別の男の人を選ぶなんてことが、どうしてできたのだろう。自分の母親がした選択が、愛子はずっとずっと分からなかった。

だけど今なら、ほんの少し、分かってしまうような気がする。愛子は、大地が愛子の左耳へと伸ばしてくる右のてのひらを受け止めながら、ゆっくりと目を閉じながら、今から起きることすべてを受け入れながら、そう思った。

だって、私は今から、大地を選ぶ。

ダメだってことくらい、わかっている。応援してくれるファンがいる、武道館を一緒に目指す仲間がいる、支えてくれている事務所の人たちがいる。アイドルが恋をしてはいけないなんてことは、もう十分知っているし、誰かの手によって、十分すぎるくらいに、分からされてきた。

唇が、唇に触れる。大地とは、十年以上も一緒にいた。保育園からの帰り道に手を繋いだことだってあるし、ケンカをしてその頭を殴ってみたこともある。市民プールに行けば水着越しのおしりをバチバチ叩いたりもした。だけど、唇と唇だけは、これまで絶対に触れ合わなかったんだなと、どこか冷静に愛子は思った。

最前列にいるサムライ。やっと髪が伸び、笑えるようになったテレビの中のあの子。るりかの膨らんできた胸、成長期を終えた真由、波奈がいつも抱えているノート、そして、碧。これまで見てきたこと、もう知っていることが、大地の舌と指の動きによって、ごっそりと削ぎ落とされていく。どの〝席替え〟にも真っ先に来てくれるファン、あいこー、と語尾を上げてコールをしてくれる声の群れ、名古屋にいるときだけ分け目が変わる碧の前髪。自分の体の中に蓄積されてきたもののすべてが、たった今初めて出会ったものに、あっという間に凌駕されていく。

自分の中にある、自分の知っているなにとも繋がらない感情。これまで選択してきたものが何も蓄積されていない真新しい地平に、突然立ち上った感情。きっと、お母さんの中にもあったんだ。愛子は思う。いくら大人になったって、この世界のあらゆることを知っているような大人になったって、きっと、そういうものに出会うときがあるんだ。

時計を見る。二十時四十六分。もう、お母さんの姿は見えない。

愛子は、大地の体を触る。電気を消そうとか、場所を移動しようとか、ましてやシャワーを浴びようとかコンドームがあるかとか、そんなことはどちらも言い出さなかった。二人とも、今、目の前にあるものだけがすべてだった。大地の体を抱きかかえるようにして触ると、目に見える皮膚のその中に、何があるかがわかった。大地の胸をまとう肉、その中にある心臓、その心臓を守っているあばら骨の形、おへその上と下でいくつかに分かれている腹筋の弾力。きちんと触れれば、大地の体の中に何があるか、わかった。これがほんとうのことなんだと、愛子は思った。今まで知らなかったけど、紛れもなく、これがほんとうのことなのだ。大地の体の中にあるものがわかるごとに、愛しさと呼ぶべきようなものが、自分の体の奥の奥をめいっぱい満たしていく。

ほんとうのことを知りたい。

愛子は、強烈にそう思った。

自分自身の手で、体で、ほんとうのことを知りたい。アイドルが恋をしてはいけないということは、私が生まれるずっと前に、知らない誰かが決めたことだ。生涯ひとりの人を愛し続けなければならないということだって、お母さんが生まれるずっと前に、知らない誰かが決めたことだ。自分たちはこれまでずっと、自分ではない誰かが決めたことを、まるで自分たちが決めたことのように、何の抵抗もなくそのまま受け入れてきた。

服を脱いだ素肌が、冷房の風に当たって冷たい。だけど、唾で濡れたり、涙が触れたりして一度あたたかくなった場所のほうが、もっともっと冷たい。

生まれる前から決められていたことが、ほんとうにほんとうなのか知りたい。愛子は、じゅうたんの上に寝転ぶ。恋愛禁止、スルースキル、炎上、特典商法、センター、握手会、音ハメダンス、卒業、アイドルの聖地、武道館。これがほんとうのことだよと教えられるのではなく、自分の手で掻き分けて、その奥にあるほんとうのことにきちんと触りたい。これがほんとうだと教えてくる人たちは、きっと嘘ばかりついているから、端から順番に全員、吹き飛ばしてやりたい。ほんとうのことは、自分にとってほんとうのことは、自分で見つけるから。

大地は愛子のブラジャーをうまく外せなかったし、愛子は大地の背中にぴったりと張りついているTシャツをうまく脱がせられなかった。お互いに、できないことばかりで、どうしようもなくカッコ悪い。触りたい部分と、触ってほしい部分があるけれど、そんな気持ちも、うまく言葉にできない。何もできない二人の姿を、リビングの真白いライトが余すことなく照らしている。

愛子は、自分の両目が、天にあるような気がした。

ものすごく遠いところから、今の自分の姿を見下ろしている気がした。そして、この恥ずかしい姿を、めちゃくちゃカッコ悪い二人の姿を、きちんと見ておこう、覚えておこうと思った。

多分、このときのことを、私はこれから何度も何度も思い出すことになるから。

こんなにもカッコ悪い姿、恥ずかしい欲望を露わにしても、笑わないで受けとめてくれた人がいたという事実そのものに、この先私は、何度も支えられるだろう。愛子は天から、じゅうたんの上の二人を見つめる。この二人はきっと、いつか引き離される。大人たちにどれだけ怒られるかわからない、髪の毛を坊主にするかもしれない、メンバー全員に縁を切られるかもしれない、全国どこにでも来てくれたファンの人たちにどんな顔で向き合えばいいのかわからない。だけど今この瞬間が、これからの自分の人生で、どれだけ支えになるだろうと思うと、ただそれだけで、宇宙ほどある心の中が、あっという間にいっぱいになる。

　じゅうたんの周りを、色とりどりの光が埋め尽くす。サイリウムだ、と、愛子は思った。ぎゅうぎゅうづめのライブハウスの中で、〝ネクス中毒〟たちが汗を流しながら振ってくれたサイリウムの光。隣には、同じ歌を歌い、同じ振付を踊るメンバーたちの横顔。その横顔も、黄色や赤や青や、様々な色の光に照らされている。歌って、踊ることができるステージ。大好きなステージに立つ自分。

　同じなのだ。

　あのステージに駆け出していった自分と、今こうして大好きな人と愛し合っている自分は、紛れもなく、どちらも同じ自分なのだ。アイドルである自分と、大地を好きな自分は、どちらも完全に自分自身なのだ。そんな、かけ離れているべき「自分」がきちんと一致してしまうことに、お母さんは耐えられなかったのかもしれない。だから、連絡先も何もかも変えて、これまでとは違う自分になろうとしたのかもしれない。

　だけど、そんなのは無理なんだ。愛子は、大地の背中を抱きしめる。そこに一本、まっすぐに通る背骨の存在に、愛しさが爆発する。

どちらも、自分なんだ。それが、ほんとうのことなんだ。誰に教えられるでもない、自分で見つけたほんとうのこと。

時計を見る。涙が滲《にじ》んで、何時なのかがわからない。

★

「水はダメ、武道館は水使った演出禁止」

「あ、そうだ」

私は、紙に書きかけた文字をぐしゃぐしゃと黒く塗りつぶす。

「この夏曲は衣装も水着に近いですし、水使った演出が合うと思ったんですけどねえ……」

「気持ちはわかるけど、ダメだな。許可が下りない」

こうして舞台監督と一緒に演出を考えるようになったのはいつからだろうか。もちろん、ずっと振付を担当してきたから、ということもあるが、ここ数年はそれ以上の信頼関係を結ぶことができているような気がする。

「学校、っていうコンセプトはＯＫもらってるんですもんね」

「ああ。ていうか、事務所からの唯一の要望。デビューのときから守ってきたコンセプトだからって」

監督が、腕を組んで難しい顔をする。武道館は、他のアリーナなどに比べると規制が多い。そのため、学校というよくあるコンセプトにどうオリジナリティを付け足せるか、が、今回のブレストのテーマだ。

「高齢のファンもたくさん来るだろうし、個人的には、最先端というよりはどこか懐かしいイメージの空間づくりのほうがいいような気がしてる」

「なるほど」

私が頷くと、舞台監督は持っていたボールペンをテーブルに置いた。長考の合図だ。

ライブの演出を考えるときはまず、事務所と意見を摺り合わせつつ、大きなコンセプトを決める。そこから、曲順、MCの入る場所、入りハケを含めた曲それぞれの演出の詳細を詰めていく。会場の構成によっては、振付の隊形をがらりと変えなければならなかったり、振付そのものを新しくしたりすることもあるため、この段階から会議に参加できるのはコリオグラファーにとってはとてもありがたい。

「こんなに周りが動いてるのに、本人達だけ知らないなんて、変な感じですよね」

「ま、明日知らされるわけだけどな」

監督がニヤリとする。

ここまで隠してきたサプライズも、明日のイベントで発表することになっている。そのときのメンバーのリアクションを想像するだけで、私は口角が上がるのを抑えきれない思いだった。

NEXT YOUはずっと、武道館、という場所にこだわってきた。それがたとえ、今いるメンバーたち発案の目標じゃないにしても、いつしか合言葉のようになっていた。結成当時からグループの振付を担当している身としては、いてもたってもいられないような気持ちになる。

「最高の演出にしたいですよね、ほんと」

私は、いろんな文字が書かれては消されている紙を見ながら、しみじみつぶやいた。もう今はあまり採用されていない方法だからか、バレンタインに発売するCDに封入する先行予約用チラシには何かトラブルがあったらしいが、どうやらギリギリ間に合ったみたいだ。NEXT YOUのマネジメントチームも、いよいよサプライズ発表ということで、雰囲気がぐっとまとまってきている。

「武道館、四月一日確保できてほんっとによかったですね」

「デビュー記念日だからな。そりゃあ、予約開始日に押さえるよ。平日なのにすぐブッキングしたから武道館の人がおかしがってたって、誰かが言ってた」

監督も、どこか嬉しそうに話している。本番のステージで少しでも失敗があるとメンバーが泣くまで怒るくせに、今はアニメに出てくる優しい父親のような顔をしている。監督のこんな表情、早くあの子たちにも見せてあげたい。

よし、と、私はもう一度ペンを握り直す。あの子たちが最も輝くステージを、皆で創り上げるのだ。

「四月一日まで、何も起きないといいですね」

さすがにもうないでしょ、と笑いながら、監督はボールペンを手に取った。

6

　事務所の会議室の椅子に、五人、並んで座っている。

「これ、どういうことだ？」

　テーブルを挟んだ向かいから、開かれたパソコンを差し出される。うまくいかなかったライブのあとの反省会や、スタッフの方々への挨拶が足りなかったとき、事務所の大人たちはこんなふうに低い声を出す。

「これ、碧、だよな」

　パソコンの画面は、五人のうち真ん中に座っている碧を真正面から映す鏡のように、堂々と置かれている。

　久々ゆうこと名古屋ランチして、いろいろ語った！　ゆうことの時間、まじ素やわー（笑）てか、これネクストユーのあおいちゃんじゃない？？？　ドラマ観てたしすぐわかったやばいかわいい話しかければよかった！――そんな無邪気な文章の下には、携帯のカメラで撮ったのだろう、画質の粗い写真が添付されている。

帽子をかぶり、マスクをして、携帯をさわっている碧の姿。顔はほとんど見えないけれど、それでも碧だということはわかる。

「私です」

碧は、画面をまっすぐに見つめたまま言った。言い訳をしようか、という逡巡《しゅんじゅん》すら、なかったように感じられた。

「それはわかってる」

事務所の大人たちは最近、グループ名や個人名でSNSの検索をかけている。グループやメンバーの評判を探れることに加えて、メンバーが不適切な言動をとっていないか監視する意味合いもあるらしい。

「この日、十月二十六日」SNSの投稿には、日付と時間がしっかりと明記されている。

「確か、体調が悪いからって、レッスン休んだよな?」

「はい」

碧が頷くと、マネージャーはわかりやすいくらいに大きく息を吐いた。碧以外のメンバーは、まるで椅子に縛り付けられたみたいに、少しも動かない。表示されている日付は確かに、午後からスタジオでレッスンがあった日だ。全ての持ち曲の振付を、二期生を加えた新しい構成で覚え直さなければならない。

「レッスンだったからまだよかったけど……まあよかったたってことはもちろんないんだ

けど」マネージャーがまたため息をつく。「これがイベントや収録だったら、今後、お前には、ていうかNEXT YOUには、誰も仕事を頼んでくれなくなるかもしれない。碧、今俺が言っていることの重大さ、わかってるか？」

「本当に申し訳ございません」

突然その場に立ち上がったかと思うと、碧は深々と頭を下げた。額から離れた前髪が、力なく揺れている。

「わざわざ名古屋まで行って何してた？」

「ひとりでぶらぶらしてました」碧が答える。

「名古屋で？　ひとりで？」

「はい。初めてライブで行ったとき、いいところだなと思って。あの日はちょっと精神的に疲れてしまっていて、東京から離れた場所でゆっくり心を休ませたくて」

顔を上げたあとも、碧は、床に深々と突き刺さった釘のように動かなかった。ただ、きれいな形の口だけがぱくぱくと言葉を押し出している。

「心を休ませたかったって……」マネージャーが呆れたような声を漏らす。「そんな言い訳が通用すると本気で思ってるのか？　そういうときは勝手に行動するんじゃなくてまず俺たち事務所の人間に相談しろっていつも言ってるだろう」

「あの」

愛子は、曲がっていた背中をぴしっと伸ばす。おおげさな動きでもしないと、この空気の中、話し出すことができない気がした。

「碧は確かにレッスン休みましたけど、ちゃんとDVDで振りを覚えてきたので、私たちは特別何かに困ったっていうことはありませんでした」ここでもう一度、背中を伸ばす。怖いけれど、きちんとマネージャーと目を合わせる。「それに、碧、ほんとに最近すごく疲れてるように見えたので、それでリフレッシュできたんだったら、結果的によかったのかなって」

「そういう問題じゃない」

愛子の言葉を遮ったのは、マネージャーの声ではなかった。

「結果、大丈夫だったね良かったねなんて話、今は誰もしてないじゃん」

「るりか、ちょっと」

波奈がるりかを止めようとするが、それでもるりかは話し続ける。

「結果よかったみたいな話じゃダメなんだって。私、この部屋呼ばれて、パソコン開かれたとき、終わった、って思った。誰かのスキャンダルだって。男の人との写真とかが流出したんだって。ぎりぎりそうじゃなかったけど、私、今も怖くて写真あんまりちゃんと見れてない」

るりかの声が、立ち上がったままの碧に巻きついていく。

「怖いからほんとは何しに行ってたかとか聞かないけど、ていうか聞きたくないけど、とにかく何もなかったからよかったねじゃないよ」

「本当に何もないの」

碧が、全身の中で、口だけを動かす。るりかが一瞬、睨むようにして碧を見上げた。

「だったら、誤解されるようなこともしないでほしい。こんなの、プロ意識に欠けてるよ。ありえない。碧はドラマとかで忙しいかもしれないけど、だからこそ、NEXT YOUの仕事を疎かにしないでほしい。握手レポとか見ても、碧サマは少しお疲れのようでした、なんて揶揄されてるよ。碧はNEXT YOUの看板なんだからもっと自覚持ってよ」

ごめん、と、碧が小さくつぶやく。数秒の沈黙のあと、るりかが、いつもの幼い声で言った。

「るり、ほんとに皆で武道館に立ちたいの。アリーナとかドームとか、もっと大きなところにももちろん立ちたい。もっともっと大きくなっていきたいから、ほんとに、変なことで立ち止まりたくない。るりは、歌とダンスを観に来てくれる人たちの前で、歌ったり踊ったりしたいの」

波奈がやさしく、るりかの肩に触れる。もうわかったから、という、声にならない声が聞こえる。

「るりがセンターなら絶対こんなことしない。るりたちのこと応援してくれるファンの人たちに恩返しすることしか考えない。碧はセンターなんだよ。るりがなりたくてもなれないセンター。ならもっとそれらしくいてよ。るりたちに、この人がセンターならしようがないって思わせて」

うん、と、碧が頷いたように見えたけれど、やっぱり、その力んだ体は動いていなかった。

「座って」

マネージャーのその言葉でやっと、碧は椅子に腰を下ろした。

「とにかく、特にここにいる一期生には、きちんと自覚してもらいたい」

横に並んでいる五人を、マネージャーが見つめる。

「二期生も入って、年末、ホールでの単独ライブも決まった。もちろんいつだって気を抜いちゃいけないけど、今こそ特に気を抜いちゃいけない。本当に今が勝負だと思って、行動のひとつひとつに気をつかってほしい。これは怒ってるわけじゃない。本当に、君たちのためを思って言ってる」

NEXT YOUが写真一枚にここまで神経質になっていることには、理由があった。

二期候補生の九人のうちのひとり上田《うえだ》梨夏子《りかこ》のInstagramアカウントが、〝ネクス中毒〟たちによって特定された。様々な写真が解析された結果、学校名が特定され、つい最近まで付き合っていたらしい彼氏が特定され、その彼氏のSNSのアカウントまで特定された。彼氏のSNSには梨夏子のそれよりもっと親密な写真が多くアップされており、中にはスウェット姿でお泊りをしているものもあったため、梨夏子はネット上で早速「お泊まりかこ」と呼ばれるようになった。

　上田梨夏子は結局、二期生になることも、候補生として事務所に所属することもなかった。十七歳ということで候補生の中では最年長だったが、お披露目のときには代表の挨拶を任されていたし、ルックスは碧と張るほどのトップクラスと言われていただけあって、ネット上はしばらくその話題で盛り上がっていた。

　正式なメンバーではないため、ネットニュースや週刊誌の記事にはならなかった。だけど、この騒動で初めてNEXT YOUを知ったという人もそれなりにいるらしく、「名前検索すらしないなんて杜撰《ずさん》な運営」「候補生でこれだからメンバーもやばそうだな」という声は、愛子たちの目にも触れるほどの数、湧いた。

「二期生は、君たちが思ってるよりずっと、一期生のことを見て育つ。あの人がこうしてたからこれはOK、あの人がダメだったから自分もダメ……だから、一期生の行動は、そのままNEXT YOUの未来につながると思ってほしい。君たちがファンに尽くせば二期生以降もそうするし、仕事に真剣に臨めばその姿勢も受け継がれる」

　二期生として、四人が加入した。そして、審査から漏れた五人のうち上田梨夏子を除いた残り四人が、候補生という形で事務所に所属することになった。

五人グループから九人グループへ。見た目の印象はまるで違う。平均年齢もぐっと下がった。

「もう何度も話したけど、このタイミングで二期生を入れようと判断したのは、大丈夫だと思ったからだ。個別に仕事も決まってくるようになって、人数を増やしてもこの五人はもう埋もれない、ブレることもない、そう思ったから、グループ自体が長く続くように二期生を入れた」

碧は今、秋クールの二十三時台のドラマに出演している。前に社会現象にもなった学園ドラマほど話題にはなっていないが、今回はメインキャストのうちのひとりだ。愛子、るりか、真由は、十月からNHKで放送が始まった子ども向け番組にレギュラー出演している。エナメルでできた色とりどりの衣装を着て、世の中の『なんだこれ？』を調査するという番組だ。スタジオ収録よりもロケが多いので、どうすればより面白くすることができるかいつも三人で話し合っている。

波奈は、自作の歌詞がついに表題作に採用されたり、ライブのセットリストや演出を大人たちと話し合ったりと、これまで以上に他のメンバーのお姉さん的存在になっている。メンバーと無邪気にじゃれあっている時間よりも、大人たちと何かを打ち合わせている時間のほうが、もしかしたら長いかもしれない。

マネージャーが、真剣な顔で言う。

「俺たちは、君たちを信じている。だから、今回みたいなことが起きると、本当に裏切られた気持ちになる」

ここで少し、言葉を切る。

「じゃあ、碧だけ残って、あとは皆ちょっと出てくれ。今日はもう帰っていいから」

愛子が椅子から腰を上げたのは、残り四人の中で最後だった。

君たちを信じている。

私たちの、何をだろう。

会議室を出ると、「はあーっ」真由が大きく口を開いた。「なんかもう死にそうだったんだけどっ。あの部屋酸素薄くない？」からっとした明るい声に、「息詰まったね、確かに」かろうじて、波奈だけが空気を合わせてあげている。

事務所の壁には、二期生を中心にして撮影した新しいアーティスト写真が貼られている。白いワンピースを着た二期生が四人、その四人を囲むように一期生が五人。

二期生候補生が並ぶときは、いつも、上田梨夏子がセンターにいた。今は、どこにもいない。

「るりか？」

いつまで経っても壁の前から動き出さないるりかに、愛子は声をかける。今日はもう帰っていいと言われたはずだ。愛子は、この場から少しでも早く離れたかった。扉の向こうで碧がどんな話をしているか、考えたくなかった。

「不思議だよね」

新しいアー写を見つめながら、るりかがぽつりとつぶやいた。

「しちゃいけないことなんて、言われなくてもわかるじゃん。それやっちゃダメだよって、絶対わかるじゃん」

るりかは、自分の声がアー写に当たって砕けるようすを確かめるように、言った。

「碧ちゃんも、上田梨夏子も、そっち選んだらダメだってこと、何でわかんなかったのかな」

上田梨夏子。呼び捨てにされたフルネームは、今も生きている人間の名前とは思えない響きをしていた。

「帰ろ」

愛子は、るりかの中指を掬《すく》い取るように握った。そんなわけはないのに、大きめのカーディガンの袖口からかろうじて出ている中指の先が、ぽとんと床に落ちてしまいそうな気がしたのだ。

るりかは、学校に友達がいない。そう言っていたのは誰だっただろうか。

アイドルであるからには、皆から遠い存在でなければならない。まるでお人形みたいな、人間らしさなんて微塵も感じさせないような。もちろん、ただのクラスメイトだからといって、男子と話したり仲良くするなんてことはあってはならない――るりかは最近、学校生活の中でも、頑なに世間のアイドル像を守り抜いているらしい。その結果、芸能コースのクラスにいるとはいえ、女子からは自意識過剰だと疎まれ、男子からは気味悪がられてしまっているという。どこから漏れたのか、ファンの中でもるりかの孤独な学校生活は有名な話になりつつあり、教室の中でひとりぼっちのアイドル、「ぼちドル様」として味方を増やし、ファンのために全てを捧ぐストイックな姿勢が「俺たちの仲間」「最後の希望」と崇められさえしている。

「なんか、初めてだね」

エレベーターを待ちながら、波奈が言った。

「碧って、絶対音程外さないし、歌詞とんじゃったりもしないし、振付もいつも完璧だしどんなバッシングがあってもメンバーに弱音吐いたりしないし」

目の前の扉の向こう側から聞こえてくる機械の唸りが、波奈の声に重なる。

「碧のあんな……人間っぽいっていうか、そういう姿初めて見たかも」

扉の上部についているランプが、ぽんと光った。

「ちょっと、安心した」

安心。

そんな言葉を受け入れることになるなんて思っていなかった耳が、なかなかその四つの音を飲み下さない。愛子は思わず波奈の顔をまじまじと見つめた。

乗り込んだエレベーターの「閉」ボタンを押す。波奈の表情だけが、暗くない。

「安心なわけないよ」

緞帳《どんちょう》のように音もなく閉まっていくドアに、るりかの小さな声が吸い込まれる。

「るりたちアイドルなんだから、人間らしいところなんて見せちゃダメなんだよ。アイドルの仕事って、夢を見せることでしょ。最近、アイドルの前に人間なんだから、みたいなのよく聞くけど、そんなの当たり前だし、ただの甘えだと思う。素人じゃないんだから」

くだっていくエレベーターの中で、るりかが下を向いたまま呟く。

「皆はないよね？　写真撮られちゃうようなこと」

愛子の胸ポケットの中で、携帯が震えている。

「ないよ。そんなの」

そう言おうと思ったのに、それより先にエレベーターのドアが開いてしまった。知らない人たちが乗り込んできた空間の中、愛子が言おうとした言葉は誰の耳にも届かない。

「あいこおー！」

降ってきた声のほうへ顔を上げると、三階の教室のベランダにいるクラスメイトがぶんぶんと手を振り回している姿が見えた。

「ごめんこれも！　これも捨ててきてほしいー！」

「えー⁉」

すでに一階のピロティまで降りてきている愛子は、両手に抱えているダンボールの山を思わず落としそうになる。今から三階に戻り、また焼却炉へ向かうなんて面倒くさい。

「今先生いないし、こっから落とすからー！」

「はー⁉」

愛子の抵抗もむなしく、ひもで縛られた数枚のダンボールがベランダからばさばさと落とされる。「もー危ないじゃんかー！」抗議の声をあげつつも、バカバカしさが勝って笑ってしまう。

高校最後の文化祭、クラスの出し物はお化け屋敷に決まった。なかなか決まらない話し合いの中、ホームルームの最後のほうに誰かが言った「もうお化け屋敷でよくね？」が決定打となった。本当は皆やってみたかったものの、あまりにありがちすぎて提案しにくかったらしい。

空き教室を丸ごとひとつお化け屋敷にする作業は、ドラマや漫画で見るイメージの何倍も大変な作業だった。主に大学受験をしないと生徒たちで準備を進めているけれど、とにかく人手も素材もアイディアも足りない。

落ちてきたダンボールを何とか抱え込むと、愛子は焼却炉の方向へと歩き出す。校舎が閉まる時間まで学校にいられる日は限られているので、作業を手伝えるときはこうして張り切ってゴミ捨て係まで請け負ってしまうのだ。ダンボール等、燃えるゴミが大量に出たときは、午後四時までに焼却炉に持って行くようにと先生たちから言われている。

「………」

「………」

「少し持とうか、とかないわけ？」

「え？」

いつのまにか隣を歩いていた大地が、不格好な愛子の姿を横目で眺めつつ、ニヤニヤと笑っている。「ほら、女子がこんな大荷物運んでたら、ふつう、持とうか？　みたいになるじゃん」愛子が睨みつけても、大地は全く手伝ってはくれない。

「勉強？」

あきらめてそう訊いたときやっと、ダンボール半分ぶん、腕が楽になった。

「わかんないとこあったから質問いこーと思ったら、なんかバカみたいにダンボール抱えた人がいたから」

なんだかんだ言っているうちに、焼却炉がある一画に辿り着く。文化祭とはそのほとんどがダンボールでできているのかと思うほど、大量のダンボールが廃棄されている。

「うっさい」

「はかどってんの？」

「ぼちぼち」

「ふうん」

バランスを崩さないように積み重ねたつもりだったのに、手を離した途端、ざらざらとダンボールが雪崩《なだれ》を起こす。あああ、と、二人で元に戻す。

大地と初めてした次の朝、二人は偶然、同じタイミングでマンションを出た。あんなことをしたあとにどんな顔で会えばいいんだろう、と愛子は勝手に悩んでいたけれど、後ろ髪が思いっきりハネている大地を見たときに、そのもやもやした気持ちはどこかへ消えていった。むしろ、こっちはあんまり眠れなかったのにお前はぐっすり寝やがって、と、苛立ちすら覚えた。

だから、とても自然に、あの夜の自分はやっぱり自分だったのだと再確認することができた。一夜の間違いとか勢いとかそういうことではなく、本当に、本当の自分だったのだ。

「今日仕事ねえの？」

「うん。だから今のうち思いっきり手伝っとこと思って」

愛子は、立て直したダンボールからそっと手を離す。

「別に愛子が手伝わなかったからって誰も文句言わないっしょ」

「そうかもしれないけど、気持ちの問題？」

私いい人だからさ～、という軽口を、大地はあっさりと無視する。大地は塾に行っていない。学校は夜七時まで開いているため、それまで教室で勉強をし、夕食は家で食べるらしい。親孝行だろお、と胸を張っていたが、今のところ志望大学はD判定みたいだ。

「文化祭、本番来れるんだっけ？」

愛子は小さく首を横に振りながら、大地の隣に並んだ。

だが、すぐに、斜め後ろへと離れた。

「ん？」大地がこちらを振り返る。

「大地は歩いて、そのまま」

愛子は、中央昇降口のあるピロティへと戻ろうとする大地の後ろを歩く。隣に並んだ瞬間、直感的に、ダメだ、と思った。

――皆はないよね？　写真撮られちゃうようなこと。

「文化祭当日はね、仕事なの。だから行けない」

中央昇降口には、ガラス窓にさまざまなものを貼りつける形で、大きな門が作られている。毎年、一年生のうちの一クラスは出し物としてこの門を担当する。

「忙しくなったのがここ一年くらいでよかったかも。ずっとだったら、出席日数危なかったっぽい」

前を歩いている大地の顔が見えないので、なんとなく、愛子のほうがたくさん話してしまう。大地は一度、部活を引退したあと少しだけ髪を伸ばした。愛子が、顔を合わせるたびに似合わない似合わないと連発したら、すぐにまた短く切った。

やっぱり、大地は髪の毛が短いほうが似合う。飛び出た耳と、首の裏側の肌は、色が少し違う。

「撮っとく？」

突然振り返ったと思うと、門を指しながら大地が言った。

「門の前で記念撮影。なんだかんだ、愛子、一回も文化祭出てなくね？」

中央玄関の門はまだ完成形とはいえなくとも、文化祭の入り口としては立派なものだった。これを背景にピースサインでもすれば、まるで文化祭に毎年参加している普通の高校生のような写真が、確かに撮れるかもしれない。

グラウンドから、ホイッスルの音が聞こえてくる。誰もいないピロティは、いろんな部活から飛んでくる音たちの交差点だ。

「よく覚えてたね。私が三年間文化祭出れてないこと」

大地が、こちらに向かって歩いてくる。愛子は、門の下へと歩き出す。

「ま、そりゃな」

「あ、私の携帯で撮って」

街で声をかけられても写真はNG——マネージャーから何度も言われていることだ。基本的に、自分や事務所の人間の持ち物ではないものに画像を残さないこと。勝手に撮られることまでは防げないにしても、家族以外の人に自分の画像を預けないこと。写真は、その下に加えられる説明文ひとつによって、どんな場面にも生まれ変わってしまう。だから、友達とのプリクラや記念撮影も含め、写真という写真にはできるだけ気を配らなければならない。

「カメラここだから。あともう押すだけね」

慌ただしく説明すると、愛子は大地に携帯を預ける。撮るならば、人のいないこのタイミングだ。

「文化祭当日でーす」

「うそつけ」

カシャア、という乾いたシャッターの響きが音の交差点を駆け抜ける。「やべえ半目、あっ変なとこ触っちゃった」携帯の向こう側には、相変わらずニヤニヤしている大地がいる。

写真。

「いいよもう、質問行くんでしょ先生に」

愛子は携帯を取り戻そうとする。大地はそんな愛子の手を器用に避けると、こちらにずいと画面を差し出しながら、「これ友達？」と言った。

携帯のカメラで撮った写真を確かめようとすると、過去に撮った写真も一緒に収められているアルバムが表示される。そこでいたずらに画面を触ってしまうと、アルバムに保存されている過去の写真が表示されてしまう。

「友達、ではない」

愛子は携帯を受け取ると、改めてその画面をじっと見つめた。

頬がつぶれるほどに顔を寄せ合い、唇を前に突き出している若い男女。どちらかの部屋で自分撮りをしたのだろう、顔に当たっている光のムラもすごいし、服装も髪型も適当だ。

「二期候補生の中で、一番人気だった子」

上田梨夏子のInstagramのアカウントはすぐに削除されたが、アップされていた写真のほとんどがファンの手によって保存され、ネット上に解き放たれた。

愛子は、そのうちの何枚かを、自分の携帯に保存した。どうしてかはわからないけれど、脳が都合のいい理由を見つける前に指が勝手に動いていた。

「候補生？」大地が、ぐっと、画面に顔を近づける。「NEXT YOUになるかもしれなかった子ってこと？」

「もういないんだけどね」

むきだしのふくらはぎを洗うように、足元で風が渦巻いた。ぱたぱたと、昇降口に貼り付けられた門の一部が音を立てる。

「候補生が九人いてね、その中から二期生にしたいメンバーを選べって言われたの、私たち」

候補生としてのすべての審査、レッスンが終わった後だった。一期生が呼ばれて、これまでの経緯を踏まえて選ぶとしたら誰がいいか、大人たちに聞かれた。

「この子、一番かわいかったし、歌もうまかったし、ダンスも上手で……きちんとしゃべれるし、礼儀も挨拶もしっかりしてて、むしろ一期生含めて考えてもセンター取られるんじゃないかって感じで。満場一致でまず、選ばれたんだよね」

選ばれたっていうよりも、と、愛子は言い直す。

「私たちで、選んだ」

選んだ。この選択は正しいと、あのとき、誰もがそう思っていた。

「だけどその直後に、この写真が流出して……少なくとも私はね、写真一枚でこれまでの評価が全部ゼロになるなんて全然思ってなかったんだよ。写真が流出しても、それでもこの子が欲しいって思ったの。でも、この子、辞めますって」

愛子はごくりと、唾を飲み込む。

「自分で選んだの、辞めること」

私たちが正しいと思った選択を、状況が変わったとはいえ、この子は正しいと思わなかった。

愛子は、目の前にいる大地の薄い睫《まつげ》のその先端、鼻のすぐ右にある小さなほくろ、太い首の真ん中にある山脈のような喉ぼとけを見つめた。

選ぶこと。正しい選択を重ねること。上田梨夏子があっさりと活動を辞退したこと。碧が仕事を休んで名古屋に行ったこと。あのとき自分が、大地に触れることを選んだこと。

「私たちも、この子も、自分で選んだんだよね、いろんなこと」

愛子は、何が言いたいのか自分でもよく分からなくなっていた。だけど、そんなの今に始まったことじゃないだろうと言うように、急かすことも笑うこともせず、大地はそこにいてくれる。

言いたいことは、いつだって、言葉にならない。伝えたいことは、言葉にできないことばかりだからこそ、誰かに分かってもらいたくてしかたがなくなる。

「幸せそうだな」

大地の声が、上田梨夏子の笑顔に降りかかる。

「そうなの」

愛子は、大地を見る。

「私もこの写真見たときまず、そう思った」

だけど、世界は違った。

最悪。ビッチ。ヤリマン確定。そんな言葉に埋もれる前に、愛子はこの画像を保存した。二人の触れ合う頬を見て、幸せそうだ、と直感的に思うことができた自分をいつまでも覚えておけるように、熱を持った指先で、この画像を保存したのだ。

ネット上で誰ア一写からきれいにいなくなったって、全員の前から姿を消したって、もちろんこれも騒がなくなったって、上田梨夏子は今もどこかで生きている。そして、これからも生きていく彼女のことを、誰も邪魔する権利なんてない。そんな当たり前のことを、愛子はきちんと覚えていたかった。そして、そう思う自分を許したかった。

「俺、行くわ」大地がちらりと時計を見る。「おしっこ漏れそうなんだった」

ばか、と笑う愛子を置いて、大地は職員室がある棟へと歩いていく。愛子はひとり、さっき大地が撮ってくれた自分の写真を見直す。

写真。

事務所の会議室、テーブルの上で開かれたパソコン。仕事をサボって名古屋にいた碧を写した、写真。

「あいこー、なにしてんのおっそーいー！」

教室のベランダから、誰かが身を乗り出している。「時間ないんだから早くうー！」

時間がないことさえ楽しいのか、セリフと声色が合っていない。

「今行くー！」

愛子が歩き出すと、風に前髪が揺れた。前髪が、自由に揺れた。


十二月三十日、年内最後のライブ『としおさめ終業式　～三学期にまた会いましょう～』で、波奈が卒業を発表した。

このことは、愛子たちメンバーには事前に知らされていた。だけど、いざこうしてマイクを通した声で聴くと、心を誰かに掴まれて、ぶんぶんと振り回されているような気持ちになる。

「四月一日のデビュー三周年ライブが、私、坂本波奈にとっては最後のステージになります。だから、あと、三か月くらいかな？　は、まだまだＮＥＸＴ ＹＯＵの一員です。今すぐ卒業というわけではありません」

一通り驚き終えたファンたちは、もうすっかり大人しくなり、初代リーダーの挨拶を一語も聞き逃すまいとじっと耳を澄ましている。ショックを受けているようにも見えるし、この瞬間に立ち会っている自分をアイドルファンとしてどこか誇っているようにも見える。

もしかしたら、メンバーよりもファンのほうが大人しい反応かもしれない。愛子は、右耳から流れ込んでくる、るりかのしゃくりあげるような泣き声を聞きながらそう思った。波奈から卒業のことを打ち明けられたとき、いくら絞ってももう一滴も出てこない添えもののレモンのようになるほど泣いていたのに、るりかにはまだ涙が残されていたらしい。

一年前くらいから、もやもやしたものはあったの。それは、年齢のことだけじゃなくって——波奈は、事務所の会議室で、最後まで涙を流すこともなく、落ち着いたようすで卒業の理由を話してくれた。初めて作詞をさせてもらったとき、マネージャーからの提案だって話してたと思うんだけど、あれほんとは、もっと前から、やってみたいですって自分からお願いしてたの。あの曲でやっと、採用してもらえたんだよね。私、あのときの喜びがどうしても忘れられなくて。歌ったり踊ったりすることより、もしかしたら、楽しかったかもしれなくて。

世間の卒業式シーズンに合わせて二月の半ばにリリースされる予定の最新シングル、その一曲目を波奈が作詞した。はじめて表題曲に採用してもらえるの、カップリングじゃないんだよ、と、無邪気に喜ぶ波奈を見ながら、愛子は、ずいぶん前に波奈の家で食べたたこ焼きの味を思い出していた。

初めて五人集まって波奈の家に行ったあの日。チョコレートとチーズのどちらを買うかで、るりかと真由がけんかをした日。たこ焼き作りがやたらうまいという碧の意外な特技が判明した日。

卒業についての説明を、波奈はこう締めくくった。

私、子役もやってたし、正直、アンチとか炎上とかもう麻痺しかけてたんだ。でもね、歌詞を書いてね、それがつまんないとか、才能ないとか言われたときは、ひっさしぶりに、すごくムカついたっていうか、ちゃんと怒れたんだよね。そういうの久しぶりで……まだこういうふうに思えることが自分にもあるんだなあって。卒業するときにね、フォトブックを出させてもらえることになったんだけど、その文章もほとんど、自分で書いたの。これからはね、どっちかっていうと、裏方っていうか、ものを創る側をやってみたいって思ってる——

「デビューしたとき、NEXT YOUは六人でした」

波奈の声は、マイクへの乗りがいい。ヴォイトレの先生はいつもそう言っていた。

「知らない方もいると思いますが、一期生にはもともと、尾見谷杏佳というもうひとりのメンバーがいたんです」

マイクに乗った波奈の声は、ライブ会場の底をすとんと落とす。お客さんが全員ごっそりといなくなったかのように、会場から物音が消える。

「杏佳が卒業して、NEXT YOUは五人になりました。そして二期生が四人入ってきて、いつのまにかもう、九人です。候補生も含めると、NEXT YOUは十三人グループになりました」

ちら、と視線を泳がせると、真由と目が合った。これ大丈夫かな？ 真由の表情から、そんな声が聞こえてくる。確かに、リハーサルの段階では、ここでこんなにも波奈が話す段取りではなかった。

だけど、と、愛子は思う。波奈は、言葉にすることを選んだのだ。NEXT YOUを卒業して、胸の中にあるいろんな思いをきちんと言葉にすることを選んだ。

「私が卒業したら、一人減って、十二人になります。そのあとまたメンバーが増えることもあれば、誰かがこうして卒業を発表することもあると思います」

歌詞やフォトブックだけじゃない。いろんなことを言われてしまっても、こういう公の場所でも、きちんと、思いを言葉にすることを波奈は選んだ。ならば、最後まで聞いてみたい。愛子はそう思った。

「だから、NEXT YOUが五人だった時代に私がいた、六人、五人だった時代がNEXT YOUにはあった……私が卒業するということも、ただそれだけのことにしないといけないんだと思います。だってこれから、もっともっと、変わっていくんだから」

ここで、波奈は、くるりと客席に背を向けた。マイクを、口から離す。

「聞いて」

微笑む波奈の背後で、ざわめきが広がる。

「人数だけじゃない。いろんなことが変わっていくよ」

愛子は、ぐっと喉を締めた。マイクを通していないいつもの波奈の声を聞いた途端、泣いてしまいそうになる。

「ライブを〝授業参観〟って呼んだり、スキャンダルを撮られた女の子が頭を丸めたり、握手券を付ければＣＤが売れたり……そんなの、すっごく最近のことでしょ？　ここ数年でそうなったことでしょ？　だから、これまでみたいに、これからも、いっぱいいっぱい変わっていくの、多分」

波奈の声は、とても小さい。ステージにいるメンバーにだけしか、聴こえない。

「今目の前にあるほとんどは、最近生まれたものばっかり。ずっとずっと昔から当然だと思われてきたことなんて、実はほんのちょっとだけ。だから、目の前にあるほとんどは、これから新しく生まれ変わる。たとえば、握手よりも歌って踊る姿をもっと見たいっていう人が増えるとか、そういうふうにまた変わるかもしれない」

はなさまー！　はなさまー！

「だからね」

ファンの声が、波奈の背中で遮断される。

「何か変だな、この仕事向いてないのかなって思ったときは、変わっていくってことを思い出して。みんなが直面して、悩まされているもののほうが実は、これから変わっていくものなのかもしれないの。何でも、自分がおかしいんだっていうふうに思って、そこを直して、ここも直して、って繰り返していくと、皆、おんなじ人間になっちゃうから。私、それは寂しいんだ。って辞める人間が言えることじゃないんだけど」

ふふ、と笑う波奈。愛子はその決して暗くはない表情に、見覚えがある気がした。

「でも、皆なら大丈夫だって、私、安心してるよ。こんなことこうやって言わなくったって、きっと、わかってるもんね」

安心。波奈からこぼれるその音に、愛子は、聞き覚えがあるような気がした。

波奈がマイクを口元に戻す。

「……っていうことです。今の話は、〝ネクス中毒〟の皆さんには内緒だよ」

わあああ、と、口をほどかれた風船のように、ファンの喚声がびゅんびゅんと飛び交う。卒業を発表したリーダーが、マイクを通さず、残されたメンバーにだけ何かを語りかけるという姿は、どうやらとても感動的なシーンに見えていたらしい。

「えーっと……もう、なんか」真由が大袈裟なくらいにとぼけた声を出す。「挨拶的なもの、ほとんど終わっちゃった感じだよね？　卒業セレモニーとかいらなくない？」

「何でよ！　ちゃんとやってよ！」

どっと、会場に笑い声が沸く。真由は子ども向けの番組のレギュラー出演を経て、場の空気を調整するような発言ができるようになった。その番組のMCをしていたお笑い芸人が真由のバラエティの勘の良さを買い、今では別の局の番組にも呼ばれるようになっている。

真由は、熱湯にも飛び込むし、粉も浴びる。クリームでぐしゃぐしゃになった顔で「もうやめてくださいよー、アイドルアイドル！」と自分を指さしながら喚く。そんな真由の姿をテレビで見たとき、愛子は、真由が人知れず選択したものを見た気がした。

「デビュー三周年ライブについての詳細は、また、改めて発表させてください。ただ、四月一日ということだけは決まっているので、平日になっちゃうんですけど、絶対に絶対に空けておいてください！」

四月一日。三年前、NEXT YOUが武道館のすぐそばでデビューイベントをした日。

愛子は背筋を伸ばす。目の前にいる大勢の知らない人たちが必死に揺らしている細長い光を見る。

赤、青、オレンジ、ピンク、白、魔法みたいに色を変える光に、メンバーそれぞれが選び取ったものが照らし出されている。

年始の明治神宮の参道には、その両側に、氷の彫刻がずらりと並べられている。

「いつも思うんだけど、これって完全に溶けるまで置いてあるのかな」

汗を垂らすように溶け続けている数々の彫刻に、碧が視線を飛ばす。「冬って日差し自体はけっこう強烈じゃん。わりとダラダラいっちゃってるけど大丈夫なのこれ」作品名や作者の名前の書かれたプレートが付けられているところを見ると、何かのコンクールなどに出品されたものなのかもしれない。

元日から一週間以上過ぎても、明治神宮にはまだまだ多くの参拝客がいる。このタイミングで初詣に来る人たちはなんだかどこか気が抜けていて、今更おみくじで何が出たって気にしないというような気負いのなさが心地いい。

【初詣行きたくない？】

碧からそんなラインがきたとき、愛子はすでに二度、初詣を済ませていた。一度は父親、一度はクラスの友人たちと。大地とは、行きたいねえ行きたいなあと言い合っただけで、二人で出かけることはしなかった。

「あれだね、確かにその髪型だと印象変わるね」

「でしょ。ポンパドールっていうんだってこれ」

今日の碧は、くるんとカールさせた前髪をアップにしている。ステージ上ではいつも、絶対に崩れまいとする前髪の下で息をひそめている額が、すうはあと思いきり呼吸をしているように見える。さらにめがねとマスクを装備しているので、確かにこれが堂垣内碧とはなかなか気づかれないかもしれない。

初詣に行きたいという連絡に、どこ行くいつ行く、と返すと、碧からはすぐに【あした明治神宮】と返事がきた。そんな人の多いところに、と愛子が案ずるのを先回りするように、【人多いとこは皆自分の足元しか見てないから逆に大丈夫】と二通目が届いた。

秋クールに碧が出ていたドラマは、低予算で仕上げた質素な画面づくりが「テレビっぽくなくて好感持てる」「シュールで逆にウケる」と話題になり、いわゆるサブカル層を中心にブームとなった。その結果、碧はアイドルファン、大衆的なドラマファン、サブカルファンそれぞれに顔を知られることになった。

「あれ以来だよ会うの、波奈の卒業発表以来」

「えっ？　あーでもそっか」

愛子は思わず声を跳ねさせたが、ＮＥＸＴ ＹＯＵの仕事はじめは明日なので、確かにあのライブ以来メンバーとは会っていない。

「あのときは来年の四月一日なんてまだまだって感じだったけど、年越しただけでもうすぐそこな気がするから不思議だよね」

人の流れに沿って歩いているうちに、明治神宮の中心にある御社殿に辿り着いた。物凄い数の人が並んでいるが、このタイミングで長くしつこく祈る人も少ないのか、回転率はいいみたいだ。

一番短く見える列の最後尾につく。

「次はバレンタインか、シングル」

「卒業式の定番曲目指すとか言ってたよね、マネージャー」

碧の言葉に、だから波奈が作詞をしたのか、と、愛子は今更ながら納得する。

「知ってる？　CDの初回特典、三周年記念ライブの先行申込みカードだって」

「え？　握手券は？」愛子は声のトーンをぐっと下げると、一歩前へ進んだ。

「もちろんそれも入ってるみたいだけど。池袋のリリイベもまたやるっぽい」

ここ最近シングルを出すたびに行っている、池袋のショッピングモールでのリリースイベント。色んなグループがここでイベントをするため、〝リリイベの聖地〟なんて呼ばれている。NEXT YOUも、二、三作ほど前のシングルから、ほぼ最大許容人数である千五百人前後に整理券が配られるようになった。

「どこでやるんだろうね、ライブ」

四月一日に行われるデビュー三周年記念ライブは、公演名も開催場所も、まだ発表されていない。もちろん、場所を押さえる作業などはずいぶん前に済んでいるはずなので、事務所の大人たちが意図的に隠しているという状態だ。

武道館、そろそろくるかもよ。

メンバーは皆、口々にそう言っていた。父でさえ、大地でさえそう言った。三周年記念、波奈の卒業、各メンバーの活躍、確かに、タイミング的にはベストかもしれない。

「ね、どこだろうね」

だけど愛子は、武道館、とは口に出さなかった。そして、同じくそうしていたのは、碧だけだった。

初詣と言っても、特にすることがあるわけではない。お賽銭を投げ入れ、お参りをし、おみくじを引き、枝に結んでしまえば、もう終わりだ。「なんかあっさり終わっちゃったね」そう言いながらも碧は、名残惜しそうに敷地内をうろうろしている。

愛子は身体を縮ませながら、もう一枚着込んでくればよかったと思ったが、早く帰ろうとは言わなかった。初詣を終えたところで、碧の目的はきっとまだ果たされていないと思ったからだ。

美しく着物を着ている外国人の女性を取り囲み、写真を撮っている集団がある。男がなぜか買ったらしい破魔矢《はまや》を指さして「これマジいらなくない⁉」と笑っているその恋人らしき女性がいる。本殿前回廊《かいろう》には、選ばれた作品なのだろうか、小学生がしたためたらしい書道の作品がずらりと飾られている。

「超うまいね、みんな」

はつゆめ。夜あけ空。豊かな心。新春の光。光風動春。富岳雲海。学年が上がっていくにつれ、筆で書かれる言葉も難しくなっている。こんなところに飾られるだけあって、どれも子どもが書いたものとは思えないくらいにうまい。

「珍しい名前ばっかり」

「え、そこ？」

愛子は思わず噴き出す。確かに、めでたい言葉の左側に書かれている名前は、すんなりとは読めないものが多い。

「もっとさ、うまいなーとかすごいなーとかあるじゃん普通」

「うん、まあ、そうなんだけど……」

碧はどこか煮え切らないようすで、回廊に沿ってとろとろと歩き続けている。愛子は何も言わず、そのあとを追う。

きずな。花ざかり。大志の子。千里の光。山河悠然。文化の継承。

「あ」

碧が声を漏らす。

「あっちゃった」

「あっちゃった？」

聞き慣れない日本語を、愛子は思わずオウム返ししてしまう。大切な友、という、力強い筆致の四文字を前に、碧はついに足を止めた。

その作品は、敷地内でも隅のほうに飾られていた。ここまでわざわざ見て回る参拝客も少ないのか、周りにはほとんど人がいない。

「私、本名、菅野《かんの》あおいっていうんだ。あおいは平仮名で」

大切な友、の左側には、【小二　菅野翔矢】という文字がある。しょうや、と読むのかな、と思っていると、碧がまた、話しはじめた。

「私、スカウトだったんだけどさ、所属するって決まったときに、名前に華がないって言われて。あとから聞いたら、当時の社長が好きだった女の人の名字だったの、堂垣内って。ひどくない？　ちなみに『碧』はその人が勤めてた店の名前とかいって」

碧は、少し早口で、笑いながら話している。目は合わない。

「ひどいね、それは」

愛子も、笑いながらそう言った。それでも碧は、愛子のことを見ない。

あっちゃった。

碧はさっき、そう言った。

碧はきっと、初詣をするために明治神宮を選んだわけじゃなかった。御社殿の中にある回廊、そこで行われている書道展、そこにもし菅野、という名字の人の作品があったときは、話そう——碧がそう思っていたかもしれない話を、自分はこれから聞いてしまうんだ。

愛子は、白い息を放つ。

「寒いね、ていうかお腹空かない？　駅の近くにおいしそうな」

「あの人もね、菅野さんっていうの。偶然、同じ名字で」

間に合わなかった。

碧の口からこぼれでる白い息で、向こう側の景色が曇る。

私は今から聞いてしまう。聞いたら今いる場所にはもう二度と戻れなくなることを、きっと聞いてしまう。

「あの人って」

「私の好きな人」

だけど、碧も一緒だ。愛子は息を吐く。誰かに言ったら、きっともう戻れなくなることを話そうとしている。どこに行って、どこに戻れなくなるのかもよくわからないけれど、だけど、確実に、もうどこにも戻れなくなるようなこと。

家族連れの参拝客が、二人の近くを通り過ぎる。誰かの作品を探しているのかもしれない。愛子は、彼らが通り過ぎるまでじっと黙ったあと、小さな声で言った。

「その好きって、恋愛感情の好き、だよね？」

誰もいなくなった御社殿の一画、愛子の声はそこにとどまっている。

「うん」

碧は頷いた。小さな口から、小さな白が、ぽっ、と出た。

碧と、横に並んで話している。明治神宮の御社殿の隅っこ。真夜中のパーキングエリアの隅っこ。東京武道館の二階席の、やっぱり隅っこ。

いつだって、言いたいことは、こんなにも広い世界のほんの隅っこでしか言えない。誰にも聞こえないような小さな声でしか、言えない。

「写真撮られた日はね、その人の誕生日だったの。だから、あの日だけでも、どうしても会いたくて」

そんなのダメじゃん。

何してんの、アイドルなんだよ私たち。

グループのこと考えてるの？　自分のことしか考えてないんじゃない？　どれだけの人に迷惑かかるかわかってる？

言うべき言葉はたくさんあった。ＮＥＸＴ　ＹＯＵというグループに所属しているひとりのアイドルとして言うべき言葉は、あまりにもたくさんあった。

「うん」

だけど愛子は、そう頷くことですべてが事足りることも、わかっていた。うん。うん。一回ずつ頷くたびに、選択するべきだった正しい言葉たちが、自分から振り落とされていくような気がした。

碧の横顔を見つめる。

私たちには、まだ、話すべきことがいっぱいあったんだ。そう思った途端、愛子は、冷たかった足の指がぐんぐん熱くなっていくのを感じた。振付の確認、早着替えのタイミング、MCの内容――これまで話してきたこと以外にもたくさんたくさん、言葉にして伝え合うべきことがいっぱいあった。

「今度、いろいろ話そうよ」

愛子がそう言うと、「うん」と、今度は碧が頷いた。

「私も、碧に聞いてほしい話、いっぱいある。いっぱいあるの」

途中から、涙声になってしまった。なぜかは、わからなかった。


いつもと違うな、とは、確かに思っていた。

シングルのリリースイベントに振付の先生が立ち合うなんて、これまでだったらそんなことはありえなかった。「ほら、今回けっこう難しい振りだから。フルでは初披露だし、気になっちゃって」先生のそんな言葉を信じていたのは、まだまだピュアな二期生くらいのものだ。

池袋のショッピングモール地下一階にあるイベントスペースは、天井まですとんと吹き抜けになっているため、一階、二階にいる人は、上から見下ろす形でイベントを観覧することができる。だから、このイベントスペースで何かサプライズ発表があるときは、パフォーマンスをするメンバーにとって背中側、その二階部分に垂れ幕などが用意されている場合が多い。

愛子も、振付の先生が立ち合っていることに疑問を抱いても、丸められた垂れ幕が二階部分に設置されていたことには気付けなかった。だからこそ、今回のサプライズ発表は、演技ではなく、きちんと素直に驚くことができた。

「信じられないです！　……って言うとウソになっちゃうかも。ほんとは、ちょっと期待してたんですけど～、だけど、実際は全然まだまだだって思ってたので、なんかもう、夢みたいで、ぎゃー！　って感じですよ！　でも埋まるかな⁉　もうー怖いけどうれしいー！」

イベント後の楽屋では、久しぶりに複数台のメイキング用カメラがまわっていた。ぎゃあぎゃあ騒いでいる真由が、ついに、勢い余ってカメラにぶつかっている。「痛い！

もうやだはしゃぎすぎこれあとで見たら恥ずかしいやつだ」やだやだ、と言いつつ満面の笑みは全く崩れていない。

自己紹介を含む簡単なMCを終え、新曲を披露しようとメンバーがそれぞれの立ち位置についたときだった。スピーカーからは、聴きなれたイントロではなく、キーンコーンカーンコーン、という音が流れた。NEXT YOU名物、サプライズ発表の始まりを告げるチャイム音だ。観覧客は盛り上がり、メンバーは叫び出したり笑い出したりとリアクションに忙しい。スタッフがおもむろに始めた「10、9、8」というカウントダウンは瞬く間に観客全員に広がり、「0」の掛け声とともに、二階部分に設置されていた二つの垂れ幕がほどかれた。

右側の垂れ幕には、【4月1日、3周年記念コンサートは日本武道館での開催が決定!】。左側の垂れ幕には、【明日2月14日発売「君の、第二ボタン。」初回盤に先行抽選用紙封入!】。それぞれ大きく、そう書かれていた。

「波奈を、私たちの夢だった武道館という場所で送り出すことができて、なんていうか、ついにそういうことが起きるかあっていうか、感慨深い? 気持ちです」

メイキング用のカメラが、今度は碧に向いている。オフィシャルチャンネル『ネクステ』で配信するのか、武道館ライブがDVDになったときの特典映像用に撮っているのか――愛子たちメンバーは、いま撮られている映像がどこで使われるのか、いつだって知らされない。

　楽屋の奥のほうでは、二期生にカメラが向けられている。まだあどけない様子が目立つ二期生だが、やはりその中でもすでに人気の格差が出てきており、二期生だけでパフォーマンスをするときなど、センターはある一人の子で固定しつつある。

　碧の次は、自分にカメラが向くかもしれない。愛子は、鏡に向かい合い、汗で束になっている髪の毛をさらさらな状態に戻そうと試みる。

　鏡に映る自分と目が合う。すると、とても自然に、大地のことを想った。

　大地は、すべりどめの私立大学に落ちた。昨日の夜のことだった。

　愛子はそのとき、自室の窓ガラスで新曲の振付の確認をしていた。波奈が作詞した卒業ソング『君の、第二ボタン。』は、スローテンポゆえに振付の細かい部分のごまかしが効かず、かつ隊形も複雑に変化するという難易度の高い曲だ。フルサイズで披露するのはリリースイベントが初めてなので、緊張感は増すばかりだった。

　大地には、リリースイベントのことを連絡していなかった。二月に入ると、私立大学を受ける進学組の生徒たちはほとんど教室には来なくなっていたし、大地が今どういう状況にあるのか、愛子はなんとなく自分から聞くことができていなかった。

　だから、【すべりどめ落ちちゃったよー崖っぷちっすわ！】というメールが届いた昨日の夜、その内容を理解するよりまず、愛子は嬉しくなってしまった。学校でも会えない、連絡もできないこの状況に、ぷつりと、小さな風穴が空いた気がした。

愛子は、パジャマ姿のまま、真上を見上げた。もう夜も遅いし、大地は自室からこのメールを送ってきたのかもしれない。

愛子は、赤色のボールペンを手に取った。そして、強く当たり過ぎないように注意しながら、天井に向かってそれを投げた。ペンの先が天井に当たって、コン、と音が鳴った。げんきだせ、と、思わず口に出していた声は、もちろん大地には届かない。だけど愛子は、ボールペンを天井へと投げ続けた。

コン、コン、コン。音が鳴るたび、教室の椅子からクラスメイトが一人ずつ、立ち上がっていくような気がした。進学か就職かで悩んでいたあの子。コン。愛子はやりたいことが早く見つかっていいよね、と、言ってきたあの子。コン。実家から通える距離に働きたいところがないと嘆いていたあの子。

コン。

最後まで、自分の学力より少しレベルの高い大学を受けるかどうか、悩んでいた大地。

愛子は、その全員の選択に、テストで正解を出したときみたいに、赤いマルをつけたかった。やりたいこと、夢、今自分がいる環境、現実。すべては両立しない。だから人は選択をする。ならば、その選択にどうにかしてマルをつけたかった。赤いボールペンが天井にぶつかる音で、マルの存在だけでも、伝えたかった。

やがて、【やめろ笑】というメールと共に、とんとん、と天井が鳴った。前にもこういうことがあったな、あれはいつだったっけ——そう思いながら、愛子は、天井の向こう側で跳ねる大地の指先を想像した。想像しただけで、愛子は、

「次、愛子だって。コメント」

肩を叩かれ、我に返る。衣装のベレー帽を脱ぎながら、碧がこちらを見ている。

「ねえ」

碧の向こう側には、笑顔でカメラを抱えているスタッフが立っている。武道館でライブができるなんて、あなたたちにとってこんなに嬉しいことないだろう、という笑顔で、カメラのレンズをこちらに向けている。

武道館。NEXT YOUがずっと目指していた場所。大地が、竹刀を真っ直ぐに振り上げた場所。

人が、人の幸せを見たいと思う場所。

「碧は、なんて言ったの？」

愛子は、碧の手を取る。

「武道館決まって……嬉しいです、楽しみですって、言った？」

皆が笑っている姿が見える。飛び跳ねて喜ぶるりか、勢いあまってカメラにぶつかっていた真由、うっすら目に涙を浮かべている波奈、緊張しつつも高揚を隠せない様子の

二期生たち、何かをやり遂げたような表情をしている大人たち。

「愛子?」

碧がてのひらを握り返してくる。愛子はさらに強く握り返す。

怖いのだ。

どうして成り立たないのだろう。若くて、女の子で、歌うことと踊ることが大好きで、大好きな人のことも大好きだという状況は、どうして成り立たないのだろう。

「愛子」

碧が、手を握ってくれている。ぎゅっと、碧のてのひらに力がこもる。

あの場所に立ってしまったら、ついに、本当に、そんなことは両立しないことなのだと思い知らされそうで、怖い。やっと見つけたほんとうのことが、あのステージのライトに照らされた途端溶け出してしまうとしたら、そのとき私は——

パンパン、と誰かが手を叩く音がした。

「とりあえずコメント撮り一段落してますね?」

マネージャーが、楽屋の入り口近くで手を挙げている。

「ちょっと一旦こちらに注目お願いします! 時間の都合でもう出なきゃいけない人がいるので、その方々に一言いただきます」

どうぞ、と、スタッフに促されて出てきたのは、デビューのときからずっとついてくれている振付の先生と、最近新しくチームに加わった舞台監督の男性だった。「コメント、あとにしましょう」カメラを持ったスタッフが愛子に向かってそうつぶやき、その二人がいる楽屋の入り口へとレンズを向ける。

「すみません、私たちもうすぐ出なきゃいけなくて。その前にと思って」

せんせえ、という真由の涙声に大人たちが笑う。もしかしたら真由が一番、この先生に怒られてきたかもしれない。

「皆、武道館ほんとにおめでとう」

一期生も二期生も、頭を下げる。

「この新曲も、振付としてはかなりレベルが高いけど、今日は合格点だったと思う。隊形もきれいだったし。二期生も、本当によくついてきてると思います。ライブに向けてまだまだレッスンはするけどね」

はい、と、二期生が返事を揃える。

「この曲を踊りながらきちんと生歌でパフォーマンスできる皆は、ほんとにすごいよ。歌もダンスも、デビューのときとは比べものにならないレベルになってる。アイドルっていうか、アスリートみたい」

先生の声が、狭い楽屋にはっきりと響く。

「皆、普通は両立できないことを両立できちゃうんだよね。踊りながらの生歌もそうだし、レッスンでくたくたになっても、太りたくないからって何も食べなかったり」

先生はいつも、褒めてくれない。どんなレッスンのあとでも、ライブのあとでも、何かしら必ずダメ出しをしてくれる。

「いつでもかわいく、きれいでいなきゃいけないのに、恋はしちゃダメ。歌とダンスが仕事なのに、あんまり上手すぎるとそれはそれでファンがつかなかったり……求められてることはいつだって両立しないのに、皆、そのどっちにも応えてあげてる。そしたら、この子たちは何でも応えてくれるんだーって思われて、もっともっといろんな要求が飛んでくるようになる」

いつも褒めてくれない先生は今、褒める以上のことをしようとしてくれている。愛子がそう思うたびに、先生の声が大きくなっていく。

「売れてほしいからCDいっぱい買うけど、ブランド物は身に着けないでほしいとか、いっぱいいっぱい忙しくなってほしいけどブログは毎日更新してほしいとか……皆よく応えてあげてるよ、そんな勝手な要求」新人類だよもう、と笑うと、先生は少し真剣な表情をして、続けた。「私はね、両立しない欲望を叶えてしまうっていう点で、女性アイドルは、日常に現れた異物なんだと思ってる」

イブツ、という聞き慣れない単語は、頭の中でなかなか漢字変換されない。

「異物に対する反応って、人間の本質が出るの。パニック映画とかってそうでしょ？

ロボットとか宇宙人が地球に来ちゃってどうするか、みたいな映画、よくあるじゃない」

あんたたちを宇宙人だって言ってるわけじゃないけど、と、先生は笑う。

「映画だと、異物に興味を示さずに生活を続ける人もいれば、抹殺計画みたいなこと立てる悪役みたいな人も出てくるよね。だけど、歩み寄って、共存しようみたいなこと言う人だっている。アイドルも、そういうものなんだと思う。そりゃ、アイドルを気持ち悪がる人だっているよ。ＣＤが売れた分だけ握手するとか、そんな生き物これまでいなかったんだもん。アイドルグループの人気が出るかどうかなんて、そんな異物にどう向かい合うかっていう、こちら側の話だと思うわけ」

だからね、と、先生は唾を飲み込む。

「何をしたって売れないグループだって、ある」

先生は続ける。

「そん中で、ＮＥＸＴ　ＹＯＵは、武道館に立つんだよ」

ぱっと、先生の表情が輝いた。

「先生は、あなたたちのことが大好き。誇り。この世界の異物であるあなたたちが武道館をいっぱいにするまで味方を増やすなんて、どんなパニック映画よりもかっこいい」

もう言っちゃうけど、と、先生がちらりとマネージャーの顔を見る。

「今回の武道館は、海外のアーティストの来日がとんじゃって、急きょ決まったことなの。告知の段取りとかCD封入チラシとか大慌てで大変だったみたいだけど、でもそれってつまり、今から準備してもNEXT YOUなら武道館埋められるって事務所側が判断したからなんだよね」

つまり、と、先生の顔がいつものきりっとした表情に戻る。

「今回はレッスンもリハも厳しめにいくんで、そのへん覚悟しといてねってこと。演出も今までで一番のものにするってこの人も相当気合い入ってるから」

先生がにやにやしながら隣の舞台監督を指さす。誰かが拍手をしはじめてから、楽屋全体が拍手の音でいっぱいになるまでにそう時間はかからなかった。結局、「てか、早く行かなきゃ！」と先生が慌ただしく立ち去るまで、拍手の音は鳴りやまなかった。

だけど愛子は、拍手をすることができなかった。

碧と繋いだ手が、いつまで経っても、離れなかったから。

体調が悪いのでスタジオリハから参加します。

そうウソをついてしまおうか、最後まで悩んだ。十四時に訪れるそのときを共有して、そのあとすぐに電車に飛び乗ろうかとも思った。

7

「書けた？」

るりかが、キャップを閉めた油性ペンを鼻と唇の間に挟んでいる。「待ってあと三つくらい」愛子はペンを持った右手をさらさらと動かし、やがて「っハイ、終わり！」と大袈裟にポーズを決めて見せた。

「やっと半分かー……」

「けっこう急がないと間に合わないかも」

るりかがサインを書いていたトートバッグの山と、愛子がサインを書いていた大量のアルバムを交換する。三周年記念ライブのために作られた最新グッズであるトートバッグとアルバムには、メンバー全員がサインを書くことになっている。特に、これまで撮りためてきた写真が凝縮されている『坂本波奈の卒業アルバム』には、大量にサインをしなければならない。

「スタジオリハ、集合何時だっけ？」

「十五時半」

時計を見る。もう少しで十三時半になるところだ。「終わるかなあ～」るりかが右の手首を振りながら、首をまわす。サイン書きはただの単純作業ではあるが、意外と全身が疲れるのだ。

二期生は、別の日にもう書いたらしい。サインを書くということがまだ恥ずかしいのか、どこか肩身の狭そうなサインが下の方に並んでいる。もうすでに書かれてある真由と波奈のサインはさすがに堂々としていて、頼もしい。碧は今日もスタジオリハの前にドラマの撮影があるとかで事務所には来られないため、碧の分のスペースは空けておかなければならない。

愛子は壁の時計を見る。十三時三十二分。さっきから、ほんの二、三分しか経っていない。そのまま、時計の下にかけられている、事務所が販売しているカレンダーに視線を移す。

今日は、三月二十日。武道館ライブまで、あと十日と少し。

「あれ？」

思わず声を漏らしながらポケットの中を探っていると、向かいに座っているるりかと目が合った。

「何？」

「ごめんごめん、なんか、ちょっとね」

その先が続かず、愛子はごまかす。黙々とペンを動かするりかと二人きりの空間は、静かすぎるからか、そうでなくても携帯が震えたような気がしてしまう。


【明日、仕事？】


昨日の夜、珍しく大地からメールが届いた。朝から仕事だよ～、と送ると、すぐにまた返事が来た。

【十四時くらいも、仕事？】

合格発表だ、と、愛子はこのときやっと気づいた。

すべり止めの私立大学に落ちた大地は、本命の国立大学の前期試験にも落ちた。あと残されているのは国立大学の後期試験だけだということ、その合格発表が三月二十日前後だということは、大地ではなく、父から聞いた。

そばにいたい。

脳を通していない命令に従いそうになった心を、愛子はどうにか抑え込んだ。

明日の十五時半からのスタジオリハには、絶対に出なければならない。複雑な構成の振付が多いので、一人でも欠けるとリハの意味がなくなってしまう。愛子は、勝手に返事を打ってしまわないように、右手を握り締めた。

こんなメールを大地のほうから送ってくることは、今まで一度だってなかった。大地は、私に仕事を休んでほしいなんて言わない。そばにいてほしいなんてもちろん言わない。十四時も仕事をしているかというふうにしか、聞いてこない。

ひとつずつ、文字を選択していく。

【十四時くらいも、仕事。だから、結果が出たら、メールでも電話でもいいから教えて。すぐ教えて】

送信ボタンを押すそのときまで、愛子の指は、正しい選択を重ねていった。

「げっ」

るりかが突然、低い声を出す。

「ライン見た？」

マネージャーからの、と、眉間にしわを寄せている。

「スタジオリハ、碧休みだって。体調不良って……信じらんない。全員揃わないと意味ないとこいっぱいあるのに」

そうぼやきつつも手を止めないるりかは、二期生が加入してからますます、ストイックさに磨きがかかっている。一期生の中では一番年下だが、リハーサルでは最も意見を言う。末っ子キャラだったころから少し背が伸び、少し痩せ、胸はふくらみ、メイクが濃くなった。つるりんと呼ぶにはもう十分大人っぽくなってしまったからか、〝ネクス中毒〟からは【元つるりんさん】と新たなニックネームをつけられている。

「体調はしょうがないから。碧抜きでできることやろうよ」

「しょうがないとか言ってる場合じゃないよ」るりかは、愛子のフォローを一蹴する。「本番もそんなこと言われて休まれたらどうするわけ？　武道館失敗するわけにはいかないじゃん」

苛立ちを隠すこともせず、るりかはペンを動かすスピードを上げた。

「碧、最近本当に自覚に欠けてるよね。体調はしょうがないとか言ってるけど、大事なタイミングで体壊さないのがプロだから」

愛子はマネージャーからのラインを確認する。確かに、碧が体調不良でレッスンを休む旨が伝えられている。ほとんどの曲でセンターを務める碧が抜けるとなると、どの隊形のときも締まりがなくなってしまう。

体調不良。

昨日の夜、一瞬でも自分がつこうとしていたウソが、小さな画面の中で息をしている。

そのとき、画面が光った。

「大地？」

電話に出た愛子は、とっさに、そう言ってしまった。時計を見る。あと五分で十四時。早めに結果が出たのかもしれない。

「どうだった？　もしもし？」

「何？　電話？」

話しかけてくるるりかから顔を背け、愛子は背中を丸める。携帯から漏れる音を、ひとつも拾い損ねないよう集中する。

【愛子？】

聞こえてきたのは、女の子の、小さな小さな声だった。

「碧？」

愛子は思わず立ち上がり、会議室を出る。「誰？」背後から聞こえてくるるりかの声を、ドアを閉めることで思い切り遠ざける。

「碧？　碧だよね？」

外にいるのか、電話の向こうの声がよく聞こえない。

「撮影は？　いいの？　どうしたの？」

【……撮る順番変わって、私のとこはもう終わって……】

「うん、体は？　大丈夫？　体調不良って聞いたけど」

愛子は、非常階段のドアを開ける。なんとなく、事務所の誰にもこの会話を聞かれないほうがいいような気がした。

【ごめんね、愛子】

「え？　何？」

大きな声で聞き返す。ビルの外側にある非常階段の踊り場は、とても風が強い。きちんとつかまえていないと、自分の声も碧の声も全部ばらばらに砕けてしまう気がした。

【ドラマで、大切な人と別れるシーン撮ってて……そしたらもう、会いたくなっちゃって】

「何？　何言ってるの？」

本当は、きちんと聞き取れていた。だけど愛子は、何度も聞き返しているうちに、本当に聞き取れなかったことにならないかと、そんなバカみたいなことを考えていた。

「体調不良は、ウソ？」

八階の踊り場から見える街の景色に、自分の声が飛び散っていく。そのうちのほんのひとかけらでもいいから、碧のもとまで届いてほしいと、愛子は思った。

碧はきっと、止めてほしいんだ。だからこうして、電話をかけてきた。

「碧、聞こえる？」

碧の声の向こう側から、たくさんの音が押し寄せてくる。人の話し声、足音、機械が動くような音。

「駅にいるの？」

【愛子、初めて私に話しかけてくれたときのこと覚えてる？】

こちらの声が聞こえているのかいないのか、もうわからない。ただ、このまま碧に話させ続けるのは、正しい選択ではないということはわかった。

「今、駅だよね？　何駅？」

【私、今でもはっきり覚えてるんだよ。何回も何回も思い出してたから】

「ねえ、どこ？　行くから、そこまで」

声が、電話口に届く前に、風にさらわれていく。

【事務所に入ったときは、アイドルになるつもりじゃなかったの、私】

愛子は、閉めたドアにもたれると、携帯を持ち直した。

【いつかは女優にって思ってたんだけど……そしたら事務所でアイドルグループを作るからって、入れられて】

ビルの八階にある事務所の非常階段からは、街の景色がよく見える。動いている車も、歩いている人もよく見える。

【自分にアイドルなんてできるのかなって思ってた、ずっと。アイドルってなんなのか、

結局ずっとわかんなかったし】

もう、聞き取れていない振りなんてできない。

愛子は、自分の足の裏の下にある街を、ぼうっと見下ろす。

【でもね、愛子が言ってくれたんだよ、碧はアイドルだって】

「私が？」

この景色の中のどこかにいる碧のそばに行きたいけれど、どうすればいいのかわからない。

【愛子はね、前髪が絶対崩れないんだねって話しかけてくれたんだよ】

「なんかバカっぽいね、その話しかけ方」

笑いながらそう言ってみたけれど、碧は笑わなかった。

【がっちがちにスプレーで固めてただけだったのに、愛子、前髪が動かないのはアイドルだけが使える魔法だーとか言って。そんなの髪質とか、分け目とかの問題なのに】

「そうだよね、何言ってんだろ、私」

もう一度笑ってみたけれど、碧はやっぱり笑わなかった。

【でもね、アイドル向いてないんじゃないのかなとか、もう辞めたほうがいいのかなってときに鏡を見ると、愛子のその言葉がいっつも思い浮かんだ】

愛子は、自分の前髪が風に弄《もてあそ》ばれるのを感じながら、思った。

どんな命令にも従えないあの瞬間の中に、今、碧はいる。

【いつのまにか、愛子が褒めてくれた前髪だけが、私を支えてくれてた】

誕生日のあの夜、自分は、どんな命令やルールにも従えなかった。目の前にいる大地の体に触りたくて、大地に体を触ってほしくて、今まで選択してきたすべてのものが崩落する音を聴きながら、それでも動く体を止めることができなかった。

今、あの中に、碧はいる。愛子はそう思った。

【初めて名古屋でライブしたとき、初めてヘアメイクさんがついたじゃん?】

愛子は、赤信号で止まるバイクを見下ろす。

「あれ嬉しかったね。最後の車移動とか言ってさ、帰りのパーキングエリアで話したりして」

止まるバイクに、いくつかの後続車が倣う。

【そうそう、そのとき】

愛子は壁にもたれたまま、その場にしゃがみこんだ。たくさんの人が横断歩道を渡り始める。

あの日は、男女それぞれ一人ずつ、ヘアメイク担当がいた。そのうち、愛子には女の人が、碧には男の人がついた。

【菅野さんはね】

横断歩道から、人がいなくなる。愛子が唾を飲み込むと、信号が赤に変わった。

【私が朝からピンで留めて、必死に固めてた前髪を、簡単に崩したの】

菅野さん。

【分け目を逆にしたほうがいいって言いながら、超簡単に、ぐしゃぐしゃって】

あの人が、菅野さん。

【あのとき、それまでどうにか抑え込んでたいろんなものが、バンって爆発しちゃったんだと思う。自分が無理やりアイドルをやってたこととか、アイドルだから従わなくちゃいけなかったいろんなこととか、自分がかろうじて選んできたいろんなものが、前髪と一緒にぐしゃぐしゃって】

髪の毛を触ると、言葉にできるもの以上にいろんなことが行き来する——母が、父を好きになった理由。

「そっか」

母が、父ではない男の人を好きになった理由。

「なんか、説得力ある」

思わず愛子は、また、笑ってしまった。【説得力？】今度は、碧も笑ってくれた。

いろんな形の車が道路の上を流れていく。

【ねえ、愛子】

止まる、止まらない、スピードを上げる、落とす、それぞれの選択がうまく重なって、信号がないところでも、事故は起きない。

【私、これまで、正しい選択をしようってずっと考えてた】

背後にあるドアが、どん、と揺れた。

【アイドルとして間違ってないかとか、ファンを裏切らないかとか、マネージャーに怒られないかとか、とにかく正しい選択をしなきゃっていっつも思ってたの】

どん、どん、と、また揺れる。

【でも、正しい選択って、この世にあるのかな?】

愛子ちゃんそこにいるんだよね。背中を委ねているドアの向こうから、るりかの声が聞こえる。

「正しい選択、あるよ、ある」

愛子は、碧にだけ届くように話す。

「だって今まで、私たち、正しい選択ばっかりしてきたじゃん。だから武道館にも行けるんだよ、先生もそう言ってくれたじゃん」

アイドルになること。

母が家を出て行ったこと、父と暮らしたこと、歌詞ハメダンスから音ハメダンスに移行したこと、二期生が加入したこと、杏佳と波奈が卒業を決めたこと、上田梨夏子が候補生を辞退したこと、大学に進学しないこと、あのとき大地に触れたこと。これまで選んできたことが、小さな小さな心の中に一斉に放たれる。母についていくこと、大地と疎遠になること、ファンによる切りつけ事件から生まれた、握手会などの接触系イベントを自粛しようという空気が薄れたあとも、歌やダンスなどのパフォーマンスのみで勝負すること、今日体調不良とウソをついて大地のそばにいること、選ばなかったことすべてが、ここから見える世界のどこかにぽつりぽつりと芽吹き始める。

【私はそう思わない】

碧の言葉に、愛子の思考が遮られる。

【正しい選択なんてこの世にない。たぶん、正しかった選択、しか、ないんだよ】

どん、どん、と、背中がまた揺れる。

【何かを選んで選んで選び続けて、それを一個ずつ、正しかった選択にしていくしかないんだよ】

愛子ちゃん、と、背後からるりかの声がする。

るりかの怒っている声が聞こえる。

【私、今から菅野さんに会いに行くことが、ずっとずっとあとに自分の人生を振り返ったとき、正しかった選択になってる自信がある】

そこにいるんでしょ、ねえ。るりかの声に合わせて、背中が揺れる。

【正しかった選択にする自信がある】

愛子は、その場に立ち上がる。

「ごめんね」

パーキングエリアのベンチ。東京武道館の二階席。明治神宮の隅っこ。すぐ隣にいる碧に話しかけるみたいに、言った。

「止めてあげられなくて」

白黒で印刷されたその顔は、想像していたよりもずっとずっと、楽しそうだった。

「これが、あさって発売されます」

はい、と、返事をしてみたけれど、その返事がなんの意味もなさないことに、愛子は気づいていた。

人気女性アイドルグループ『NEXT YOU』メンバー（18）同じマンションのカレとファン裏切り親密デートの日々――墨に浸した拳で書いたような、太くて大きな文字が、見開きのページを横断している。

掲載されている写真は、三枚。一枚は、碧と二人で東京武道館へ大地の試合を観に行ったときのもの。『一番人気のメンバーを引き連れてのカレの試合観戦、グループ内の秩序はグダグダ⁉』とキャプションがある。もう一枚は、文化祭の準備中、中央玄関の門の前でひとつの携帯電話を大地と二人で覗き込んでいる写真。キャプションは、『カレとは同じクラス。学校の生徒曰く、「いつも一緒にいてラブラブって感じ。恋愛禁止じゃないの？って聞いたことがあるけど、無視されました」』。

「波奈の卒業と武道館に合わせて昔の写真も掲載ってところか」

最後の一枚は、愛子が、大地の住むマンションの部屋に入っていく場面をとらえたもの。『カレは同じマンション内に住んでおり、ヒミツの逢瀬は頻繁に行われているという……』。

「だけど、学校内の写真ってのは……なんでこんなものが……」

マネージャーが唸る。確かに、週刊誌のカメラマンが高校の構内にいるわけがない。こんな写真、流出するわけがない。

だけど愛子には、流出元がすぐに分かった。夏の大会にも、高校の構内にも、大地が後期試験にも落ちてしまったあの日もそばにいた人が、大地の他にもうひとりだけいる。

あの子の目は、この写真と同じ景色を見ていた。

三月二十日、碧不在のままスタジオリハを終えてすぐ、愛子は大急ぎでマンションへと向かった。色々なことがあり頭が混乱していたが、とりあえず、自分の家へ帰るより早く大地のところへ行くつもりだった。すると、マンションの入り口あたりで、あの子に遭遇した。

不安そうな顔で入り口付近を行ったり来たりしていた女子剣道部の部長は、あの夏の日、東京武道館の二階席で向かい合ったときと同じく、睨むような目つきで愛子のことを捉えた。

――大地、落ちたよ、大学。電話しても、ずっと出ない。

大地が自分以外の誰かにも連絡をしていたということへの驚きはあった。だが、一秒でも早く大地に会いたいという気持ちが、その驚きをあっという間に追い越していく瞬間を、愛子は確かに感じ取った。

写真なんて、携帯電話があれば簡単に撮れる。あの子は、撮っていたのだ。インターハイの日も、文化祭の準備をしていた日も、大地がすべての受験に失敗した日も。

不思議と、恨みや憎しみの気持ちは湧いてこなかった。それよりも、こんな行動を起こすほど自分のことを嫌っている人間がこの世にいるという事実そのものが、ずっしりと重い塊となって体のどこかに埋め込まれたような気がした。

「皆にはもう説明してあるから愛子にも話すけど」

沈黙する愛子に対し、マネージャーが口を開く。

「しあさって発売の別の週刊誌には、碧が載る。正直、内容としてはそっちのほうがダメージが大きい」

マネージャーが、別の週刊誌の記事をテーブルの上に並べる。そこには、【武道館公演目前・大人気アイドルグループ『NEXT YOU』一番人気・ドラマ出演も続くあの女性アイドル(18)が名古屋のカレまで通い愛!】という文字がある。

愛子は、瞬きをする。

初めて大地に触れたときから、今この瞬間のことは、ずっと想像していた。だけど、想像の中よりも今のほうが、ずっとずっと現実味がない。もっとショックを受けたり、泣いてしまったりするのかと思っていたけれど、全身を呑み込んでしまうような感情の波が襲いかかってくる予感もない。

どうしてだろう。考えるまでもなく、答えは出ていた。

それは、矛盾すべき二つの自分が、どちらも本当の自分だと知っているからだ。歌って踊ることが好きな自分も、好きな人がいてその人の体に触れることが好きな自分も、どちらも本当の自分だということを知っている。だから、こうして突き付けられた、世間から批判されるべき自分の存在に、改めて驚くことはない。

目の前の記事に写っている、大地と体を寄せ合っている自分と、今、事務所の会議室に座っている自分は、全く矛盾していない。

「名前じゃないんですね」

「何?」

愛子は、顔を上げないまま言った。

「私や碧に彼氏がいる、じゃなくて、女性アイドルに彼氏がいる、って、書かれるんですね」

「そんなことより先に言うべきことがあるだろう」

音のない静かな空間では、人間の苛立ちが降り積もる音すら聴こえてしまう。こんなにも怒っている大人がすぐそばに、しかも自分のためだけに存在するなんて、これまでの人生で初めてのことだった。

先に言うべきこと。愛子は、粗いドットの中で笑っている自分の姿を見ながら、考えた。

迷惑をかけてごめんなさい。大事な時期に申し訳ございませんでした。これからは心を入れ替えて頑張るので、どうかよろしくお願いします。

違う。

「写真が掲載されてしまったこと、申し訳ございませんでした」

謝るべきは、写真が掲載されることによって、自分以外の様々な人に迷惑をかけてしまうことに対して、だ。

大地を好きなことに対してではない。

「内容は事実なのか」

諦めたように、マネージャーが椅子の背にもたれた。愛子はもう一度、目の前にある記事を目でなぞる。文字の羅列が意味のある文章になるまで、少し時間がかかった。

「試合も確かに観に行きましたし、同じクラスなので、文化祭の準備を一緒にすることだってもちろんありました。だけど、こんなふうに、クラスメイトに冷たくあたったりはしません」

「そのへんはどうでもいい」

どうせあっちも適当に書いてるんだから、と、背もたれに体を預けたまま、マネージャーが続ける。

「お互いの家を行き来してるっていうのは？」

「親同士の仲がいいので……」

愛子は唾を飲みこむ。喉がからからだ。

「同じマンションですし、お互いの家に行くことはあります」

顔を上げる。

思わずこぼれた「でも」という言葉が、まるでバネのように、愛子の体を引き上げてくれる。

「でも、三歳とか四歳の私も、そうしていたんです。十八歳の私がそうしている写真だけが、ここに載っているんです」

誌面の中、白黒の世界にいる自分と大地の姿が、急に、幼くなる。そのままゆっくり、背景は変わらないままに、二人の姿が成長していく。そのうちのほんの一秒間に、こうして、長々と説明文がつけられている。

「大地の試合を観に行くのも、同じ学校に通っているのも、お互いの家を行き来するのも、私がアイドルになるずっとずっと前から変わらないことなんです」

ファン裏切り親密デートの日々。破廉恥スキャンダル。

「歌が好きなことも、ダンスが好きなことも、かわいい衣装を着るのが好きなことも、大地を好きなことも、小さなころからずっとずっと、変わらないんです。だけど、大地を好きなことだけが、あるときから急に、ダメになったんです」

記事の文中にある様々な文字が、両目の角膜の上を滑り落ちていく。

「私は、何も変わっていないんです」

裏切り。戦犯。秩序の乱れ。(業界関係者)。アイドル生命の危機。ファンから搾取した金で彼氏とデートか。グループへの大ダメージ必至。積み上げてきたものすべてが崩落したことは明らか。

「私は」

唾を飲み込む。

「私は、何をしたんでしょうか」

私は、何を。

しばらくの沈黙のあと、口を開いたのはマネージャーだった。

「中には、武道館に出てほしくないと言っているメンバーもいる」

心臓を摑まれ、そのままどこか遠くへ思いっきり投げられたような気がした。

「卒業じゃなくて、脱退という形でグループから抜けてほしい、と」

「それ、るり」

突然、背後でドアの開く音がした。思わず立ち上がろうとしたマネージャーは、結局、腰を上げなかった。

るりかの目はもう、どれだけ泣いたのかわからないくらいに真っ赤だった。

「なんなの、もう」

どばあと、その小さな口から言葉が流れ出る。

「もうダメ。いくら謝ったって、もう、全部むりだよ」

海が丸ごと倒れてしまったように、るりかの全身から何かが流れ出ているのがわかる。

それは、愛子のたった二つの目ではもう、捉えきれないほどの量だ。

「〝席替え〟も〝授業参観〟も、どんなに遠いところでやっても来てくれる人たちのこととか、CDとかグッズとか、同じのでもいっぱい買ってくれる人とか、愛子だったらサムライさんとか、るりたちのこととかメンバーのこととか、とにかく、別にもう何でもいいから、思い出さなかったの？　ねえ、さっきもなんかゴチャゴチャ言ってたけどさ、歌が好きとかダンスが好きとか、そんなの皆そうだよ。愛子、NEXT YOUはパフォーマンスがよくなったって褒められてるの、真に受けすぎなんじゃないの？　るりたちは、歌とダンスだけじゃやっていけないよ。そんなるりたちでもステージに立ってるのは、アイドルっていうシステムのおかげなんだよ。このシステムがあったからこそ、るりたちは表舞台に立てて、だからこそ会えた人たちがたくさんいるんじゃん。アイドルでデビューしたるりたちは、活動内容がどれだけ変わっていこうと、ずっとアイドルなんだよ。私たちをステージに立たせてくれてる人たちのこと、裏切っちゃダメなんだよ。そういうこと、こんな写真撮られる前に、ちょっとでも思い出さなかったの？」

涙で顔はぐちゃぐちゃだが、るりかは絶対に愛子から目を逸らさない。

思い出したよ。思い出したうえで、好きだったんだよ。

「そもそも、碧の相手も愛子の相手も、二人のこと絶対大切にしてないよ。アイドルとそういうことになったらそのアイドルがどうなるか、ちょっと考えたら分かるじゃん。なのに手出してくるなんてさ、そんなのありえないよ。二人とも遊ばれてるんだよ。お願いだから目を覚ましてよ」

そうだね。るりかの言う通りだよ。でもね、ちょっと考えたら分かるって言われてることを、自分の頭で考え直してみたくなったの。

愛子の思いは言葉にならない。

「るりは、人に夢を与えるアイドルになりたいの。るりの夢を壊さないで」

るりかが、右目を手の甲でごしごし擦る。

「るり、一番、がんばってきた自信あるっ」

しゃっくりに遮られる声は、もう、正しく聞きとることも難しい。

「歌もっダンスもっ苦手だったけっどっ、がんばったしっ、太ったりもっ劣化とかもしなかったしっ、ロリっロリっぽくなったとかっ言われてもっちゃんとファン離れなかったしっ、学校でもっ誰ともしゃべらなかったしっ、ずっとずっと遊びにだって行ってなっいしっ」

愛子は、ついに腰を上げようとするマネージャーに代わって立ち上がった。やっと、立ち上がることができた。

「なのにっ、愛子っ、碧のほうがっ人気もあるしポジションもよくってっ」

るりかに近づく。誰が見てもグループで最年少はこの子だとすぐにわかったるりかが、同じくらいの背の高さになっている。

「ごめんね、るりか」

あんなにも出てこなかった謝罪の言葉が、全く摩擦のない状態で、喉からすべり落ちてきた。

「ほんとに、ごめん」

愛子は、るりかの背後にあるドアの向こうに、まっすぐ立っている波奈を見た。真由を見た。自分のことを見ている二期生の姿を、見た。

閉じられているドアの向こうにいる皆のことが、今なら見える気がした。

座っている間に、全身のいたるところでせき止められてしまっていた言葉たちが、辿り着くべき方向へと流れ始める。

「私ね、NEXT YOUにいろんなことが起きるたびに、考えてたの」

真由が太ったとき。

波奈がアニメ好きアイドルとしてテレビに出て、炎上したとき。

碧が初めて、演技の仕事をしたとき。

そして、この記事が世に出るとき。

「悪く言ってくる人の頭の中にいる自分って、どんなだろうって」

たとえそれがいたしかたない理由でも、外見の「劣化」は許されない。

発言、行動、そのすべてに全く矛盾がないように生きなければならない。いろいろ言われることはしょうがないのだからどんなことがあっても「スルー」しなければならない。

歌とダンスだけに全力を注がなければならない。新しいフィールドへの挑戦は、どうせ無理なのだから、すべきではない。

アイドルにお金を注いでいるファン以上に、幸せになってはならない。

余計なことは考えずに、歌って踊っていれば、それでいい。

「それは、私のなりたい自分じゃなかった」

もう手の甲で覆われなくなったるりかの右目から、ぽとりと涙が落ちる。

「私が昔から好きだったアイドルとも、違う気がした」

落ちた涙は、るりかの靴にじんわりと染み込んでいく。

「そしたらね」

その姿を見ているうち、愛子は、自分の両目が溶けだすように熱くなるのを感じた。

「私のことを好きだって言ってくれる人の頭の中にある欲望に応えたいって、思っちゃったの」

謝るのも違う。許しを乞うのも違う。どうすればいいのかわからない。だから愛子は、自分が思っていることを伝えようと思った。

「るりか、いつも言ってるよね。アイドルは夢を売る仕事なんだから、人間らしいところを見せちゃダメって。夢を与えられるアイドルになるのが自分の夢だって」

るりかがこちらを見ている。

「私、夢って、叶ったら、叶えた人が幸せになるものだと思うの」

愛子もるりかを見つめる。

「るりか、応え過ぎたらダメだよ」

るりかの表情に、変化はない。

「私たちに、こうすべきだ、こうすべきだって言ってくる人の頭の中にばっかりいたら、ダメだよ」

愛子は両方の瞼に力を入れる。涙が落ちてしまうから、瞬きはしない。

「正しい選択なんてないんだもん、どこにも。自分の頭で選び取ったものを、信じ続けてあげるしかない」

「だったら私は」

るりかは瞬きをすると、自分で自分の涙を切った。

「NEXT YOUにいろんなことが起きるたび、一緒に喜んでくれた人たちのこと信じるよ」

るりかが、愛子の目を見つめる。

「初めてオリコンに入ったとき握手しながら泣いてくれた人、武道館が決まったときるりの顔写真を集めてかわいい画像を作ってくれた人、歌もダンスも下手くそなるりを見つけてくれて、アイドルにしてくれた皆……るりは、自分の頭で、その人たちを選ぶ。選ばされてなんかないよ。るりのこと、そんなになめないでほしい」

愛子はるりかの目を見つめ返す。

るりかの選んだ道。真由が出演するバラエティ番組。波奈の卒業。碧の前髪の形。自分の未来。

それぞれ、自分の頭で選んだもの。

「正しかった選択にしようね」

自分の声が聞こえる。

「自分だけの正解を持ち寄って、また」

皆で会いたい。

こみあげてくる涙を寸前で堪えながら、愛子は、波奈のアパートでたこ焼きパーティをしたことを思い出していた。好きな具材をそれぞれ持ち寄ったあの場所が、中身がバラバラでも、予想外のものが入っていても、全部のたこ焼きがちゃんとおいしかったあの時間が、記憶の中で一瞬、光った。

★

壁に貼られた大きな紙には、夜公演のセットリストが書かれている。俺は正直どの曲もよく知らないが、笠原は「おっ、アツい！　セトリがアツい！」と朝から一日中うるさかった。

「お前あんましゃべんな、ただでさえ聴こえにくいんだよ」

右耳にねじこんだイヤフォンを指しながらそう言うと、笠原は「確かに電波悪いっすよねえ」と自分のイヤフォンをぐりぐりと耳に押し込み始める。二人揃って右の下腹部あたりにスタッフパスを貼っているから、こうして隣同士で歩いているとまるでコンビのようだ。俺はさりげなくパスの貼り位置を変える。

もう何度も仕事をしたことのある現場とはいえ、今日は少し緊張している。その原因は、会場のド真ん中にステージを構え、一階席から三階席まで三百六十度客が入るという構成のセット組みにある。この構成だ、パフォーマーにとっては曲ごとに変わる入りハケの場所がとても覚えづらくなるのだ。早朝から行われたリハでも、年端もいかない女の子たちが「もうやだ」「わかんない!」と嘆いている姿を散々見かけたが、実際は俺たちスタッフだって泣きたい。ステージの裏動線には、今自分がいる場所にしるしが付けられている会場全体図と、「東」「西」「南」「北」それぞれの方角が書かれた紙が大量に貼られている。誰よりも動線を正確に覚えていなくてはならないスタッフ陣は、その貼り紙を頼りにとにかく右往左往することになる。

「でも、これが一番いっぱいお客さん入れられる組み方なんだからね」

リハ中、年齢にしては身体の引き締まった女性(コリオグラファーチームのリーダーだろうか）が、メンバーらしき女の子たちにそう言って聞かせている姿をよく見た。どうでもいいが、女の子たちは、事務所の人間らしき大人の言うことよりもこの女性の言うことのほうをよく聞いているような気がする。

男子トイレに着いたあたりでなんとなくそのことをつぶやくと、笠原は「えっ先輩、あの人のこと知らないんすか？」とわざとらしく目を見開いた。

「知らねえだろ普通」

「いやいや普通知ってますよおおおふぉぉああ」

一日二回公演、かつ、各回でセットリストが変わるということもあり、リハーサルは朝七時前から行われている。笠原の大あくびも、今日だけは許してやることにする。

「このグループの振付、ぜーんぶあの人がやってんすよ。他にもいろんなアイドルの振付してる有名な人っすよ」

右手に摑んだものを小便器に向かってふるふると揺らしながら、笠原が言った。これまでどの現場でも大体一番下っ端だった笠原は、後輩ができるかもしれないこの季節になると発言の軽さに拍車がかかる。

「デビュー曲から全部ですから、メンバーとの絆もすごいんでしょうねえ」

フウン、と俺が興味なさそうに頷くと、「相変わらずつれないっすねえ」と笠原がズボンのチャックを上げる。動きやすいように、ジーパンはジーパンでも、現場ではストレッチ素材のものを穿くようにしている。

イベントスタッフとしての仕事はもう七年目になるが、このライブほど、前もって手伝いの要請が来ていたことはなかったかもしれない。聞けばうちの上の人間とこのグループが所属している事務所のお偉いさんが、昔から蜜月関係だったらしい。会場側も、あまりに早く会場が押さえられたため驚いていたみたいだ。最も客を収容できるセット組みでの昼夜二回公演、動員数は約三万人といったところか。これだけ大きなイベントを裏でまわしているトップ同士が昔からの友人同士というところに、この国のいいところと悪いところ、両方が凝縮されている。

「つうかさぁ」俺はポケットから取り出したハンカチを口にくわえる。「お前、このグループのファンだなんて言ってたっけ？」

「いやぁ、隠そうと思ってたんすけどねぇ」

笠原は便所での手洗いが雑だ。確かに、潔癖症にこの仕事は務まらないかもしれないが、見ていて気持ちのいいものではない。

「実際こうやって目の前で見ちゃうと、興奮が抑えられない！」

いやいや抑えとけよ、と股間にパンチを繰り出すと、「セクハラセクハラ！」と笠原が騒ぐ。物覚えは悪いが、なんだかんだ人の懐に入ることには長けている後輩だ。

実際、俺は、今日担当するグループのことをそこまで詳しくは知らない。もちろん名前くらいは知っているし、傾倒しているファンがそれなりに多いことも知っているが、曲といい歌詞といいコンセプトといい、そもそもアイドルというものにあまりピンとくるものがない。

それよりも、実力派として様々な映画に出演しているあの女優が、もともとはこのグループに在籍していたということが驚きだった。陰のある役を演じることの多い彼女は、歌って踊るアイドルというイメージからはかけ離れている。

【あと三分で影アナ入ります】

イヤフォンから誰かの声が流れ込んでくる。腕時計を見ると、なるほど、夜公演の開演時刻までもう十分もない。トイレからステージまでは割と距離があるため、俺は早足で移動を始めた。

「いやいや、今日はめでたい空気のライブで良かったたっすよ」

「あ？」

何か言いたげな笠原を、思わず俺は睨む。今はアイドルオタクの戯言《ざれごと》に付き合っている暇はない。

「いや、俺がまだ中学生とかのときですけど、このグループ、ここでライブする予定だったんですよ、当時のメンバーで」

「おま、そんな前からファンなの？」

きっもー、という俺の茶化しを、笠原は適当に受け流す。

「覚えてません？　あのころって、彼氏発覚で炎上とか脱退とか、今じゃありえないこといっぱいあったじゃないすか。坊主にして謝罪した子とかもいたんですよ確か」

「あー、今と真逆だな」

炎上。謝罪。表舞台に出る人の一挙一動にその言葉がつきまとうようになってから、もうずいぶんと経つ。最近も、貧困問題について神妙な顔でコメントしている学者のリッチな私生活が取り沙汰されたり、共感を呼ぶ恋愛ソングでお金を稼いでいた女性アイドルが実は恋愛経験がなかったと発覚し謝罪に追い込まれたりしている。とにかく、本当かどうか、行動がその人自身に根差しているかどうかが重要視される風潮が、ますます加速している。

「今日は、そんな感じでいろいろあった昔のリベンジっぽいですよ。なんか当時のやり方に合わせるとかで、ＣＤに先行抽選チラシ封入とかわざわざ古臭いことしてたっぽいですし」

「ぽいぽいうるせえなお前」

俺は歩くスピードを上げる。「興味持って下さいよ！」笠原の声が、俺の両耳のすぐ後ろで力尽きる。

今日ステージに立つ人が何にリベンジをしたいかだなんて、今の俺たちにとってはどうだっていい。

ただ、今日この舞台上で生まれる空間だけが本当であり、大事なことなのだ。俺は、さらに歩幅を大きくする。

リフターと呼ばれるステージへの入りハケ口周辺には、様々なものが用意されている。ナンバーが振られたたくさんのマイク、汗を拭くためのウェットティッシュ、鏡、場内スクリーンと同じ映像が映るモニター、クーラーボックスに入れられた様々なドリンク（ペットボトルの蓋にはわざわざ穴が開けられており、そこにはストローが突き刺さっている。口周りのメイクを落とさないためだ）、手軽に使用することができる酸素スプレーなど。ステージの上は、照明の力もあって想像よりもずっと暑い。本番の興奮と相まって、パフォーマーが過呼吸に陥ってしまうこともある。

そんな、戦場のようなステージの上で生まれるもの。俺はそれに興味がある。今日ここに集まる客も同じはずだ。歴史があるからといってその日生み出されたものに評価が上乗せされるわけでもないし、誰かがある日タブーを犯してしまったからといって、その人がそれまで生み出してきたものの価値が下がるわけでもない。

「影アナ入ります！」

スタッフに誘導され、色とりどりの衣装を身に着けた女の子がマイクの前に立った。胸には名前の書かれたゼッケンのようなものを着けており、かわいい顔に似合わないほど脚にはしっかりと筋肉がついている。その堂々とした姿から、おそらくグループのリーダー格なのだろうとわかる。二十歳くらいだろうか。

「皆さん、こんにちは―！」

こんにちはぁ～、と、小さな声で返事をする笠原の脇腹を、俺は殴る。

「今日はお忙しい中、日本武道館にお集まりいただき、本当にありがとうございまーす！」

ここから会場は見えないはずなのに、彼女は、まるで目の前に客がいるかのように身振り手振りを加えて話す。たったひとりの彼女が何か言うたび一万人以上分の声が一斉に波打つその様子は、まるで、薄皮一枚で包まれている宇宙を指でつっついている神様のようだ。

「ということで、以上の注意事項を守ってライブを楽しんでくださいね！　それでは本日の夜公演、間もなく開演です！　もう少しだけお待ちくださーい！　NEXT YOUの望月美音《もちづきみおん》でした！」

望月美音と名乗った彼女は、よろしくお願いしますとスタッフ陣にてきぱき頭を下げつつ、袖へはけていく。この名前は知っている、と、俺は思う。最近、失恋した経験をもとに書いた詩が素晴らしいとかで、その電子書籍が大ヒットしたことが話題になっているる子だ。この人がいるグループだったのか、と、思わず俺はじろじろと彼女の背中を見てしまう。

彼女が進む先、袖の奥の暗がりには、やはり胸にゼッケンを着けている大勢の女の子たちが見える。美音よりはずいぶん幼く見える彼女たちは、きっと、まだ正式なメンバーではないのだろう。リハでもかなり覚束ないパフォーマンスをしていた。俺は目を細め、ゼッケンに書かれている文字を解読しようと試みる。手書きだろうか、カラフルに色を塗り過ぎていて逆に読みづらい。

★13期候補生★矢吹美久★
13期候補生・牧野はるな

二人目まで解読できたところで、ふ、と、会場全体が暗闇に包まれた。パンパンに膨れ上がった歓声が、巨大な暗闇の中で自由に跳ね回り始める。

始まる。

【一曲目、ポップアップのメンバー入ります】

イヤフォンから聞こえてきた指示を合図に、俺と笠原は動き出す。開演直前の空気をさらに盛り上げるべく流れ始めたオーバーチュア、その重低音にぐいぐいと背中を押されているような気分だ。何度経験しても、この瞬間の興奮は鮮度が落ちない。

夜公演の一曲目は、ステージ下の奈落からパフォーマーが飛び上がって現れる、ポップアップと呼ばれる演出から始まる。昼公演には出演していなかった六名のメンバーが一曲目を飾るというサプライズ演出だ。「これは会場ひっくり返りますよお」笠原はリハのときから興奮していた。

俺はジャンパーの袖をまくる。ポップアップは機械仕掛けだと思われがちだが、ただのガイドレール付きの昇降装置であるため、結局は下から人力で押し上げなければならない。だから、ポップアップの黒子は俺や笠原のような若い男が務めることが多い。

「よろしくお願いします」

「お願いします」

一曲目を歌う六人が、奈落に集まる。この六人が着けているゼッケンには、『1期生』という文字がある。俺でもパっと顔と名前が一致するのは、声優としての活躍が目ざましい鶴井るりかくらいだろうか。出演するアニメの主題歌を歌うことの多い彼女は、ひとりでアリーナを埋められるアニソン歌手としても人気絶頂だ。六人とも、若いメンバーとは違い、ハートマークで文字を囲ったりはしていない。化粧もやはり、現役メンバーよりは濃い。

俺は、顔面に力を入れる。堂垣内碧、と書かれたゼッケンを着けているその姿に、やっぱりどうしても動揺してしまう。

菅野あおい、アイドル。次の現場で担当するグループの元メンバーとして、女優の菅野あおいが出演すると知ったとき、俺はその二語でインターネット検索をかけた。すると、『【衝撃】女優 菅野あおいは、もともとアイドルグループのメンバーだった!!!』と題されたまとめサイトが一番上に表示された。いろんな人の発言の引用により構成されているサイトだったのだが、中でも最も多く引用されていたのは『サムライ』という人物による発言だった。どうやらこの人は全メンバーについてこのように解説めいたことをしているらしい。

まとめサイトによると、今から十二年前、グループが三周年を迎えるにあたって開催された武道館コンサートの直前に、菅野あおいともうひとりのメンバーの熱愛スキャンダルが発覚したという。アイドルの恋愛が御法度だった当時はそれだけでも大事件だったらしいのだが、ファンにとってさらに衝撃だったのは、その二人が武道館に立つことなくグループからの脱退を選んだことだった。卒業セレモニー等がない脱退者は、NEXT YOU十五年の歴史の中でも、この二人だけらしい。

一曲目を歌う六人は、背中を叩き合ったり、似合わない衣装を笑ったりしている。落ち着かないのは本人たちも同じみたいだ。

そのまとめサイトは、脱退後のキャリアについても詳細に記していた。脱退から数年後、菅野あおいは全国二十館程度でしか公開されないような小規模の映画で活動を再開させた。その演技が映画好きのあいだで評判となり、その後もぽつぽつと映画を中心に活動を続けていくうちに、元アイドルとしてではなく、一人の女優として名前が知られるようになった。今では、作品の規模に関係なく、作品の質によって出演作を選ぶことが許されるような女優となっている。なお、活動再開したころには〝一般男性〟とすでに結婚しており、今は二児の母でもあるらしい。スキャンダルを含め、若いころの苦々しい経験が今の説得力ある演技の土台になっているのではないか、というのが、『サムライ』の見解だ。

俺は、菅野あおいとともに脱退したもう一人のメンバーについてのページも、一応目を通した。『サムライ』はそのメンバーのことを最も好きだったらしい。そのせいか、所属事務所を辞め芸能界を引退したという記述に辿り着くまでがとても長く、面倒になった俺はそこで読むのをやめてしまった。

大音量のオーバーチュアが佳境に差し掛かる。俺は胸元につけているマイクに口を近づけ、言った。

「演者、乗ります」

ひとりのメンバーが、そっと、俺たちの担当するポップアップに乗り込んでくる。胸のゼッケンには、『日高愛子』と書かれている。

この名前。確か、菅野あおいと共に脱退した人だ。俺は一瞬そう思ったが、すぐに頭を仕事モードに切り替える。ここから、エイトカウントを二回。

「1、2、3、4！」

笠原とカウントを合わせながら、俺は視線を上に向ける。

裾の広がったスカートの向こうに、これから武道館のステージへと出ていくパフォーマーの顔がある。

「5、6、7、8！」

あれ、と、俺は思う。

「1、2、3、4！」

力が抜けかけた両腕に、慌ててもう一度力を込める。

「5、6、7、8！」

俺は、いま感じている全ての重力を丸ごと投げ飛ばす気持ちで、両腕を思いっきり振り上げた。

ガチャ、と音がして、持ち上げたポップアップはステージの床の一部になる。「オッケ」笠原がほっとした声を出したが、オッケーと言うにはまだ早い。三時間半の戦いは始まったばかりだ。

今日だけで何度聴いたかわからないイントロを追い払うように、場所を移動する。昨日のうちに頭に叩き込んではいるものの、俺は、壁に貼られている曲順表をもう一度確認した。

【NEXT YOU 15周年同窓会 ～武道館で会いましょう～ 夜公演セットリスト】

今日、四月一日に行われているライブは、昼公演は現役メンバーだけで行われたが、夜公演ではこのグループの歴代のメンバーが全員出演する。デビュー曲から最新シングルまでを、一期生から順に全てパフォーマンスするらしい。

「次あれだな、台車だな」

俺は笠原がすぐ後ろについてきていることを確認しつつ、大量の旗を運ぶための台車を取りに行く。五曲目は、ステージに上がる全員が旗を持ってパフォーマンスをすることになっている。

「雨の日、傘を、わすれた君が、スニーカー、片手に、待ちぼうけしてた」

くぐもった歌声が、ステージ裏にまで漏れ聞こえてくる。現役メンバーよりも歌声が太く、低い。

「昨日、買った、青色の傘、サイズ、ひとつ、小さくて、君の、となり、ひとりじめ」

俺は思わず、裏動線に設置されているモニターの前で足を止めた。衣装の似合っていない六人が、やっぱり年相応ではない詞を歌っている。

「はじめて、話した、ときのこと、いまでも、私、覚えてる」

笠原がまた、ふぁああとあくびをしながら言った。

「菅野あおいのこんな姿、やっぱなんかヘンな感じっすねえ」

ちょうど、モニターに菅野あおいのアップが映る。激しく踊っているのに、前髪は動かないんだな、と俺は思う。

「菅野あおいと一緒に脱退したメンバーも、確かもう結婚してるんですよ。けっこう早かったんじゃないかなあ」

へえ、と適当に相槌を打ちながら、俺は、四角い画面の中で歌い、踊っている六人を見る。

衣装も髪型も、かなり無理がある。

何人かはもう結婚しているし、子どもだっている。

それでも、色とりどりのスポットライトの中でマイクを握れば、この人たちはアイドルと呼ばれる存在になる。

「なんか」

笠原がまた、大きなあくびをする。

「アイドルをアイドルたらしめてるものなんて、なんなのかわかんないっすねえ」

この人たちが恋愛をしてはいけなかった理由を、今、誰が説明できるのだろう。俺は、不意にそう思った。

モニターに、〝日高愛子〟のアップが映る。頭に乗せた、ピンク色の小さな帽子を揺らしながら。同じパートを歌っている菅野あおいと、視線を交わし合いながら。

「はじめて、誰かに、話すこと、いつしか、君には、伝えたね」

俺は、心のどこかがほっと力を抜いたような気がした。ステージに出る直前、あの人が泣いていたような気がしたのは、やはり見間違いだったのかもしれない。

「行くぞ」

思わずずっと止めてしまっていた足をもう一度動かし、俺は、台車の置いてある場所を目指す。

急がなければ。一曲目が、もうサビに差し掛かっている。

ただ　歌が好き
ただ　踊るのが好き
それだけ　だった
君に　見ていて　ほしかった

何が　あっても　変わらない夢
私　アイドルに　なりたいの

あの夜　夢に　出てきた君が
青い傘　片手に　手招きしてた
「つらい　ときは　ここにいるよ」
私　一度　うなずいて
二度と　もう　振り返らない

あのとき　涙した　ときのこと
記憶は　ないけど　跡はある
だけどもう　上手に　隠せるよ
いつかね　トンネルを　抜けるの
ただ　ほんとのこと
ただ　ほんとじゃないこと

知りたいだけ　だった
自分の　力で　確かめたかった
いつでも　夢は　変わらないこと
私　アイドルに　なりたいの

長い　長い　道のりを
まだ　まだ　駆け出したばかりだから
どんな　ことが　あったって
私が　私を　信じてあげるの

ただ　歌が好き
ただ　踊るのが好き
それだけ　だった
君に　見ていて　ほしかった
何が　あっても　変わらない夢

私　アイドルに　なりたいの
私　アイドルに　なりたいの
たった　ひとつの　夢だったの

解説

つんく♂

朝井リョウさんとの出会いはいつだっただろう。正しくは、記憶してないが、僕のプロデュースしていた誰かのライブ会場に来ていた時に、誰かスタッフに紹介されたのが始まりだったと思います。そして、ツイッターで相互フォローしてＤＭで話し始めるようになりました。

彼は、小説家なので、文系の人間だと思いますよね。でも会って喋ってると理論派な理系少年に思えました。シュッとしてるし、「ヲタク～」みたいな匂いもまったくないし。

僕が自分でもよくわかってない「僕」のことを、彼なりの理論で解読してくれるので、自分でも「ああ、そうか」って思ったりすることもあるんです。

その朝井さんが、この『武道館』という作品で、アイドルについて直球の物語を書かれた。でも、この作品は、アイドルの話のようにみせかけて、実はロックミュージシャンの話のような、成り上がり的な、うーん、青春物語というか、そういう熱さを感じます。

テレビで刑事ドラマなんかを見てきた我々は、本当の刑事の世界をまったく知らないのに、なんか知ってる気になってる。そんな感じで、アイドルや芸能界をまったく知らない人が読んでも、「ああ、きっとこんな世界なんだろうな」って思えるようなそういうリアリティを感じるんですよね。

なんというのかな、本当の芸能界やアイドルの世界の方が実は普通だったりするのかもしれないけど、それでは絵にならないので、いっぱいデコレーションしてくれてる感じで。

その方がまさに「ザ・芸能界」って、世間のみなさまにわかってもらえる感じなんだと思いました。

この作品の主人公は、ずばり、アイドル。ブレイク前のアイドルグループ「ＮＥＸＴ　ＹＯＵ」の愛子と、彼女を取り巻く人々を描いています。「ＮＥＸＴ　ＹＯＵ」は、ほかのアイドルもそうであるように、「日本武道館」でのライブを目指している。

アイドルにとって、武道館とはどのような存在なんだろうか、と僕は考えました。

武道館が近くなった近くなったと言われますが、でも、やっぱ武道館なんですよね。

大きさ、見栄え、とてもいい。

武道館の良さって、観客としてステージを観るのもかっこいいんですが、ステージに立って客席を見るのに、こんなに素敵な見え方がするステージも他にはなかなか無いように思います。

硬派な会館であった武道館ゆえに、最初は The Beatles ですら演奏出来ないかもしれないという問題があったほどの場所。紆余曲折があってロックの聖地となったわけです。それでも芸能界に入ったなら誰もが一度は立ちたい武道館のステージ。

しかもアイドルだからこそ、さらにハードルが高いはずですが、そんなアイドルだからこそ、目指す意味があるというわけですね。

東京ドームの方が夢はでっかいわけですが、武道館という耳触りと、そのリアリティに色気を感じるように思いました。

朝井さんはこの作品で「NEXT　YOU」というグループのなかに、いろいろなタイプのアイドル像を描いていますね。そのどれも、デフォルメもあるけれど、リアリティがあるように思います。

僕が思うに、アイドルは器用すぎては出来ません。かしこすぎてもだめ。かっこよすぎてもだめ。

出来れば顔が小さい方が人気は出る。(俺論でいうと、ちょっと顔の大きい美人はアイドルより女優で成功するように思います。画面映えするからかな)

髪型や服装にこだわらず、本音とたてまえに境の無い子が長続きするように思います。一番は、なんでもチャレンジする子。

仕事でも、プライベートでも、それらをする前に言い訳してしない。逃げ道をつくる。誰かのせいにする子はダメですね。

その一つで、髪型とか、メイクにこだわってマネージャーやカメラマンのアドバイスを聞けない子はまあ、どんなに美人でもダメです。

ただ、20歳過ぎてからが大事な、声優とかこだわりキャラのアイドル風アーティストはかえって自分を持ってる（逆に言えばいうことを聞かない、こだわりのようなわがままのようなもの）子の方が長続きするように思います。責任も自分で背負うからですね。だから、「彼女たちのその後」のなかで、ひとりは声優として人気を博している！なんてのは、なるほどどと思います。

『武道館』では、単身のアイドルとして主人公・愛子を描くのではなく、グループの中のひとりとして描いていますね。そこが面白い。日本のグループの良さって、ある程度の人数だから生まれてくる雰囲気がよいのだと思います。

日本人は他人と同じことをすることを大きく問題視しないし、逆に違うことをする他人に対して「なんであんただけ違うことできると思ってるの！」と小姑化することも問題なくできるので、集団で行動するときに、ある程度の期間、緊張を保つことに優れてます。これは近隣他国ではなかなか出来ない部分です。

ただ、逆にいうと個人個人の個性がなかなか育たないので、グループから出ていったあとに、意外と「あれ？　どうしたらいい？」となる子も多く、グループの方がよかったのにね、となったりすることもあります。

真面目系、お嬢様系、委員長系、天然系、ボーイッシュ系、三枚目系、あねご系、妹系、おかん系、アニメ系などなど。なんとなく役割が出来ればやってけるみたいなところがある。

また、『武道館』では、アイドルに対峙するファンの姿も描かれています。それが、また面白いと思う。

昔とは違って、今のアイドルは自分の投影でもあり、自分には出来ないことをがんばってる子でもあり（だからやっぱり自分の成り代わりでもある）、だから応援したくなるんでしょうね。

時には運動オンチなので、バキバキに踊るアイドルに惚れて惚れて仕方ないってのもあると思います。

でも、結論はやはり自分の代弁者。なれなかった自分の成り代わり。

そういう面も大きいでしょうね。もちろん憧れの異性というのもあるでしょうが。

『武道館』のラストは、かつてのアイドルたちがおとなになって再び集結したところを見守るコンサートスタッフの視点で描かれています。その俯瞰の仕方も、なるほどと思いました。

アイドルブームと言われて久しいです。でも、ブームブームというけど、もう30年以上続いてるし。40年かもしれない。

この先も形を変え、アイドルは消えないでしょう。

そして、この日本の中の価値観が世界にどう伝わり、成長していくか。

ここがアイドルの本当の分かれ道だと思います。

世界のみんなが、日本のこの「アイドル」の価値観をどう理解し、リスペクトし、共有するか。ここにかかってます。日本の政治や日本の経済の未来も「アイドル」にかかってきたり⁉

『武道館』では見事に、朝井流でアイドルを描ききったわけですが、これからも、朝井リョウにしか書けないマニアックな視点の作品、大いに期待します。

そして、それをわかりやすい言葉で届けてくれると。

朝井流「青春チラリズム」、これからも楽しみにしています！

（音楽家・総合エンターテインメントプロデューサー）

単行本　二〇一五年四月　文藝春秋刊

文春文庫

武《ぶ》道《どう》館《かん》

定価はカバーに
表示してあります

2018年3月10日　第1刷

著　者　朝《あさ》井《い》リョウ
発行者　飯窪成幸
発行所　株式会社 文藝春秋

東京都千代田区紀尾井町 3-23　〒102-8008
TEL 03・3265・1211㈹
文藝春秋ホームページ　http://www.bunshun.co.jp

落丁、乱丁本は、お手数ですが小社製作部宛お送り下さい。送料小社負担でお取替致します。

印刷・萩原印刷　製本・加藤製本
Printed in Japan
ISBN978-4-16-791028-0

（　）内は解説者。品切の節はご容赦下さい。

阿川佐和子
いつもひとりで
ジャズ、エステ、旅行に食事。相変わらずパワフルに日々を送るアガワの大人気エッセイ集。幼い頃の予定を大幅に変更して今後は「いつもひとり」の覚悟をしつつ……？　（三宮麻由子）
あ-23-12

浅田次郎
君は嘘つきだから、小説家にでもなればいい
裕福だった子供時代、一家離散の日々で身につけた習慣、二人の母のこと、競馬、小説。作家・浅田次郎を作った人生の諸事が綴られた文章に酔いしれる、珠玉のエッセイ集。

あ-39-14

浅田次郎
かわいい自分には旅をさせよ
京都、北京、パリ……誰のためでもなく自分のために旅をし、日本を危うくする「男の不在」を憂う。旅の極意と人生指南がつまった、笑いと涙の極上エッセイ集。幻の短篇、特別収録。

あ-39-15

浅草キッド
お笑い　男の星座　芸能私闘編
プロレスラー・小川直也の暴走ぶりから元ボクサー・ガッツ石松の〝幻の右〟まで。格闘技界と芸能界の裏の裏まで知っている人気お笑いコンビによる抱腹絶倒の活字漫才！　（坪内祐三）
あ-41-1

安野モヨコ
食べ物連載
くいいじ
激しく〆切中でもやっぱり美味しいものが食べたい！　昼ごはんを食べながら夕食の献立を考える食いしん坊な漫画家・安野モヨコが、どうにも止まらないくいいじを描いたエッセイ集。

あ-57-2

嵐山光三郎
とっておきの銀座
昼下がりのぜいたくランチ。もらって嬉しい粋な手みやげ。和洋老舗の逸品小物――。銀座の街には、人間を上等にしてくれる品々がそろっています。お出かけの際には本書をお忘れなく。

あ-58-1

朝井リョウ
時をかけるゆとり
カットモデルを務めれば顔の長さに難癖つけられ、マックで休憩すれば黒タイツおじさんに英語の発音を直され。『学生時代にやらなくてもいい20のこと』改題の完全版。　（光原百合）
あ-68-1

（　）内は解説者。品切の節はご容赦下さい。

浅田次郎
月島慕情
過去を抱えた女が真実を知って選んだ道は。表題作の他、ワンマン社長と靴磨きの老人の生き様を描いた「シューシャインボーイ」など、市井に生きる人々の矜持を描く全七篇。（桜庭一樹）
あ-39-9

浅田次郎
沙高樓綺譚
伝統を受け継ぐ名家、不動産王、世界的な映画監督。巨万の富と名誉を持つ者たちが今宵も集い、胸に秘めてきた驚愕の経験を語りあう。浅田次郎の本領発揮！　超贅沢な短編集。（百田尚樹）
あ-39-10

浅田次郎
草原からの使者
沙高樓綺譚
総裁選の内幕、莫大な遺産を受け継いだ御曹司が体験するカジノの一夜、競馬場の老人が握る幾多の人生。富と権力を持つ人間たちの虚無と幸福を浅田次郎が自在に映し出す。（有川　浩）
あ-39-11

あさのあつこ
夢うつつ
ごく普通の日常生活の一場面を綴ったエッセイから一転、現実と空想が交錯する物語が展開される連作短篇集。時にざらりとした後味が残り、時にほろりとする、あさのあつこの意欲作。
あ-43-13

阿部智里
烏《からす》に単《ひとえ》は似合わない
八咫烏の一族が支配する世界「山内」。世継ぎの后選びを巡る有力貴族の姫君たちの争いに絡み様々な事件が……。史上最年少松本清張賞受賞作となった和製ファンタジー。（東　えりか）
あ-65-1

阿部智里
烏《からす》は主《あるじ》を選ばない
優秀な兄宮を退け日嗣の御子の座に就いた若宮に仕えることになった雪哉。だが周囲は敵だらけ、若宮の命を狙う輩も次々に現れる。彼らは朝廷権力闘争に勝てるのか？（大矢博子）
あ-65-2

阿部智里
黄金《きん》の烏《からす》
八咫烏の世界で危険な薬の被害が次々と報告される。その行方を追って旅に出た若宮と雪哉は、最北の地で村人を襲い喰らい尽くす大猿に遭遇する。シリーズ第三弾。（吉田伸子）
あ-65-3